근대 일본문단과 식민지 조선

본서는 2014년 정부(교육인적자원부)의 재원으로 한국연구재단의 지원을 받아 수행된 연구 (KRF-2007-362-A00019)이다.

일본학총서 30
식민지 일본어문학·문화 시리즈 32

근대 일본문단과 식민지 조선

김 계 자

역락

머리말

한 사람의 문학자는 한 시대를 어떠한 방식으로든 대표하는 '대표적 개인'이기 때문에, 그 문학자에 의해 만들어진 문학작품은 우선 시대를 표상하는 유효한 텍스트이다. 문학이 어느 한 시대의 문화나 역사를 이해하기 위한 수단으로서 가치가 있다는 말이 아니다. 문학작품에는 시대 풍조에 연동하거나 혹은 몰교섭(沒交涉)하는 과정에서 추상된 것을 진실로 포착해 표현을 획득해가는 과정이 있다는 것이다. 그렇기 때문에 텍스트의 표현 형식이 갖는 내적 필연성을 파악해 표면적인 언표행위에 잘 드러나지 않는 시대적 비평성을 읽어낼 필요가 있다.

근대 한국과 일본의 문학은 문화접변(acculturation)의 양상을 띤다. 즉, 혼종적인 문화 주체들이 상호 침투하는 공간이었다고 할 수 있다. 이곳에서는 제국과 식민지의 이항대립적인 구조에 오롯이 수렴되지 않는 다양한 주체와 타자의 교섭이 일어난다. 이러한 내용을 본서의 제1부에 담았다. 식민지 조선에서 행해진 일본어문학과 잡지 미디어를 고찰해 한반도로 건너온 일본인이 생성시킨 '조선' 표상을 살펴보고, 식민지 조선의 일본어 문학장에서 이들 일본인과 각축하며 조선인이 창작 주체로 나오는 과정을 추적했다. 이를 통해 한일 양국 문학의 관련 양상을 관계사적인 시각에서 조망함으로써 식민지 문학 연구의 지평을 넓히고자 하였다.

제2부는 근대 일본문단으로 치고 나간 식민지 조선의 문학자가 일본과의 관련 속에서 근대적 '지(知)'를 모색하고 표현을 획득해간 활동을

분석해 동시대적 비평성을 읽어내려 했다. 민족국가의 정체성이 담보되지 않는 일제강점기에 식민지 조선의 문학자가 글을 쓴다는 것은 여러 면에서 제약이 따랐을 것이다. 그러나 이들은 결코 시대적인 상황으로부터 수동적인 상태에 머무르지 않고, 오히려 적극 이용해가는 측면도 보인다. 어떤 역학 속에서 조선 문학자의 일본어 글쓰기가 행해졌고, 어떠한 의미망을 만들어내고 있는지를 당시 식민지 조선인의 문학과 관련이 깊은 일본의 잡지 미디어를 시야에 넣어 고찰했다.

즉, 일본 매체에 식민지 조선인의 글이 가장 많이 실린 프롤레타리아 문학잡지 『전진』, 당시 상업 저널리즘의 대표격이었던 종합잡지 『개조』를 통해 일본문단에 본격적으로 데뷔한 장혁주의 문제의식, 그리고 장혁주에 이어 김사량, 김달수에 이르기까지 식민지의 문학자에게 적극 발표 무대를 제공한 문학 동인지 『문예수도』를 중심으로 근대 일본문단으로 치고 나간 조선인의 문학의 의미를 분석했다.

제국은 해체되었다. 그리고 냉전과 탈냉전의 시대를 지나왔다. 그러나 여전히 남은 재일코리언과 이들의 문학을 어떻게 볼 것인가. 제3부는 식민지 이후의 일본어문학의 문제를 재일코리언의 문학을 통해 생각해 보고 있는 내용이다. 해방과 패전을 가로지르며 한국과 일본 어느 쪽에도 가담하지 않는 재일코리언의 식민지 이후의 일본어문학의 문제를 그 기점(起點)에서 살펴보고 있다.

식민지 일본어문학 연구를 시작한 지 벌써 6년의 세월이 흘렀다. 아직은 미약한 연구 성과를 한데 묶어 책으로 내놓으니 부끄러운 생각이 앞선다. 그러나 앞으로의 연구를 위해 용기를 냈다. 우물 안 개구리처럼 일본문학 안에서만 궁싯거리고 있던 나에게 식민지 일본어문학이라는 큰 주제를 생각하게 해주신 고려대학교 정병호 교수님께 이 자리를 빌려 진심으로 감사를 드린다. 자신도 몰랐던 연구력을 발견해주시고 늘 격려해주시는 가천대학교 박진수 교수님께도 감사드린다. 그리고 출판 일정을 지키지 못해 폐를 끼친 도서출판 역락의 오정대 편집자님께도 감사의 마음을 전한다.

2015년 5월
김계자

차 례

제1부 식민지 조선의 일본어문학

도한 일본인의 일상과 식민지 '조선'의 생성 ● 13

1. 들어가는 말 ··· 13
2. 잡지 『조선』의 문예란 ·· 16
3. 인식으로서의 '한국(韓國)'과 '조선(朝鮮)' ······························ 20
4. 번역되는 '조선' ·· 29
5. 맺음말 ··· 34

재조일본인 잡지 『조선시론』과 동시대 조선문학의 번역 ● 37

1. 1920년대 식민지 조선의 문학장과 재조일본인 ······················· 37
2. 오야마 도키오와 잡지 『조선시론』 ······································ 40
3. 『조선시론』에 번역 소개된 동시대 조선의 문학 ······················ 43
4. 조선 문학작품의 일본어역에서 보이는 문제 ·························· 48
5. 재조일본인이 번역한 '조선' ·· 57

1920년대 식민지 조선의 일본어문학장 ● 59

1. 들어가는 말 ··· 59
2. 1920년대 조선의 일본어잡지와 창작 주체 ····························· 62
3. 『조선급만주』와 『조선공론』에 실린 조선인의 일본어 창작 ············ 66
4. 식민지 조선에서 동상이몽의 '일선(日鮮)' ······························ 74
5. 맺음말 ··· 79

일제의 '북선(北鮮)' 기행 ● 81

1. 일제강점기 조선의 명칭 ·· 81
2. 1920~30년대 '북선' 담론 ·· 82
3. '북선' 기행과 식민지 풍경 ··· 86
4. 확장되는 제국의 이미지와 재조일본인의 우울 ······················· 89

제2부 근대 일본문단과 조선인의 문학

일본 프롤레타리아문학잡지 『전진(進め)』과 조선인의 문학 • 97

    1. 일본 프롤레타리아문학잡지와 식민지 조선 ·· 97
    2. 일본 프롤레타리아문학잡지 『전진』 ··· 101
    3. 『전진』에 투고된 식민지 조선인의 글 ·· 103
    4. 식민지 조선인의 이주민문학 ·· 107
    5. 맺음말 ··· 111

장혁주의 「춘향전」을 통해 본 제국과 식민지의 변주 • 113

    1. 들어가는 말 ·· 113
    2. '일본적'인 것과 '조선적'인 것의 공모와 균열 ····································· 115
    3. 신문학 형식의 「춘향전」 ··· 120
    4. 장혁주 「춘향전」의 구성과 근대 리얼리즘 ·· 126
    5. 제국과 식민지가 혼종하고 있는 장혁주의 「춘향전」 ···························· 132

잡지 『문예수도(文藝首都)』와 김사량의 문학 • 137

    1. 들어가는 말 ·· 137
    2. 1930년대 조선 문학자의 일본어 글쓰기 ·· 140
    3. 잡지 『문예수도』와 편집자 야스타카 도쿠조 ······································· 145
    4. 식민지 조선의 문학자와 잡지 『문예수도』 ·· 149
    5. 제국과 식민지의 '차이' 혹은 '경계' ·· 152
    6. 맺음말 ··· 159

근대 일본문단과 식민지의 지식인 연대 • 163

    1. 들어가는 말 ·· 163
    2. 근대 일본의 조선문학 '붐' ·· 164
    3. 일본문단에서 연계되는 식민지의 문학 ·· 171
    4. '경계'의 사유 ··· 178
    5. 맺음말 ··· 188

제3부 식민지 이후의 일본어문학

재일조선인 김시종의 밤을 기다리는 노래 ● 193

    1. 들어가는 말 ·· 193

    2. 첫 창작시집 『지평선』 ·· 194

    3. 『지평선』의 '밤'을 기다리는 노래 ·································· 196

    4. 조국에 바치는 노래와 재일을 사는 의미 ···················· 204

해방과 패전을 가로지르는 김석범의 『1945년 여름』 ● 207

    1. 들어가는 말 ·· 207

    2. 왜 『1945년 여름』인가 ·· 209

    3. 해방과 패전을 가로지르는 폭력 ···································· 213

    4. <8·15>의 기억의 지연, 그리고 새로운 '출발' ············· 220

    5. 맺음말 ·· 227

참고문헌 __ 229

[제1부]

식민지 조선의 일본어문학

▶ 도한 일본인의 일상과 식민지 '조선'의 생성
▶ 재조일본인 잡지 『조선시론』과 동시대 조선문학의 번역
▶ 1920년대 식민지 조선의 일본어문학장
▶ 일제의 '북선(北鮮)' 기행

▶ 도한 일본인의 일상과 식민지 '조선'의 생성

1. 들어가는 말

러일전쟁에서 승리한 일본은 한국[1]에 대한 침략을 본격적으로 추진하기 위하여 1905년 11월에 을사조약을 체결하고 이듬해 2월에 이토 히로부미(伊藤博文)를 초대통감으로 하는 통감부를 설치하여 한국의 외교권을 대행하는 등, 이른바 '보호정치'를 구실로 한국에 대한 실질적인 지배에 들어갔다. '한국경영'이라는 개념이 언론에 공공연히 나오고 일제가 한국에 대한 내정 간섭의 정도를 점차 강화시키고 있던 시기였다. 1904년 2월 「한일의정서」 체결 이후 이른바 '시정개선(施政改善)'의 이름으로 한국의 식민화 작업이 진행되어왔는데, 1907년 7월의 「한일신협약」을 거치면서 정치 군사적 지배권의 장악과 각종 이권의 확보 등 한국을 식민지로 지배하기 위한 기반 조성 작업이 더욱 진전되고 있었다.[2] 이 시기에 일본인이 펴낸 신문이나 잡지의 내용을 살펴보면,

---

1) 이 글에서 말하는 '한국'은 '대한제국'을 약칭한 것으로, 본래 국호를 '대한'으로 하는 것이 옳으나 도한 일본인의 일상에 나타난 식민지배의 논리를 생각해보기 위해 당시 일본인에 의해 빈번히 사용되던 '한국'이라는 개념을 쓰기로 한다.

한국은 더 이상 '보호국'이 아니라 이미 '식민지'나 다름없는 상태였다고 할 수 있다.3) 한국의 '식민화' 논의는 이윽고 다가올 한국 병합으로 이어지는 구도 속에서 긴밀하게 연계되고 있었던 것이다.

한국에 대한 식민지배의 논의가 공고화되면서 이를 도모해가는 현지 대리인(agent)으로서 '도한(渡韓) 일본인'이 있었다. 근대 일본 제국주의의 식민지 정책의 기조는 국토의 확장과 자연자원의 확보 및 수출상품시장의 확대에 있다고 할 수 있는데,4) 이를 위해서는 일본의 인구를 식민지에 확산시켜갈 필요가 있었다. 도한 일본인은 정부의 이러한 식민지 정책의 현지 실행자가 되는 것이다. 일본 정부는 일본인의 한국 이주를 부추기기 위해 한국을 '식민지'로 규정하고, 미개한 한국의 문명화를 위한 것이라는 논리를 내세워 식민지배의 정당성을 확보해갔다. 당시 도한 일본인들을 중심으로 전개된 신문, 잡지 등의 언론활동은 이러한 논리를 전파시켜가는 역할을 했다고 할 수 있다. 이하의 언설은 그 대표적인 예라고 할 수 있다.

> 러일전쟁 후 조선이 우리 보호국내로 들어온 이래 우리 통감부는 문명과 평화의 바람을 품고 이 어두컴컴한 야만의 땅과 혼미한 생령에 남풍을 보내 한 줄기의 광명을 주고 평화를 주고 문명을 강제하고 있다. (…중략…) 문명의 시대에 시대의 문명을 모르는 한인을 위해 문명의 기틀을 주려고 몸이 노쇠해지는 것을 개의치 않아, 의심 많은 한국, 은혜를 은혜로 생각하지 않는 한인도 현 일본 정부의 태도와 이토 통감의 시설 방침에 대해서는 불평을 말할 여지가 없을 것이다.5)

---

2) 권태억, 「1904~1910년 일제의 한국 침략 구상과 '시정개선'」, 『한국사론』, 1994, pp.231-44.
3) 함동주, 「러일전쟁 이후 일본의 한국식민론과 식민주의적 문명론」, 『동양사학연구』, 제94집, 2006, p.185.
4) 여박동, 『일제의 조선어업지배와 이주어촌 형성』, 보고사, 2002.6, p.105.

그런데 일제의 식민지배의 구실로 작용한 이와 같은 조선의 '문명화' 내지는 '문명개화'의 논리는 물론 일본정부의 지배정책이기도 했지만 당시 일본사회 전반에 나타나 있는 한국을 바라보는 관점이었다는 점을 간과해서는 안 될 것이다. 그리고 한편으로는 이러한 '문명개화'의 논리가 계몽운동을 통해 민족주의를 불러일으키려 했던 한국인 지식인들에 의해서도 공유되어 한국을 식민지로 만들어가는 데 일조해간 측면이 있음을 부정할 수 없다.[6]

즉, 식민지배의 논리라고 하는 것은 기본적으로 식민주체에 의해 정책적으로 입안되고 이데올로기화되어가는 개념이지만, 한편으로는 실제로 이를 수행해가는 관계 속에서 구축되고 전유(專有)되는 개념이기도 한 것이다. 식민주체가 식민의 논리를 어떻게 형상화하고 내면화해 가는지, 그리고 이와 관련지어 피식민 주체의 아이덴티티의 문제 등이 어떻게 착종되고 있었는지를 살펴보기 위해서는, 한말 식민지화 되고 있던 한국으로 건너온 '도한 일본인'의 일상을 들여다볼 필요가 있다.

식민지배의 구체적인 실행자로서 현지 일본인을 시야에 넣어 이들이 현지 조선인들과 만나는 과정에서 행해지는 다양한 긴장관계를 통해, 식민지배세력을 정형화된 단일구조로 보기보다는 다층적인 구조임을 드러내고, 이에 근거해 일상적 차원에서 유지, 재생산되는 식민의식의 기제에 대한 연구가 행해지고 있다.[7]

---

5) 샤쿠오 교쿠호(釋尾旭邦), 「한인은 어떻게 일본을 보는가」, 『조선』 제1권 제2호, 1908.4, p.24.
6) 앙드레 슈미드 저, 정여울 역, 『제국 그 사이의 한국-1895~1919-』, 휴머니스트, 2007.8, p.73. 앙드레 슈미드는 이와 같이 민족주의자와 식민주의 둘 다를 뒷받침하는 개념으로 '문명개화'를 파악하고 이를 "문명개화가 지니는 양면성"으로 표현하고 있다(p.285).
7) 권숙인, 「식민지 조선의 일본인-피식민 조선인과의 만남과 식민의식의 형성-」, 『사회와 역사』, 제80집, 2008, pp.111~113. 권숙인은 이 논문에서 상위수준의 정

그런데 이와 같은 관점에서 행해진 종래의 연구는 그 고찰 대상을 주로 일본이 한국을 병합한 이후의 식민지 조선에서의 일본인 커뮤니티에 두는 특징이 있다. 일제의 한국 식민지배가 이미 정치적 병합 이전부터 일상적 차원에서 진행되고 있었다는 사실을 염두에 두면, 병합 이전으로 고찰의 대상을 넓힐 필요가 있다고 사료된다. 이 글에서는 한일병합 이전부터 한국에서 일본인이 간행한 잡지 『조선(朝鮮)』(1908.3~1911.12)의 문예란을 중심으로, 도한 일본인의 일상에서 언어화 되어가는 한국에 대한 비평적 거리를 파악하고, 이를 통해 생성되는 '조선'이라는 의미 기제에 대해 생각해보도록 하겠다.

2. 잡지 『조선』의 문예란

개항 이후 일본 거류민들을 주요 대상으로 하여 『조선신보(朝鮮新報)』(1881, 부산), 『한성신보(漢城新報)』(1895, 서울), 『대동신문(大同新聞)』(1904, 서울), 『대한일보(大韓日報)』(1904, 인천) 등, 일본인 신문 발행이 활발히 이루어졌다.[8] 이 중에서 『조선신보』는 순한글 기사나 순한문체 기사를 일부 실어 조선인 독자에 대한 관심을 보였으며,[9] 일본 공사관 기관지

치(high politics)와 정형화시킨 식민지배구조에 근거한 연구만으로는 식민지배의 실상을 파악하기 힘들다고 하면서, 다양한 차원의 '일상'에서 작동하는 긴장과 타협에 초점을 맞추는 연구로 공제욱·정근식 공저 『식민지의 일상―지배와 균열―』(문화과학사, 2006.2), 식민 지배세력 내부의 균열과 불안정성을 드러내는 연구로 김백영 「식민지 도시계획을 둘러싼 식민권력의 균열과 갈등 : 1920년대 '대경성(大京城)계획'을 중심으로」(『사회와 역사』 제67집, 2005), 피지배 주체의 행위성을 규명함으로써 식민지에서의 지배와 피지배를 다층적인 역사과정으로 그려내는 연구로 김진균·정근식 편저 『근대주체와 식민지 규율권력』(문화과학사, 1997) 등을 소개하고 있다.
8) 김진두, 『1910년대 매일신보의 성격에 관한 연구―사설 내용분석을 중심으로―』, 중앙대학교 박사학위논문, 1995. p.21.

의 성격을 지닌『한성신보』는 '잡보'란을 설치하고 국문 및 국한문으로 구성되는 서사문학 자료를 수록하였다.『한성신보』에 수록된 서사문학 자료는 약 40여 편에 달하는데, '잡보'란에 수록되던 서사성이 강한 이야기문학 자료들은 1897년 1월 이후부터는 '소설'이라는 새로운 섹션이 설치됨에 따라 이에 수록되게 된다. 이들 서사문학 자료들은 처음에는 국한문혼용체로 게재되다가『독립신문』(1896.4)이 창간되자『독립신문』의 한글사용에 대응하기 위하여 1896년 5월부터 곧바로 순 한글로 수록하게 되었다.[10] 1906년 9월에『한성신보』와『대동신문』이 합병돼 통감부 기관지로『경성일보』가 창간되었는데, 이 신문은 처음에는 일어판과 국문판을 동시에 간행했으나 1907년 9월부터 일어판만을 간행하게 된다.

신문이 일반 대중을 대상으로 하고 있다면, 잡지의 독자층은 일반 대중보다는 동일한 이데올로기를 공유하는 집단을 대상으로 하고 있다고 할 수 있다. 한국에 상권을 차지하며 거류하고 있던 일본인들은 공동체를 형성하고 한국에서의 이권을 도모하기 위하여 다양한 잡지를 펴내게 되는데, 초기에는 신문 발행과 마찬가지로 일본어가 아닌 한국 국문으로 잡지를 발행했다. 세계 각국의 시사문제를 주로 실은『한성월보(漢城月報)』(1898.7~1900.1)나, 한일관계를 중심으로 다룬 시사 잡지『한양보(漢陽報)』(1907.9~10, 통권 2호로 종간)가 바로 한일병합 이전에 발행된 국한문 혼용 또는 한문체의 잡지인데, 일제가 한국의 지식인 독자를 대상으로 식민지정책을 효과적으로 수행하기 위한 내용이 중심을 이루고 있다.[11]

9) 김영민,「근대적 문학제도의 탄생과 근대문학 지형도의 변화(1)−잡보(雜報) 및 소설(小說)란의 정착과정−」,『사이間SAI』제5호, 2008, p.11.
10) 김영민, 전게 논문, pp.18-19.

그런데 위에서 열거한 잡지들의 섹션을 살펴보면 주로 '사설', '논설', '시사', '실업' 등 한국 통치에 대한 정치 경제적인 주장을 전달하는 논단의 언설에 지면을 할애하고 있을 뿐, '문예'란을 별도로 두고 있지는 않다. 창간 당시부터 '문원(文苑)'란과 '문예(文藝)'란을 독립된 섹션으로 게재하고 있던 잡지는 『조선의 실업(朝鮮之實業)』(1905.5~1914.6)과 『조선』으로, 이들 잡지가 일본어로 발간된 최초의 종합잡지라고 할 수 있을 것이다.12)

먼저 『조선의 실업』은 제명에서도 알 수 있듯이 논단의 내용이 경제 잡지의 성격을 띠고 있었는데, 1908년 1월부터 『만한의 실업(滿韓之實業)』으로 제명을 바꾸어 발간하면서 한국, 일본, 중국 등 3국에 분포할 만큼 그 위세가 작지 않았다. 1909년도의 발행부수를 보면 약 7만 3000부 정도로, 같은 시기의 『조선』이 2만 4000부가 발행된 사실을 감안하면 『만한의 실업』의 규모를 짐작할 수 있을 것이다.13) 이 잡지를 펴내고 있던 만한실업협회(滿韓實業協會)의 회원은 러일전쟁 이후 한국에 진출한 사업가들이 대부분으로 한국에서 경험이 많은 일본인 유력자들로 구성되어 있었다.14) 한일병합 이전부터 이미 시야를 만주(滿洲)까지 확장시켜 일본인 자본가들을 국외로 유도해 대륙침략의 첨병역할을 했던 잡지였다고 할 수 있다. 이 글에서는 도한 일본인들의 일상에 표현되어 있는 한국에

---

11) 최덕교, 『한국잡지백년 1』, 현암사, 2004.5, pp.350-363. 이 외에도 한일병합 이후에 『신문계(新文界)』(1913.4~1917.3)와 『반도시론(半島時論)』(1917.4~1921.4) 등의 일종의 계몽잡지를 국문체로 간행했던 사실을 최덕교의 위 책에서 적고 있다.

12) 정병호, 「20세기 초기 일본의 제국주의와 한국 내 <일본어문학>의 형성 연구」(『일본어문학』, 2008.6)에서 잡지 『조선』 문예란의 역할과 의미를 상세히 분석하고 있다.

13) 『통감부통계연보』, 1909, pp.240-241. 본문 인용은 이승렬 『제국과 상인』(역사비평사, 2007.4, p.302)에 의함.

14) 기무라 겐지(木村健二), 『재조일본인의 사회사(在朝日本人の社會史)』, 미래사, 1989.3, pp.153-159.

대한 식민의식을 살펴보는 것을 주요 목적으로 하고 있기 때문에『만한
의 실업』은 고찰 대상에서 제외하기로 한다.

잡지『조선』의 '문예'란에는 한시, 하이쿠(俳句), 단카(短歌), 현대시가
를 비롯하여, 소품, 수필, 기행문, 소설 등 다양한 장르의 글이 수록되
어 있는데, 창작 외에도 한국문학작품이나 속담, 서양의 문학작품을 번
역해 수록하기도 하였다. 이들 중 '도한(渡韓)'을 제재로 하고 있는 소품
이나 소설 장르에 주목하고자 한다.

잡지의 문예란은 신문의 그것과는 달리 주로 단편양식을 통해 게재
되는 경우가 많다. 같은 문예란이라 하더라도 신문에 연재되는 형식에
비해 잡지에 게재되는 서사물은 줄거리의 연속성이 유지되기 어렵기
때문에 완결되어지는 단편을 선호하는 경향이 있다. 그리고 잡지는 일
반 대중보다는 특정 이데올로기나 공동의 이익을 도모하는 사람들을
주된 독자로 하기 때문에, 신문 연재소설에 비해 개별적이고 미학적이
며, 또한 담론적 성격을 띤다고 할 수 있다.15) 잡지『조선』에는 한국에
거류하고 있던 일본인들의 한국에서의 이권 도모와 공동체의 결속을
다져가는 데에 필요한 정보나 주장이 실려 있는데, 특히 문예란의 단편
서사는 신문의 연재소설과는 다른 방식으로 담론공간을 형성해간 것을
알 수 있다.

『조선』의 문예란에는 매회 기본적으로 한 편 이상의 단편서사 문학
작품이 게재되었다. 물론 이들 가운데에는 2, 3회 연재된 서사물도 있
지만, 분량이나 내용 전개 양상으로 봤을 때 단편의 구조를 벗어나지

---

15) 이와 관련된 논의로 박헌호는 단편양식이 아직 사회적 응집이 완결되지 않은
　　사회나 계층 속에서 요구되고 있다고 보고, 사회적 소수자가 자신의 정당성을
　　확보하기 위하여 보다 지적이고 미학적인 단편양식을 선택함으로써 지식층을
　　독자로 확보하고 계몽해가는 의미를 가진다고 지적하고 있다.(『식민지 근대성
　　과 소설의 양식』, 소명출판, 2004.5, pp.51-52.)

못하고 있다. 이들 모두를 '소설'로 단정하기에는 무리가 있으나, 소품이나 편지, 일기와 같은 형식을 통해 다양하게 이야기를 서술해가고 있음을 알 수 있다. 그런데 이들의 대다수는 작가의 실명이 밝혀져 있지 않고 필명을 쓴 경우가 많다. 특히 작품의 완성도가 높지 않은 것일수록 필명으로 표기되는 경우가 많은 것을 알 수 있다. 여기에는 잡지 편집자가 쓴 글도 포함되어 있을 것으로 추측된다. 그리고 또 '독자문예모집'을 통해서 수록되는 경우도 있었을 것으로 짐작된다. 매월 15일까지 단편소설이나 시가 등을 모집한다는 것과, '규수(閨秀)문예모집'이라 하여 "가정의 읽을 만한 것"으로 주장, 만록(漫錄), 시가, 소설 등의 "여류작가의 기고를 환영한다"는 광고를 문예란에 싣고 있다.16) 뿐만 아니라 각종 하이쿠 단체의 구회(句會)를 알리고 이들에 의한 하이쿠를 수록하고 있는 사실을 확인할 수 있는데, 이는 잡지 『조선』이 도한 일본인들에게 문학 저널리즘의 기능을 하고 있었다는 사실을 말해주는 것이기도 하다.

3. 인식으로서의 '한국(韓國)'과 '조선(朝鮮)'

1) 잡지명 '조선'의 표상

잡지 『조선』의 제명을 '한국'이라고 하지 않고 '조선'이라고 붙인 이유에 대하여 창간호에서 다음과 같이 세 가지로 밝히고 있다. 첫째, "한국은 정치적이고 형식적인 데에 사용하는 호칭이지만, 조선은 지리적 관계에 있어 실제 의미를 표명"하는 것이다. 둘째, "조선은 중국에서

---

16) 『조선』 제32호, 1910.10, p.78.

봤을 때 동쪽 해가 나오는 방향에 위치하여 선려(鮮麗)한 아침 해(朝日)의 땅이라는 의미"를 가지고 있어서, 일본이 해(日)가 나오는 근본(本)이라는 의미와 견주어 봐도 '한국'이라는 명칭보다는 '조선'이라고 하는 것이 더 낫다. 셋째, "한국의 국토와 인민은 쇠퇴해도 이를 조선이라는 의미에서 생각해보면 나날이 새롭게 혁신의 기운이 반짝이며 널리 퍼질 것이다."[17]

위의 내용에서 알 수 있듯이 '한국'과 '조선'은 의미상 그 사용이 구별되어 있었다. '한국'은 "형식"상의 개념일 뿐 "실제"적인 의미에 있어서는 '조선'으로 호칭하는 것이 적절하다는 주장인데, 중국과 일본 사이에 있는 한국의 위치상 '한국'보다는 '조선'이라는 개념이 "의미"를 전달하는 명칭이라는 것이다. 그리고 '한국'은 쇠퇴해도 '조선'은 나날이 새로울 것이라는 합리화 속에는 '한국'이라는 국가로서의 명칭을 부식시키고 일본을 준거로 해서 존재할 뿐이라는 이미지를 덧씌워 의미를 축소시키려는 의도가 전면에 노정되어 있음을 읽어낼 수 있다.

이윽고 한일병합 조약이 일제의 자의적인 조치에 의해 체결되었을 때 "한국의 국호를 조선으로 고칠 것"이라는 내용의 조약문이 들어가게 된다. 당시 통감이었던 데라우치 마사타케(寺內正毅) 총독은 대한제국의 국호를 아주 없애버리려는 논의에 대해 "국호는 여전히 한국으로 하며 황제에게는 왕의 존칭이 부여되어야 한다"는 이견을 제시하였으나 받아들여지지 않았고, 인민의 동요를 우려하여 "한국의 국호를 고쳐서 지금부터는 조선이라 함"이라 하여 '조선'으로 칭하게 된 것이다.[18]

다시 말해 1908년의 시점에서 이미 '대한제국'이라는 국호를 없애고

---

17) 「잡지「조선」의 해(解)」, 『조선』 제1권 제1호, 1908.3, pp.35-36.
18) 국사편찬위원회, 『한국사 42 대한제국』, 탐구당, 2003.11, p.9.

대신에 '조선'이라는 개념을 기용하여 한국을 일본에 편입된 식민지의 지명에 불과하다는 논리를 구축함으로써 식민지로서 경영하려는 의도가 전면에 드러나 있는 것이다. 이렇듯 '조선'을 "지리적 관계에 있어 실제 의미를 표명"하는 개념으로 합리화시키고 있는 논리 속에는 '조선'을 식민지 지명으로 왜곡 비칭(卑稱)하는 의미내용이 포함되어 있다고 할 수 있다.

무릇 어떠한 개념도 전달자의 정치적 의도로부터 자유로울 수는 없다. 잡지의 제명을 '조선'으로 하는 것 또한 예외가 아님은 물론이다. 제국주의 담론이 표상의 방법론을 통해서 의미를 생성시켜 가는 것은 주지의 사실인데, 특히 문학작품의 표현 속에 이러한 의미생성의 기제가 잘 나타나 있다고 할 수 있을 것이다. 잡지 『조선』 문예란의 서사물을 대상으로 텍스트를 서술해가는 화자(話者)와 서술대상 사이의 비평적 거리를 살펴보고, 도한 일본인들의 일상에 표현되어 있는 '조선'이라는 기제에 대해 논단의 언설과는 별도로 작동하고 있는 의미를 생각해보도록 하겠다.

2) 도한 일본인과 '한국'

먼저 도한하는 일본인에게 '한국'이 어떻게 인식되고 있었는지를 이하의 인용을 통해 살펴보도록 보겠다.

> 한국으로 향하며
> 한국의 땅에 일본의 말을 널리 꽃피게 하여
> 여인의 몸이지만 님에게 헌신하리
> (…중략…)

경성 도착의 날
사는 사람도 오가는 사람들도 거의 대부분
조국의 사람이네 참으로 기쁘구나
<u>타지로 생각되지 않을 정도로 해 뜨는 나라</u>
우리 민초들의 삶 번성하고 있구나[19]

화자는 '한국'에 대해 "타지로 생각되지 않을 정도"라고 하면서 "해 뜨는 나라" 즉, '일본'의 일부분으로 여기고 있는 것을 알 수 있다. 그리고 거기서 살고 있는 일본인들에게 송가를 보내고 있는 것이다. 러일전쟁을 전후한 정책과제였던 한국으로의 이주 권유를 잘 수행해 보이고 있는 시라고 할 수 있다.

아아 아름다운 일본이여,
이제 작별인사를 할 때구나, 무사할지어라……
(…중략…)
실로 구로시오(黑潮) 해류가 울려 퍼지며
북쪽으로부터 빠지는 한류(寒流)와,
지지 않으려고 미친 듯이 싸우는구나
해협의 항로가 있지만,
내가 타고 있는 배는 쓰시마마루(對馬丸),
시모노세키(下關)와 부산을 연결하는 임무를 지고,[20]

이 시의 화자도 "구로시오 해류" 즉, 현해탄(玄海灘)을 건너 한국으로

---

19) 나카지마 가즈코(中島和子), 「당초집」, 『조선』 제2권 제1호, 1908.9. 인용은 식민지 일본어문학·문화연구회 공역 『완역 일본어잡지 『조선』문예란』(이하 『조선 문예란』)(문, 2010.3, p.194)에 의함. 인용문의 밑줄은 인용자에 의함. 이하 동일.
20) 다카하마 덴가(高濱天我), 「관부(關釜) 연락선」, 『조선』 제2권 제6호, 1909.2. 인용은 『조선 문예란』(pp.377-378)에 의함.

건너오고 있는 일본인으로, 자신들을 한국으로 건네주던 관부(關釜)연락선 선상에서 현해탄 해류를 바라보며 대륙경영에 대한 일제의 포부를 대변하고 있다.

식민정책의 일환으로 조선으로의 이주를 적극 권장하기 위해서 잡지 『조선』에는 도한자에게 유익한 이주 정보가 자주 실렸다. 조선 시찰이나 여행기를 통해 조선 사정을 알리고 '조선문답' 등의 섹션을 지면에 할애해 조선의 모습을 상세히 소개하고 있으며, 도한자의 성공담이나 실패담을 실어 도한하려는 일본인들에게 유익한 정보를 제공하기도 했다. 즉, 잡지 『조선』은 도한해 있는 일본인들의 저널리즘적 기능뿐만 아니라 도한을 권유하는 정부의 시책과 맞물리면서 다양한 층위의 서술을 통해 '조선'에 대한 이미지를 만들어가고 있었던 것이다.

그런데 잡지 『조선』의 문예란을 읽어가다 보면 위에서 인용한 시처럼 도한에 대하여 희망적인 기대를 가지고 서술되고 있는 경우도 있지만, 다른 한편에서는 도한에 대한 불안한 심리가 서술되고 있는 경우도 볼 수 있다. 다음의 인용을 살펴보자.

> 배가 드디어 움직이기 시작하고, 뭍과 바다 몇 천의 청등 홍등이 점점 멀어지던 때, 나는 말로 표현할 수 없는 일종의 감상에 젖어 버렸다. 모국(母國)! 그곳에는 늙은 아버지도 계시고 어머니도 계신다. 여덟 명의 형제자매, 사랑스러운 처자식들, 친한 친구들 모두 안녕히 그 품에서 살고 있을진대, 어찌하여 나 혼자만 그 따뜻한 품을 뛰쳐나와 흉흉한 한국으로 갈 마음이 들었는가. 사람들은 한국에 이주하는 이를 모국의 낙오자인 것처럼 말한다. 나는 과연 낙오자인가. 아니, 나는 아무리 생각해도 낙오되었다고는 생각되지 않는다. (…중략…) 그러나 나는 분명히 모국의 낙오자가 아니라고 자각하고 자신해도, 여전히 왠지 찝찝하고 쓸쓸하고 슬픈 마음이 든다. 내 희망은

신천지의 자유다, 이 자유를 얻고 싶은 나머지 비교적 태평한 모국의
환경에서 빠져 나온 것이다, 라고 마음속으로 이렇게 우겨 보아도 여
기 볼품없는 뱃머리의 객을 세상 사람들은 뭐라고 여길 것인가, 나의
한국행 소식을 접한 고향 사람들은 어떤 평을 나에게 내릴까. (…중
략…) 밖에서는 현해탄의 거친 파도 소리가 철썩철썩, 이것만은 꿈이
아니다. 이상한 꿈을 꾸었다고 생각하며 방안을 둘러보니, 가련한 고
아도, 즐거운 신혼부부도, 야심가도, 도망자도, 노인도, 아이도 모두
하나같이 평화롭게 새근새근 자고 있고, <u>이 한밤중에 자다 깨서 번민
하는 사람은 나 하나뿐이라 생각하자 왠지 초조한 마음이 들었다.</u>[21]

현재 도한(渡韓)하고 있는 처지의 화자인 '나'에게 '한국'은 '모국'의
품과 대조되는 "흉흉한" 대상으로 그려져 있다. 이러한 곳으로 이주해
가는 자신이 "모국의 낙오자"가 아닐까 생각하며 애써 이를 부정해보
지만 "왠지 초조한 마음"이 드는 것은 어쩔 수 없다며 불안감을 감추지
못하는 화자의 모습이 그려져 있다. 한국으로 건너가는 일본인에게 '한
국'이라는 존재가 부(負)의 이미지를 갖는 대상으로 표현되고 있는 것이
다. 이는 논단에서 이야기하는 "정치적이고 형식적인" 의미규정으로 당
시의 '한국'에 대한 개념을 이해하는 데 한계가 있음을 말해주고 있는
것이다. '한국'은 '대륙경영'이라는 차원에서 새로운 희망의 땅으로 정
치적으로 선전되고 있었지만, 실제로 도한하는 일본인에게는 "흉흉"하
고 "초조한" 마음이 들게 하는 땅이며 이러한 한국으로 건너오게 된 자
신은 "낙오자"일지도 모른다는 의념(疑念)을 품게 하는 곳이었던 것이
다. 한국으로 건너오는 과정에서 보이는 일본인 화자의 심리적 불안은
다음의 인용에서도 살펴볼 수 있다.

---

21) 다케우 표객(竹雨漂客), 「연락선」, 『조선』 제2권 제3호, 1908.11. 인용은 『조선 문
예란』(pp.268-272)에 의함.

이민! 어디서 와서 어디로 가는지 모른다
무슨 이유로 정든 마을을 떠나왔는지 집을 떠나왔는지
빠져나온 것인지 쫓겨온 것인지
<u>아무튼 가련한 인생의 '패망자'임에는 틀림없다</u>
(…생략…)
차가운 사람의 피에 손발도 얼어붙은 가련한 이민
그래도 사는 사람에게 미련은 없지만 과연
푸른 물 자색 산은 그립네
작은 선창으로 보이는 고국의 하늘[22)]

화자는 한국으로 이주해가는 자신의 처지를 "가련한 이민"으로 표현
하고, 고국을 떠나 한국에 가는 자신에 대해서 "가련한 인생의 '패망
자'"나 다름없다고 토로하고 있다. 대륙경영에 대한 야심을 드러내 보
이며 앞으로의 한국 생활에 대한 기대감을 표현하고 있는 서사물도 있
지만, 다른 한편으로 도한 일본인들에게서 보이는 이와 같은 불안한 심
리의 표현은 흥미로운 점을 시사하고 있다.

즉, 도한 일본인은 식민지화되어가고 있는 조선에 대해서 식민주체
로서의 자신감을 드러내는 한편, '내지' 일본인에 대해서는 고국을 떠
나온 자의 열등감을 보이고 있는 것이다. 도한 일본인들에게 보이는 이
러한 이중적인 심리는 화자의 내러티브를 통해 전달되는 서사이기 때
문에 읽어낼 수 있는 내용이라 할 수 있다.

또 한 가지 흥미로운 점은 '한국'과 '조선'이라는 개념을 동일한 글
속에 동시에 드러내면서 '한국'과 '조선'을 함께 언급하고 있는 서사물
이 다수 존재한다는 사실이다. 다음에서 이를 살펴보도록 하겠다.

---

22) 다키카와 다케우(瀧川竹雨), 「이민」, 『조선』 제27호, 1910.5, pp.226-227.

3) '한국'과 '조선'

다음의 단편물은 '한국'과 '조선'이 동시에 사용되고 있는 대표적인
예이다.

> 내가 작년 여름 고향을 떠나 이 조선에 건너올 때, 당신 뭐라 했었
> 지. 틀림없이 정조를 지키고 기다리고 있을 테니 하루라도 빨리 돌아
> 와 달라고 절실히 말하지 않았던가. 그리고 출발 전날 밤 훌쩍훌쩍
> 울며 제발 조선에 건너가는 것은 그만둬 달라고 그렇게도 떼를 쓰지
> 않았던가. 나는 아직 선명히 그 때 당신이 했던 말이 귓가에 남아 있
> 어. 당신도 설마 잊지는 않았겠지. / 나는 한국으로 건너와 이제 반
> 년 남짓이긴 하지만 타향의 달을 보며 (…중략…) 그러나 실은 나도
> 정취 느껴지지 않는 살풍경한 한국에서의 반 년 남짓한 고독한 생활
> 은 상당히 외롭고 힘들었기 때문에 필시 당신도 같은 생각에 적적함
> 을 호소하고 있을 거라 생각하니 (…하략…)[23]

위 작품은 편지 형식의 단편소설로, 남편이 한국으로 건너가 생활하
고 있는 사이에 부정(不貞)을 저지른 일본의 아내에게 보내는 남편의 결
별의 편지글이다. 위 인용문에서 보이듯이 '조선'과 '한국'이 병행해서
사용되고 있는데, 시기적으로 이미 한국 병합의 기운이 사실화되고 있
었기 때문에 두 개념이 동시에 등장해도 특별히 어색할 것은 없을 지
도 모른다.

오히려 문제의 소지는 두 개념이 미묘하게 다른 의미를 전달하며 그
사용이 나뉘어져 있다는 데 있다. 즉, '조선'이라는 명칭은 '고향'에 대

---

23) 운산생(雲山生), 「이혼장(離緣狀)」, 『조선』 제3권 제3호, 1909.5, pp.617-618. 강조
점 인용자.

치되는 개념으로 사용되고 있으며 화자의 시점이 일본에 놓여있을 때 언급되고 있는 반면에, 도한한 후에는 '한국'으로 칭해지고 있는 점에 주의할 필요가 있다.

다시 말해 '조선'이라고 말할 때와 '한국'이라고 말할 때의 각각에 대한 화자(話者)의 심리적 거리가 문제인 것이다. 먼저 '조선'이라고 서술하고 있는 부분의 화자의 심리 속에는, 일본에서 봤을 때 한국은 같은 '일본'이지만 그 속에서 '고향'과 대치되는 개념의 외지(外地)일 뿐으로 여겨지고 있는 것이다. 그러나 실제로 한국으로 건너가 살고 있는 처지에서 보면 '일본'의 연장으로서의 '외지'라는 의미보다는 '일본'과 대치되는, '일본'이 아닌 땅의 의미로 '조선' 대신에 '한국'이라는 명칭이 다시 소환되고 있는 것이다. 다른 예를 들어보자.

> 조선에 있는 도시오한테 편지 왔다. 대충 네가 한국에 갈 날도 정해졌지?[24]

위 상황은 한국에 건너간 남편 도시오의 뒤를 따라 부인 오스미가 한국으로 건너갈 준비를 하고 있던 차에 도시오로부터 편지가 도착해 시어머니가 오스미에게 이야기를 건네는 장면이다. 짧은 문장 속에 같은 대상이 서로 다른 개념으로 서술되고 있는 점은 특이하다. 즉, 화자의 입장에서 봤을 때 아들로부터 연락이 오는 곳은 일본 내지의 연장 개념으로서 '조선'이 사용되고 있고, 화자로부터 오스미가 멀어져가는 방향에 대해서는 '한국'으로 칭해지고 있는 사실을 추론해볼 수 있다.

즉, '도한'을 제재로 하는 서사물에서 화자가 일컫는 '한국'이라는 개념은 고향을 떠나 현해탄 건너에 있는 부정적인 인식대상인 것이다. 이

---

24) 아무개, 「현해탄」, 『조선』 제4권 제4호, 1909.12, p.217.

에 반해 '조선'이라는 개념은 일본 내지(內地)의 연장선상에 위치해 화
자와의 밀접한 거리를 유지하며 소환되고 있는 것을 알 수 있다. 하지
만 그렇다고 해서 '조선'이 긍정적인 대상으로 인식되고 있다는 것은
아니다. 문예란의 텍스트에서 표현되고 있는 '조선'은 여러 층위의 긴
장관계를 생성시키며 사용되고 있다.

4. 번역되는 '조선'

인식의 대상과 이를 언어로 표현해가는 과정에는 전의(轉義)가 일어
난다. 특히 문자언어로 표기해가는 과정에서 생기는 의미의 변전현상을
'번역'이라고 정의해본다면, 『조선』의 문예란에 표현되고 있는 '조선'은
다양한 층위로 생성되고 번역되어가는 개념이라고 할 수 있다.

1910년 8월 29일 일제의 한국 병합이 공고화되면서 그 전후로 하여
'조선'이라는 명칭이 문예란에 빈발한다. 그중에서도 특히 '조선'을 몇
차례나 언급하고 있는 에세이를 소개하겠다.

> 나는 남산부터 성벽을 따라 한양공원으로 와, 거기서부터 남대문
> 도로로 나갈 생각으로 내려가던 참이었다. 그런데 불쾌하게 목이 메
> 는 것 같은 냄새나는 조선인 마을을 들어가게 되었는데 혼도리(本通)
> 로 나오기 조금 앞 우측에서 지금까지 있던 조선 가옥을 허물고 있는
> 것을 보았다. (…중략…) 일본인이 안쪽에서 한 사람 나왔다. 그러고
> 보니 지금 허물고 있는 집 뒷면에는 새롭게 지은 일본식 가옥이 있
> 다. / 우리 집 근처에는 내가 처음 왔을 때까지는 아직 대부분 조선인
> 가옥이 있었다. 그랬던 것이 어느새 점차 이전해버려서 처음에는 온
> 돌 창문으로 일본인의 얼굴이 보이고 (…하략…)[25]

위 글은 두 쪽이 채 되지 않는 짧은 에세이의 시작 부분인데, 인(人), 집, ~식 가옥 등에 '조선'을 붙여 여러 차례 언급하고 있다. 인용한 부분 이후도 이러한 서술이 눈에 띈다. 그런데 위의 인용에서도 보이듯이 '조선'이라는 말은 '일본'과 대비되는 맥락에서 사용되고 있음을 알 수 있다. '일본'과 경계 지워지는 개념으로 '조선'이 사용되고 있는 것이다.

그런데 '조선'은 일본에 대비되는 표상으로서 표출되고 있는 개념일 뿐만 아니라 언어 문제로 텍스트 안에서 기동하고 있는 것을 알 수 있다. 도한 일본인들은 현실적으로 한국어가 사용되고 있는 이중의 언어 환경에 노출되게 되는데, 일본어를 한국어로 교체해 사용하고 있는 장면이 문예란의 글 속에서 종종 그려지고 있는 예를 볼 수 있다. 동시기에 한국인을 지칭하는 말로 널리 알려져 있던 '요보'(ヨボ)와 같은 일반화된 관용 어구도 있지만, 특정 상황에서 한국어를 일본어로 대체시키는 장면이 종종 문예란에서 목격된다.

> "역시 사모님 짐작대로입니다. 정말 그 여자입니다. 제가 봤습니다."
> "그 여자를 말야?"라고 오마사는 적 앞에 선 듯이 눈을 부라리고 이상하게 숨을 몰아쉬었다.
> "조코만한 곱슬머리 여자였습니다." "그래도 귀여운 얼굴을 하고 있지?" "아뇨, 조금도 예쁜 여자가 아니었습니다. 눈만 크구요. 주제에 부군을 꼬셔서 지금이라도 본댁에 들어와서 천하를 잡겠다고 말한다고 합니다. 그리고 실례지 않습니까? 사모님을 내몰려고 하다니, 조코만 주제에 건방지게. 누가 사모님……"26)

---

25) 이와사 아시히토(岩佐蘆人), 「오래된 집」, 『조선』 제33호, 1910.11, pp.214-215.
26) 우스다 잔운(薄田暫雲), 「몰락」, 『조선』 제1권 제2호, 1908.4. 인용은 『조선 문예란』(p.39)에 의함.

위의 인용에서 "조코만"이라는 말은 원문에서는 일본어의 외래어 표기에 잘 쓰이는 가타카나(カタカナ)로 표기되어 있는데, 한국어의 '조그만'을 의미하는 것으로 짐작된다.[27] 위에서 '조그만'이라는 말이 사용되고 있는 문맥을 살펴보면, 주인마님을 쫓아내고 안주인으로 들어오려고 하는 여자를 주인집 하녀가 빈정대면서 비꼬는 형용으로 사용되고 있는 것이다. 즉, 전체적으로 일본어로 서술되고 있는 가운데 특정 부분에 한해서, 그것도 차별적인 의미내용을 표현하기 위한 수단으로 한국어를 가져와 그 발음을 외래어 표기법으로 표기함으로써 일본어와 분명하게 구분 짓고 있는 것이다. 이는 한국어에 대한 일종의 배제 혹은 지배의 메커니즘이 작용하고 있음을 드러내주고 있다. 위의 인용이 그 단적인 예라고 할 수 있을 것이다.

그러나 한국어의 단락적인 사용이 반드시 부정적인 관점에서 사용되고 있는 것만은 아니다. 다음의 예를 살펴보자.

"하하하. 대체적으로 비웃는군. 그러나 고용살이 하는 주제에 20이나 25 받고 있어서는 될 리가 없지. 요컨대 여자에게 인기가 있으려면 완전히 돈이 있어야 해. 재력이 없는 것은 좋은데, 여자와 이야기해서는 안 되는 거지."
"하하하. 대체적으로 요즘 깨달음을 얻었다는 거지? 그럼 요즘 정말로 옵소야?"
"응, 우선 그런 셈이지. 그러나 현실적으로는 정말로 그렇다니까. 머지않아 간신히 잇소로 될 지도 모르지만."[28]

위의 인용에 삽입된 한국어 발음 표기는 일종의 은어(隱語) 같은 기능

---

27) 인용 페이지의 각주에 역자 이승신에 의해 이와 같은 설명이 되어 있음.
28) 범범자(凡々子), 「실업자 회사」, 『조선』 제3권 제5호, 1909.7, p.213.

을 하고 있음을 알 수 있다. 앞에서 인용한 것과 같이 반드시 부정적인 맥락에서 한국어가 부분적으로 사용되고 있는 예는 아니라 하더라도, 특정 상황을 자신들에게만 통용되는 말로 표현함으로써 주변을 소외시키고 있는 언어행태가 행해지고 있고, 이러한 상황에 가타카나 표기의 한국어가 차용되고 있다는 점을 주의해야 할 것이다. 이와 같이 일본어 속에 한국어 단어를 그대로 넣어 말을 잇거나 짧은 관용 어구를 활용하는 방식은 한일 병합 당시 그렇게 진귀한 일은 아니었던 것으로 보인다.29)

이들 경우에서 보이듯이, 도한 일본인들의 일상적인 언어생활 속에서 당지(當地)의 언어인 한국어가 일부 한정된 경우이긴 하지만 의도적으로 사용되고 있는 점은 분명하다. 지금까지 이중 언어 상황이 논의의 대상이 된 것은 주로 일제강점기에 피식민 주체인 조선 사람이 일본어로 표현해가야만 했던 식민지기 상황에 대한 것이었다고 할 수 있다. 조선인의 언어가 일본어와 매개되면서 지배언어에 동화하려는 의식과, 그러나 분절을 일으킬 수밖에 없는 측면, 이를 통해 언어공동체라는 근대 내셔널리즘은 결국 이데올로기적 환상에 불과하다는 논의가 바로 그러한 예일 것이다.30)

그런데 본고에서는 이러한 이중 언어 상황이 한말 도한 일본인들에게도 일어나고 있다는 사실에 주의를 환기시키고 싶다. 물론 일제강점기의 조선인이 자신의 모어를 배제시키면서 식민주체국의 언어인 일본어로 자신을 표현해가야만 했던 언어의 주박을 한말 도한 일본인이 느

---

29)『조선』제31호, 1910.9, p.669를 보면 경성여자기술학교 3학년생이 재미있는 이
    야기 네 편을 소개하는 짧은 소품이 실려 있는데, 이 중 한 편에서 한국어 발음
    표기를 다수 일본어와 섞어 언어유희를 하고 있는 이야기가 소개되어 있다.
30) 정백수,『콜로니얼리즘의 초극−은폐와 구축의 폴리틱스−』, 草風館, 2007.10,
    pp.211-216.

끼지는 않았을 것이다. 두 상황은 분명히 차이를 보이고 있다. 도한 일
본인들은 오히려 현지의 언어 즉, 한국어가 종주국의 언어인 '고쿠고(國
語)'로 편제되는 것을 배제시키려는 차원으로 이중 언어 상황에 대처하
고 있었다고 사료된다.

위의 두 인용에서도 알 수 있듯이, 일본어가 행해지는 가운데의 조선
어 발음의 가타카나 표기는 '고쿠고'에 대한 방언의 레벨로 '조선어'가
격하되고 있음을 보여주고 있는 것이기도 하다. 다시 말해 '고쿠고'라
는 제국 일본의 언어로부터 배제되고 있는 '조선어'의 실태를 보여주고
있는 셈이다.31)

이와 같이 잡지 『조선』의 문예란에는 일본제국주의의 표상들이 도한
일본인의 '일상'의 이야기 속에서 표출되고 있음을 주지할 필요가 있다.
정치적 논단의 노골적인 정책상의 발언과는 다른 방식으로 '문예'란은
한국 식민화의 의미내용을 전달하고 있는 것이다. 특히 식민지로 편제
되어가고 있는 한말의 상황이기 때문에 이와 같은 도한 일본인의 한국
어에 대한 배타적 태도가 더욱 노골적으로 표출되고 있는 측면이 있으
리라 생각된다. 일제강점기에 조선에 거주한 '재조(在朝) 일본인'이라는
용어 대신에 한말의 그들을 '도한 일본인'이라는 용어로 분석해내는 것
이 유효한 이유는 바로 이 점 때문이다.

한일 병합 이후에는 조선어에 대한 차별적 현상들이 '내선융화(內鮮融
和)'라는 제국주의 담론 속에서 공공연하게 연출되어 간다. 이러한 사실
을 단적으로 보여주는 것이 바로 당시 조선 사람에 대한 비칭(卑稱)으로
사용되었던 "요보(크ボ)"라는 개념일 것이다. 『매일신보』(1915.6.15)에 실

---

31) 미우라 노부타카・가스야 게스케 저, 고영진 역, 『언어제국주의란 무엇인가』,
   돌베개, 2005.6, p.33.

린 「如何히ㅎ면 日鮮人이 融和될가」라는 기사를 보면 “「ㅋ보」와 「倭」를 絶對로 廢止ㅎ리”라는 주장과 함께, 양국의 감정이 융화될 수 있도록 서로 경멸하는 말에 주의해야한다고 말하고 있다. 이 기사에 의하면 본래 “요보”라는 말은 조선인들이 “여보, 여보”라고 사람을 부르는 때에 사용하는 말로 경멸이나 모욕의 의미를 포함하는 말이 아닌데, 지금은 조선인의 별칭처럼 되어 이를 들은 사람은 개나 돼지로 불리는 불쾌감을 느낀다고 언급하고 있다.32) 역으로 조선인이 일본인을 “왜”라고 부르는 것도 마찬가지로 일본인을 불쾌하게 하는 말인 즉, 두 용어 모두 폐지해 “융화”를 도모하자는 내용인 것이다. 조선이라는 식민지 공간에서 식민 주체인 일본과 피식민자인 조선이 긴장관계를 형성하고 있었음을 드러내주는 예라고 할 수 있다.

이상과 같이 『조선』 문예란의 단편서사에는 도한 일본인들의 일상적인 식민지 경험 속에서 생성되어지는 ‘조선’이라는 기제가 제국주의 담론 속에서 어떻게 생성되고 작용해 갔는지에 대한 단면(斷面)들이 드러나 있다고 하겠다.

5. 맺음말

1900년을 전후해서 일본에서는 ‘조선 이민론’이 활발히 논의되었다. 이는 러일전쟁에 대비해 일본의 세력을 한국에 이주시켜 놓으려고 한 정책의 일환이라고 할 수 있는데, 러일전쟁 전과 비교해보면 1905년 말까지 한국에 이주해간 일본인은 15,829명에서 42,460명으로 급증하게

---

32) 위 기사에서는 일본어의 ‘요보요보(よぼよぼ)’라는 말이 곧 죽을 것 같은 모양의 형용사에서 나왔다고 하는 오해도 있다고 덧붙이고 있다.

된다.[33] 잡지 『조선』이 창간되기 직전인 1907년에 조사된 한국의 각 지역별 도항해 들어온 일본인의 총수는 89,189명이고 이 중 귀국하는 사람은 67,589명으로,[34] 한국에 대한 관심의 증대와 귀국하지 않고 한국에 거류하게 되는 사람이 이 해에만 2만 명이 넘는다는 사실을 확인할 수 있다.

이들 일본인들이 일본 제국주의의 거대한 담론 속에서 어떻게 기능하고 어떠한 의미기제를 생성시키고 있었는지에 대한 고찰은, 이들이 한국에서 겪는 식민지 체험에서부터 생각해볼 필요가 있다. 즉, 이들은 식민 모국에 대해서는 '열등감'[35]을, 피식민자에 대해서는 우월감을 느끼는 이중적인 성격을 기저에 가지고 있었다. 그리고 이들은 현지에서 자신들과 길항(拮抗)하는 한국인과 긴장관계를 형성하게 되는 것이다. 이와 같이 복합적인 동인(動因)을 가지고 생활하고 있는 도한 일본인의 일상을, 식민지에 있어서의 제국주의 담론과의 동화나 그로부터의 배제와 같은 단순 대립구도를 가지고 설명하기는 어렵다. 『조선』의 문예란에 표현되어 있는 이들의 일상에 대한 서술은 내지 일본인과는 다른 층위에서 제국주의 담론과 때로는 연동하고 때로는 길항하면서 식민지 '조선'의 이미지를 만들어내고 또한 드러내고 있는 것이다.

이상의 논의를 통해 잡지 『조선』의 문예란이 한말 도한 일본인의 일상 속에서 생성되는 식민지 '조선'이라는 의미기제를 살펴볼 수 있는 자료적 가치를 제공하고 있음을 확인할 수 있었다. 그리고 식민지와 제국의 다양한 긴장관계를 형성하고 또한 폭로해가는 장치로 '도한 일본

---

33) 다카사키 소지(高崎宗司), 『식민지 조선의 일본인(植民地朝鮮の日本人)』, 岩波書店, 2008.6, p.47.
34) 『조선』 제4권 제1호, 1909.9, p.442.
35) 다키카와 다케우(瀧川竹雨)의 「이민」(『조선』 제27호, 1910.5, pp.226-227)이라는 시에서 표현된 "인생의 '패망자'"가 그 한 예라고 할 수 있다.

인'이라는 개념이 기능하고 있음을 염두에 둘 때에 비로소 제국주의와 식민주의의 문제를 국가 단위의 경계를 넘어선 상호 관련 속에서 바라볼 수 있을 것으로 생각된다.

▶ 재조일본인 잡지 『조선시론』과 동시대 조선문학의 번역

1. 1920년대 식민지 조선의 문학장과 재조일본인

1920년대는 식민지 조선에 근대 학문의 이념과 지식체계 담론이 형성되어 가던 시기였다. 3·1운동 이후 '무단정치'에서 '문화정치'로 일제의 정책이 변하면서, 제한된 범위이지만 '신문지법'[1]을 통해 신문·잡지의 발행이 부분적으로 허용되고 출판문화가 활기를 띠게 되었으며 사회·문화 전반에 걸쳐 근대적 제도가 형성되어갔다.[2] 이 시기 조선의 출판 산업의 규모는 비약적으로 커졌고 이와 더불어 근대적 교육이 확산됨에 따라 근대 대중 독자층이 형성되었다.[3] 당시의 대표적인 언

---

[1] 1907년에 공포된 '신문지법'에 의해 허가를 받으면, 특히 잡지의 경우 발행 전에 관할 관청에 인쇄물 2부를 납본하도록 규정하고 있다. 즉, 사전에 원고 검열을 받지 않아도 됐던 것이다.

[2] '신문지법'에 의해 허가된 잡지는 시사문제를 다루는 논단과 문예작품을 모두 게재할 수 있어 종합잡지로서 체재를 갖출 수 있게 된다. 1920년대는 이러한 '신문지법'의 허가를 받은 종합잡지의 발간이 본격화되는 시기였다(김봉희, 「일제시대의 출판문화-종합잡지를 중심으로-」, 『한국문화연구』, 2008.6, pp.179-180).

[3] 천정환, 『근대의 책읽기』, 푸른역사, 2008, pp.28-31.

론으로 『동아일보』, 『조선일보』가 창간(1920)되었으며, 『개벽』(1920), 『신천지』(1922), 『조선지광(朝鮮之光)』(1922), 『조선문단』(1924) 등의 동인지를 중심으로 한국문학 담론의 장이 구축되어가던 시기였다.

독서 대중화시대의 인프라가 구축된 1920년대 식민지 조선의 이와 같은 변화를 가장 빠르게 간취한 사람들은 동시대에 한반도에 건너와 다양한 분야에서 활동하고 있던 소위 '재조일본인(在朝日本人)'들이었다. 이들은 조선에 대한 관심을 당사자인 재조일본인들에게 알리고 나아가 일본 '내지'에까지 널리 알릴 목적으로 일본어잡지를 발간하거나 한국문학을 번역 간행했다. 『통속조선문고(通俗朝鮮文庫)』(전12권, 自由討究社, 1921~26), 『선만총서(鮮滿叢書)』(전11권, 1922~23), 『조선문학걸작집(朝鮮文學傑作集)』(1924, 奉公會) 등 1920년대에 들어 한국문학이 일본어로 적극 번역, 소개되는 예들이 이를 방증해주고 있다.[4] 그런데 이들은 모두 1908년에 한반도로 건너와 1910년에 조선연구회를 창설하고 1920년에 자유토구사를 설립했으며, 자유토구사가 폐사한 이후 봉공회를 설립해 한국 고전문학 번역작업을 지속적으로 행한 호소이 하지메(細井肇, 1886~1934)의 활동에 의한 결과물이다.[5]

이와 같이 식민지 초기 한국문학을 일본어로 번역해 일본인에게 알린 활동의 중심에는 재조일본인이 있었다고 할 수 있다. 호소이 하지메가 한국 고전문학 번역에 주력하면서 1920년대 재조일본인의 식민지 문단을 만들어가고 있을 때, 이와는 다른 방향에서 한국문학을 번역 소개해간 또 다른 재조일본인이 있었다. 그는 바로 오야마 도키오(大山時

---

4) 정병호, 「1910년 전후 한반도 <일본어 문학>과 조선 문예물의 번역」, 『일본근대학연구』, 2011.11, p.138.

5) 박상현, 「번역으로 발견된 '조선(인)'」, 『일본문화학보』 제46집, 2010.8. ; 최혜주, 「한말 일제하 재조일본인의 조선고서 간행사업」, 『대동문화연구』 제66집, 2009.6 참고.

雄, 1898~1946)라는 편집인으로 동시대의 한국문학에 관심을 가지고 일본어로 번역 소개해간 사람인데, 종래의 연구에서는 이러한 동시대 조선 문학의 번역 소개라는 측면이 거의 주목받지 못했다. 오야마 도키오가 잡지 발간을 통해 펼친 한국문학 번역 소개 활동은 동시대 한국문학의 동향을 주시하고 이를 재조일본인 사회, 그리고 일본 '내지'에 소개하려고 한 동시대성에 그 특징이 있다고 하겠다.

오야마 도키오는 조선의 시대적 변화를 간취하고 조선의 민의(民意)를 살펴 재조일본인에게 알리고자 일본어잡지『조선시론(朝鮮時論)』[6]을 간행했다.

 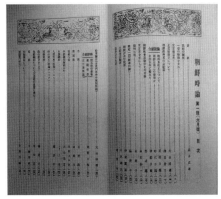

『조선시론』 창간호 표지   『조선시론』 창간호 목차

『조선시론』은 '신문지법'의 허가를 받아 경성에서 1926년 6월에 창간되어 이듬해 10월까지 발행된 일본어잡지로, 오야마 도키오가 발행

---

6) 『朝鮮時論』(朝鮮時論社 編)은 1926년 6월에 창간하여, 7, 8, 9, 12월(10월호 결, 11월 발매 금지), 1927년 1, 2·3, 4, 5, 8월(10월호 결)까지 간행되었다. 본문 인용은 복각판 『朝鮮時論』(日本植民地文化運動資料 9, 綠蔭書房, 1997)에 의한다.

겸 편집인으로 활동했다. 『조선시론』은 조선의 근대 지식체계가 형성되
어가던 1920년대에 조선의 시사 문제가 일본인에 의해 어떻게 다뤄지
고 있었는지를 살펴볼 수 있는 자료이기도 하다.

이 글은 잡지 『조선시론』의 성격을 살펴보고 이에 소개된 조선 문학
의 양상을 고찰해, 동시대의 조선 문학이 일본인에게 어떻게 번역 소개
되고 있었는지 살펴보고자 한다. 하나의 언어가 다른 언어로 옮겨지는
과정에서 생기는 의미의 변전현상을 '번역'이라고 정의해본다면, 『조선
시론』에 번역 소개되고 있는 조선의 문학은 '일본어'가 매개되면서 그
의미가 분절, 전의되고 있음을 알 수 있다. 비록 총 간행 횟수는 많지
않지만 조선 문학의 번역 소개나 주로 언어적 관점에서 조선의 문화를
소개한 『조선시론』의 지면구성을 통해, 일본어역에 의해 구성된 '조선'
이 의미하는 바를 도출해내고 '일본어'로 생성·번역되는 '조선'의 문제
기제를 생각해보고자 한다.

2. 오야마 도키오와 잡지 『조선시론』

『조선시론』의 발행 겸 편집인 오야마 도키오의 아버지 오야마 마쓰
조(大山松藏)는 후쿠시마(福島)현의 몰락지주의 장남으로, 1909년 통감부
관리가 되어 도키오가 11세 때 한국으로 건너왔다. 일제에 한국이 강제
병합된 이후 마쓰조는 조선총독부에서 일을 했고, 1921년부터 1927년
까지 김천에서 군수로 재직했다. 도키오는 아버지를 따라 유년시절부터
기독교도 조합교회에 다녔으며, 경성중학교, 동양상업학교(이후 경성고등
상업학교)를 졸업했다. 조선인 김순학과 결혼, 도시샤(同志社) 대학 상과
에 진학한 오야마는 1922년에 조선으로 돌아온다. 그는 도시샤 대학에

다닐 때 에스페란토 공부를 시작했고, 사회주의에도 접근한다. 이후 조선으로 돌아와 에스페란토연구회를 설립하여 에스페란토운동을 시작했으며, 김억을 만나 초보를 배웠다고 한다.7) 이와 같은 오야마의 내력은 후일 『조선시론』의 내용 구성에 적극 반영된다.

오야마 도키오는 1926년 2월에 정도사(正道社)를 설립하여 회장으로 취임하는데, 같은 해 6월에 창간된 『조선시론』은 사실상 정도사의 기관지나 다름없었다. 정도사를 설립한 오야마 도키오는 언론기관 없이 주의 주장을 펼치는 것은 무력해지기 쉽다는 판단 하에 잡지의 간행을 서두른다. 정도사 본부와 조선시론사의 공동강령에, "현실을 직시한 조선 문제의 비판, 조선 민중의 여론 및 문원(文苑) 소개, 조선 및 조선인의 미적 탐구, 조선 문제에 대한 무이해(無理解) 철저 비판, 민중을 기조로 하는 양 민족의 공영 제창"이라고 적고 있다. 즉, 정도사는 조선과 조선인에 대한 일본인의 무지를 비판하고 이를 바로잡으려는 취지를 내세우고 있는 단체였던 것이다. 또한 선언문에 "동양의 영원한 평화와 일선(日鮮) 양 민족의 행복을 위해 우리는 보다 좋은 일본인이 될 것을 기(期)한다"는 문구와 뒤이어 취지서가 소개되어 있는데, 주요 부분을 이하의 인용을 통해 살펴보겠다.

> 생각건대 우리가 의식해서 그들(조선인－인용자 주)을 차별하고 모욕해 반감을 사는 것은 상상도 할 수 없는 일이다. 그러나 무의식중에 이와 같은 언동이 없다고 누가 말할 수 있겠는가. 정도사는 이를 깊게 생각해 말은 좀 이상하지만 조선인을 사랑하는 것이 아니라, 조선인에게 존경받을 수 있도록 보다 좋은 일본인이 될 것을 여기에 제

---

7) 다카사키 소지(高崎宗司), 「한국인의 목소리를 대변한 잡지 『조선시론』의 발행인 오야마 도키오」, 『그때 그 일본인들』, 한길사, 2006, pp.322-324.

창하는 바이다. 그래서 조선인이 일본인으로서의 생활을 향유할 수 있도록 최선의 노력을 아끼지 말아야 한다.[8]

위의 인용에서 '우리'는 일본인에 한정된 의미임을 알 수 있다. 즉, 정도사의 회원은 재조일본인에 한정되어 있었던 것이다. 따라서 잡지 『조선시론』도 재조일본인을 독자로 상정한 채 발행된다.[9] "민중을 기조로 하는 양 민족의 공영"을 제창하면서 조선인이 일본인으로 살 것을 강조하고, 또 잡지의 독자를 일본인에 한정해 조선인으로부터 존경받는 일본인이 되자는 취지인 것이다.

즉, 여기에서 말하는 "양 민족의 공영"은 어디까지나 일본이 중심적 주체에 있고 조선은 주체에서 결락되어 대상화되고 있을 뿐이다. 이는 일본을 중심에 두고 조선을 타자화시켜 외연으로 밀어내고 있는 결과로, 제국과 식민지의 불균형한 권력 관계를 여실히 드러내고 있다. 물론 정도사나 『조선시론』이 표방한 제국주의적 폭력에 대해 단죄하는 것이 이 글의 목적은 아니지만, 조선인과 소통하지 않는 '조선' 이해를 추구하는 『조선시론』이 "한국인의 목소리를 대변한 잡지"[10]로서 평가를 받기란 애초에 어불성설이다.

잡지 『조선시론』에서 주목할 점은 조선에 대한 '무이해'를 철저히 비판한다는 정도사의 취지하에,[11] 조선에 대한 정보를 제공하고 조선인의

---

8) 『조선시론』 창간호, pp.2-3.
9) 정도사 요강에 "회원이 될 수 있는 자는 내지인에 한정한다"고 명시하고 있다. 『조선시론』 창간호, p.100.
10) 다카사키 소지, 앞의 책, p.321.
11) "우리 내지인은 조선 및 조선인을 이해하는 것이 급선무이다. 그러나 그 이해는 넓고 또한 바른 것이어야 한다. 나는 조선에서 생활한 지 이미 10년이 지났는데, 스스로 생각해봐도 조선에 관한 지식이 부족한 데에는 놀라울 정도이다. (…중략…) 만약 진정으로 내선융화를 이루려고 한다면 내지인은 어디까지나 조선인을 이해하고 느긋하게 유도하는 수밖에 없다."(창간호, 平山正, 「内鮮の融

생각을 알아갈 목적으로 동시대의 조선의 신문이나 잡지에서 내용을 선별해 번역 소개하고 있는 지면 구성이다. 매호 그 달의 조선의 행사를 소개하면서 '내선 풍속의 비교'를 정리하고, "조선민중의 여론 경향을 알기 위해"12) <언문신문사설소개>라는 섹션을 구성해 『동아일보』, 『조선일보』, 『시대일보』, 『매일신보』 등을 중심으로 1개월간 실린 사설 중에서 몇 편씩을 골라 번역 전재했다. 또 동시대에 조선의 잡지에 발표된 시나 소설을 일본어로 번역해 소개함으로써 조선의 저널리즘과 시대적 분위기를 공유하려는 편집방향을 보이고 있다. 조선의 어떤 문학작품이 어떻게 번역되어 소개되고 있는지 호별로 살펴보겠다.

3. 『조선시론』에 번역 소개된 동시대 조선의 문학

『조선시론』은 <문예>란을 별도로 구성하고 있지 않았다. 번역 소개되고 있는 조선의 문학작품은 시와 소설이 주였는데, <목차>에 '역시(譯詩)', '소설', '소설 번역', '창작 번역', 혹은 '시 및 소설' 등의 항목으로 소개되었다. 편집부에서 선택한 시나 소설을 주로 일본어로 번역하여 소개하고 있었는데, 때로는 에스페란토로 번역하고 있는 점도 특징적이다. 창간호에 일본어로 번역 소개한 이익상의 「망령의 난무」13)에 다음과 같이 부기(附記)하고 있다.

> 본지(本誌)는 가능한 한 매호 조선 문단의 걸작을 번역 전재(轉載)하려고 생각한다. 작품을 선출하는 것은 매우 곤란하고 또 각각의 입장

和に就て正道社の諸賢に望む」, p.67.)
12) 『조선시론』 창간호, p.12.
13) 『개벽』 1926년 5월에 발표된 것을 번역 전재한 것임.

에 따라 어쨌든 비난은 피할 수 없을 것 같다. 이 점 양해를 구한다.

사실 "매호 조선 문단의 걸작을 번역 전재하려고" 한다는 편집 방침이 실제로 끝까지 지켜진 것은 아니었다. 목차에 제목만 들어가 있고 내용이 삭제된 정황이나 발매 금지된 호가 있는 것으로 봐서 당국의 검열이 관여한 사실을 추측할 수 있고,14) 호를 거듭해감에 따라 조선의 문학작품을 소개하는 지면 구성 자체가 축소되는 경향도 보인다. 이는 당국의 검열이 점차 강화되고 있었음을 방증해주고 있다. 구체적으로 살펴보자.

『조선시론』 6월 창간호에는 『문예운동(文藝運動)』(1926.2)에 실린 두 편의 시, 이호(李浩)의 「전시(前詩)」와 이상화(李相和)의 「도쿄(東京)에서」가 번역 소개되었다. 『문예운동』(편저자 양대종)은 1926년 2월에 창간되어 동년 6월에 통권 3호로 종간된 문학잡지로, 1926년 2월에 창간되었던 조선프롤레타리아예술동맹(KAPF)의 준 기관지격인 잡지이다.15) 이 두 편의 역시와 함께, 소설로는 이익상의 「망령의 난무(亡靈の亂舞)」가 소개되어 있다. 「망령의 난무」는 바로 전달인 5월호의 『개벽(開闢)』지에 발표된 것을 번역 전재한 것이다. 『개벽』은 천도교의 종교적 색채를 띤

---

14) 잡지에 대한 검열이 7월호에서는 단편 「감자」만 삭제된 상태로 발매되기에 이르렀지만, 11월호는 잡지 전체가 발매 금지처분을 받게 된다. 12월호의 표지 뒷면에 그 경위에 대해, "11월호는 불행히 당국의 기휘(忌諱)에 저촉되어 치안 방해 혐의로 발매금지 명령을 받아 대부분 압수되었습니다. 재발행도 생각해봤습니다만 아무튼 전체적으로 안 된다고 했기 때문에 단념했습니다"고 공지하고, "조의(弔意)를 표하"는 차원에서 11월호의 목차를 소개하고 있다. 이를 보면 김희명(金熙明)의 「화장터(火葬場)」와 단편 「고향(故鄉)」의 에스페란토역이 실릴 예정이었음을 알 수 있다.

15) 최덕교 편저, 『한국잡지백년 1』, 2004.5, p.98. 『조선시론』에 소개된 두 시에는 공히 "1926년 문예운동 1월호에서 번역 게재함"이라고 말미에 명시되어 있는데, 이는 잘못 기재된 것이다.

잡지로, 총독부로부터 지속적인 검열을 받으면서 특히 1920년대 이후의 조선의 사상적 흐름을 이끌었던 잡지이다. 1920년대 낭만주의나 자연주의를 비판하고 사회주의 경향의 문학을 표방하고 있던 경향파 소설을 많이 소개하고 있었는데, 이익상의 「망령의 난무」도 이러한 성격을 지니고 있다고 할 수 있다.

7월호의 『조선시론』에는 김동인의 「감자」(『조선문단』 1925.1)가 번역 소개될 예정이었으나, 목차에만 들어 있고 총 20쪽에 달하는 내용은 원문이 삭제된 채로 발간되었다. <편집후기>에 "번역에 앞서 평양에 있는 김동인 씨에게 몇 번 서간을 보냈는데 대답이 없어 친우 주(朱) 씨에게 양해를 구해 여기에 번역, 전재하게 되었다. 원작은 여러 의미에서 잘 된 작품이라고 평해지고 있다"고 적고 있는 것으로 봐서, '신문지법'에 의해 사전검열은 피할 수 있었으나 잡지가 다 완성된 이후에 납본한 것이 검열에 걸려 원문이 삭제된 상태로 발매된 것으로 보인다.[16]

8월호에는 현진건의 「조선의 얼굴」이 번역 소개되었다. 「조선의 얼굴」은 본래 「그의 얼굴」(『조선일보』 1926.1.3)이라는 제명으로 발표된 것이 그 후 단편집 『조선의 얼굴』(글벗집, 1926)에 수록될 때 「고향」으로 제명이 바뀌는데, 『조선시론』에서 번역 전재할 때 이를 단행본의 표제인 「조선의 얼굴」로 바꾸어 소개하고 있는 것이다.[17] 대구에서 경성으

---

16) 8월호의 편집 후기에 "전호(前號)의 소설 번역 감자(10쪽)가 당국의 주의에 의해 삭제되었습니다. 이 작품은 작년 조선문단의 5월호에서 번역 전재한 것이기 때문에 당시 검열계가 엉성해서 당연 금지해야 할 것을 놓친 것이라고 합니다"(p.109)고 적고 있다.

17) 8월호 편집후기에 "현빙허(玄憑虛) 씨의 단행본 『조선의 얼굴』의 마지막 단편 「고향」을 개제(改題)해서 번역 전재하기로 했습니다. 니시무라(西村) 검열 담당관과 전화로 교섭해서 승낙을 얻어 안심입니다"고 적고 있다. 아울러 동 8월호에 함께 실을 예정으로 선출해놓은 최서해의 「누가 멸하는가」(『신민(新民)』 1926.7)가 게재 불가로 결정되었음을 밝히고 있다. 이와 같이 각 호마다 편집후기에 작품의 검열 결과 여부를 적고 있는 정황으로 봐서 당시에 이미 한국어로는 발표된

로 가는 기차 안에서 일본인, 중국인과 동승하게 된 '그'를 통해 서술자인 '나'가 일제하 조선 농민의 비참한 삶의 모습을 그려내고 있는 이야기이다. 「그의 얼굴」이 고향을 상실하고 유랑하는 '그'에 초점을 두고 있다면, 후에 바뀌는 「고향」은 '그'의 상황을 조선 농민의 문제로 확대시키고 있는 상징성이 있다고 할 수 있다. 「조선의 얼굴」은 이들을 아우르는 제명으로, 고향을 상실한 조선 농민의 비참한 삶을 조선의 실상으로 전달하려는 편집 의도가 엿보인다.

9월호에는 이상화의 시 「통곡」을 일본어역한 것과, 최서해의 「기아와 살육」(『조선문단』 1925.6) 일본어역이 실렸고, 현진건의 「피아노」(『개벽』 1922.11)가 일본어역과 에스페란토역으로 동시에 게재된다. 이 외에도 조선인 이외의 것으로 보이는 시와 창작도 게재되는 등,[18] 9월호는 문학작품의 분량이 눈에 띄게 늘어난다.

「기아와 살육」에서 특기할 사항은 번역자가 임남산(林南山)으로 명시되어 있다는 사실이다. 8월호까지는 번역자를 별도로 명기하지 않은 채 일본어역이 게재되었는데 9월호부터 명기하고 있는 점도 주의를 요하지만, 임남산이라는 번역자가 누구인가 하는 점을 주목할 필요가 있다. 번역자 임남산에 대한 인물정보는 그가 조선인인지 재조일본인인지조차 알 수 없을 정도로 현재 구체적인 사항을 파악하기 어렵다. 다만, 『동아일보』 1934년 5월 16일자에 '조선문인사(朝鮮文人社)' 창립 멤버에 이름이 들어가 있고, 1935년 6월 5일자에는 '중앙일보 동경지국장'이라는 신

작품이라 하더라도 일본어역의 경우에 검열이 별도로 이루어지고 있었음을 짐작케 한다.

18) 조선인에 의한 문학작품을 소개할 때는 작가의 이름을 명시했지만 그 외의 작품은 필명인 경우가 많고, 시사적인 논단의 경우는 이러한 현상이 더욱 뚜렷이 나타난다. 이는 이미 창간호 편집후기에서 익명의 필자를 구성해 신분을 밝히지 않고 글을 실음으로써 "숨어있는 미지의 동지를 모으는 일에 고심하고 있다"고 밝히고 있다(창간호, p.101).

분으로 임남산이라는 이름 석 자를 확인할 수 있다. 또한 잡지『모던일본』조선판을 마해송과 함께 기획했으며, 한일 저명인사로 구성된 최승희 후원회로 있으면서 심훈, 최승일 등과 함께 신극 연구단체인 '극문회(劇文會)'를 조직했다는 사실을 확인할 수 있다. 그러나 번역자로서의 임남산에 대한 정보는 현재 확인되는 내용이 없는 실정으로, 그가 재조일본인이라기보다는 조선인이었을 가능성이 더 크다고 짐작될 뿐이다. 그래서『조선시론』에서의 그의 번역 활동은 더욱 주목할 만하다.

「기아와 살육」과 함께 실린 「피아노」는 경제적으로 여유 있는 신혼부부가 이상적인 가정을 꾸리기 위해 피아노를 들여놓았는데 나중에 서로 피아노 치는 법을 모른다는 사실을 알게 된다는 풍자적인 이야기로, 전체적으로는 축자번역하고 있으나 다소 구두점이 이동해 있고 국한문혼용체의 옛 문투가 표준적인 일본어로 바뀌어 있는 점이 눈에 띈다. 특기할 사항은 임남산의 일본어역과 동시에 에스페란토역을 병기하고 있다는 점이다. 에스페란토역을 한 사람의 이름은 명시되어 있지 않다.

주지하듯이 우리나라에 처음으로 에스페란토를 보급한 사람은 김억(金億, 1896~?)이다. 김억은 1930년대에 「피아노」 외에도 「사진」(전영택), 「감자」(김동인), 「명화(名畵) 리디아」(김동인)를 에스페란토역해서 국내외에 소개했고, 『폐허』와 『개벽』지를 통해 에스페란토 보급 활동을 폈다. 물론 이상의 활동은 「피아노」 에스페란토역이 『조선시론』에 실린 것에 비해 뒤에 일어난 일이고 번역자가 명시되어 있지 않기 때문에 정확한 사실은 확인할 수 없으나, 김억이 조선시론사의 문예부에 소속되어 있었고 오야마 도키오에게 에스페란토를 전수해준 사실과 『조선시론』(1927.1)에 김억의 에스페란토란을 별도로 마련되는 사실 등을 감안하면, 김억에 의한 번역이 아닐까 추측된다.[19] 국가나 민족을 뛰어넘는 연대로서 제안된 에스페란토를 제국주의에 대한 저항으로 방법화해 가는 김억의 『조선시론』에서의 활동의 단면을 엿볼 수 있는 부분이다.

9월호의 『조선시론』에는 이광수의 단편이 김억의 에스페란토역으로 소개되어 있을 뿐, 이후 조선 문학작품의 일본어역은 실리지 않게 된다. 대신 일본인에 의한 시나 단편, 필명으로 발표된 소설, 희곡 등으로 메워진다. 『조선시론』은 1927년까지 단속적(斷續的)으로 간행되었는데, 조선의 신문 사설을 번역 소개하는 코너는 비교적 끝까지 유지된 반면에 문학에 대한 소개는 이후 보이지 않게 되는 것이다.

4. 조선 문학작품의 일본어역에서 보이는 문제

『조선시론』에 번역 소개된 조선의 문학작품은 1920년대 식민지 조선의 현실을 문학화한 시나 소설들이 선택된 것을 알 수 있다. 보통 시의 번역이 소설 번역에 비해 시어가 함유하는 상징적이고 토속적인 의미나 운율이 주는 형식미를 살려내기 어렵다고 할 수 있다. 그러나 『조선시론』에 실린 작품들을 보면 시보다는 소설에 본문의 이동(異同)이 많이 일어나고 있음을 알 수 있다. 이는 번역의 의도가 조선의 문학작품을 어떻게 수용할 것인가에 초점이 놓여있었다기보다는, 독자인 재조일본인들에게 조선의 현실을 어떻게 전달할 것인가에 방점을 두고 작품을 편의적으로 개작한 때문으로 생각된다. 물론 이에는 여러 차례에 걸친 오야마 도키오의 글에서도 짐작할 수 있듯이 당국의 검열이 관여하고 있음은 물론이다. 이하 일본어로 번역되는 과정에서 그 이동이 가장 많은 소설의 주요 부분을 분석해보겠다.

---

19) 1927년 1월호의 표지 뒷면에 조선시론사 관련 인사들의 새해인사에 김억이 조선시론사 문예부 소속으로 열거되어 있다.

1) 「망령의 난무」 일본어역

「망령의 난무」는 작중인물 창수가 생활고에 쫓겨서 죽은 아내의 무덤을 파헤쳐 아내의 주검과 함께 묻혀있는 귀금속을 꺼내가면서 스스로를 도덕적으로 책망하는 심정이 그려진 작품으로, 창수의 고뇌를 통해 조선인이 맞닥뜨리고 있는 '가난'의 문제를 드러내고 있다. 이하는 『개벽』에 발표되었던 원문이 『조선시론』의 일본어역으로 바뀌는 과정에서 그 의미가 많이 변화된 부분이다(이하 밑줄 친 부분은 모두 인용자에 의한 것임).

> 「여보! 그대도 아는 바와 가티 우리집안이 전에야 어듸 요모양으로 지내엇소? 그래도 여러대를 두고 의식걱정은 아니하고지내다가 나는 요모양이 되엇소그려!」
>
> 이러케 말할때에 묘직이는 실지로보는창수의 채림채림과 미리부터 드러두엇든소문이 벤틈업시 맛는것을 비로소 알엇다.
>
> 「그야 당신댁 뿐이신가요? 우리조선사람살기가 다그러케 되어가는 판이아님닛가?」하고 창수를 또한번위로하듯말하엿다.
>
> 「아니람니다 조선사람이라구 다요모양이겟소 우리가튼사람이나 그럿치요! 그래도 우리가 예전에야 요모양은 아니엇섯지요 하도갑갑하기에 산수탓이나 아닌가하고……」
>
> 창수는 여긔까지 말을 하기는하엿스나 그다음말이 잘나오지안햇섯다.
>
> 「お爺さん！ 私の家がこんなことになるとは思はなかつたのです。私の父や祖父の時代まで、兎に角喰ふ事や着ることに困るやうなことの無かつたのは、お爺さんも知つて居る通りですがね……」
>
> 此處まで昌洙が語つた時、初めて墓守は噂に聞いた昌洙と、目の前に座つて居るみすぼらしい彼の姿とを、ぴつたりと思ひ合はすことができた。
>
> 「それはね！あなたの家計りぢやありません。朝鮮人の暮しは誰も

彼も皆さうなつたのですぜ」と墓守は、昌洸を慰めるやうに云つた。
　「さうぢやありませんよ、朝鮮人だつてみんなさうきまつたもの
ぢやありませんよ、私ばかりが斯う落ちぶれるのを見ると、此れは
何か譯があるに違ひないんです。私の家だつて五六年前まではこん
なぢやなかつたんですからね……これはきつと墓の祟りではない
かと思つて……」と、まで云つたが次ぎの言葉は續かなかつた。

위의 일본어역에서 보면 원문의 '우리'가 '나(私)'로 대체되어 번역되어 있는 것을 알 수 있다. 즉, 현재 창수가 겪고 있는 가난의 책임이 창수 개인에게 있다는 논리를 만들어 내고 있는 것이다. 또 원문에 없는 "5, 6년 전까지는 이렇지 않았다"는 대사를 덧붙여 말하게 함으로써, 창수의 가난을 조선이 일제의 식민지가 되면서 생긴 문제라기보다 3·1 만세운동 이후에 초래된 결과로 논리지우고 있음을 알 수 있다. 다음의 일본어역에서도 창수 개인에게 문제의 소지를 돌리고 있는 서술을 확인할 수 있다.

　엇잿든 이묘디(墓地)에는 창수에게직접으로 화복(禍福)의 영향을밋치게될 산소가여러개가 잇슴으로 묘직이가 어느것인것인지 그것을뭇는것도 상당한일이엇다.
　彼に直接關係のある墓なることに変りのある筈はないのである。若し祟りがあるとすれば昌洸に祟るべき墓が、余りに多くあることを知つて居る墓守は、どの墓を掘るのかと聞くのも、禍福說を信じて居る彼れとしては当然であつた。

창수를 향한 비난의 화살은 윤리적인 면에 집중되면서 부정적인 면을 강조하는 반면, 일제에 대한 내레이터의 비판적인 내용을 암시하는 부분은 삭제된다. 이하의 인용을 비교해보자.

나는 물론 너의들중에서 <u>앳서모아준모든 것을</u> 헛되이 업샛는지도
알수업다. 헛되이 업샛다. 그우에 무엇을 더탐하야 루긔사업에
모든것을 내바티엇다. 술을먹엇다. 녀자를간음하엿다. 그리고 다른사
람을 학대하엿다. <u>그러나 나는아즉것 남의것을 쌔앗지는아니하엿다</u>
남에게몹슬짓을 하지아니하엿다. 내가 내버린그것만치 다른사람이 어
딧슬뿐이다. 나는 적선을하엿다.

勿論俺は爾等の中の誰かが<u>人の膏血を搾つて造り上げた身代</u>を空
しく費したのかも知れない。俺が人を虐待したのも、女の貞操を弄
んだのも、今日亡妻の遺骨に侮辱を加へるやうな行爲になつたの
も、<u>その作り上げた財のさせたわざなんだ。</u>俺は決してむごいこ
とをした覺えはない。

밑줄 친 부분을 보면 창수 개인에 대한 윤리적인 단죄가 강조된 반
면에, "남의것을 쌔앗지는아니하엿다"는 말은 일제의 한국 국권 침탈로
유추해석이 가능한 부분인데, 이는 삭제되고 대신에 부정하게 쌓아올린
재산이 문제라는 식으로 의미하는 바를 애매하게 옮겨 적고 있음을 알
수 있다.

또한 땅속에 무처잇는 사랑하는 안해에게「사랑하던안해여! 나의
오늘날하는행위를 용서하라! 그대에게 거짓행동을 만히한것을용서하
라! 그리고 그대의지니고잇는 모든보물을 이리로내노라 그러하야 나
의남은생을 질겁게하라 나는아즉도젊은피를 가젓노라! 나는그대가 죽
을때 모든것을 그대의관속에 깁히깁히너흔것도 말하면 모도가허위엇
노라! <u>그대의혼을 위로할랴는 양심으로만 그런것이아니라 체면을보앗
고 이름을어드랴하엿고 또는그밧게 여러불순한감정이 잇섯든것이사
실이다</u> 그대여! 안해여! 내의 불순한동긔로 준모든선물을 나에게로
돌려보내라 그쓸데업는물것을― 그물건이 내손에들어온뒤에 나는 다
시 그것으로 이젊은몸의 불순한피에 다시불을부치려하노라. 나는다만

이것을 엇더케 쓰겟다는것을 그대에게 맹서할수가업노라! 그대여 원
망치마라 미워하지마라저주하지는 더욱말라! 내가 그대의나라로 도라갈
때에 모든것을 그대에게 사과하리라」하고 업대여부르지지엇슬것이다.

　又地の下深く眠つて居る亡妻に向つては、「いとしい妻よ！俺の
今やつて居ることを許して吳れ！俺は僞つた。お前を欺した。そ
してその棺桶の枕元に腐れかかつて居る宝を俺に渡して吳れ！元々
貰ふ爲めに入れた金や銀では勿論なかつた。<u>併し俺は、俺は今それ
が欲しいのだ。</u>その贅澤品も今お前の住む平和な世界には不用なの
だ。お前には何の役にも立たないものが俺には入用なのだ。それ
で俺の不純な血を又燃し盡くすことが出來るんだ。併しこれをどう
使はふとお前は何も云つてくれるな！亡妻よ恨むな！憎むな！お前
は靜かな世界に住んで居る。<u>お前には不用な宝を以つて世間の奴等
にもう一度拝ませてやるのだ！</u>」と地べたに額をびつたりとつけて
詫びたかも知れない。

　위의 일본어역을 보면 창수가 아내의 무덤을 파헤쳐 보물을 꺼내는
이유를 세상에 허세를 부리기 위함이라고 내레이터가 단정해버리고 있
다. 반면에 창수가 자신의 과거의 허위를 고백하는 내용은 삭제되고 단
지 보물을 욕심내고 있다는 대사로 대체되고 있다. 방탕하고 허위에 둘
러싸여있던 과거를 토로하고 앞으로의 일을 중의적이고도 격정적인 언
사로 이어가는 창수의 대사가 일본어역에서는 내용과 문체가 모두 축
소되어 있음을 알 수 있다.

2) 「기아와 살육」 일본어역

「기아와 살육」은 북만주에서 극도로 빈궁하게 살아가던 경수가 결국에는 가족을 몰살하고 닥치는 대로 살인을 저지르게 된다는 이야기로, 식민지 현실에 대한 분노와 저항을 계급적인 의식까지 끌어올리지 못하고 개인적인 차원에서 형상화한 동시대의 경향파 소설과 맥을 같이하고 있다고 볼 수 있다. 이하에서 원문에 비해 일본어역이 많이 바뀐 부분을 중심으로 살펴보자.

> 「이놈 남의 나무를 왜도적해가늬?」
> 하고 산님자가 뒤ㅅ덜미를 집는것가태서 마암까지 괴로웟다. 벗어 버리고십흔 마음이 여러번 나다가도 식구의 덜ㄱ떠는 꼴을 생각할때면 다시 이를 갈고 긔운을 가다듬엇다.
> 「オーイ、人の薪を盗つて行くのは誰だ─?」と云ふて、山の持主に後を追掛けられるやうで、心までが咎められて來るのであつた。それよりもつと山の持主が、支那人であることを思ひ出すと、彼の胸は、今更のやうにギクツとした。朝鮮人は、善くてもおさえ付けられてゐる。この支那人の土地から、彼奴等のものを盗むのであるから……担いで來た荷物まで、投げ捨ててゝ了ひたい考えが、何べんとなく繰返されたが、然し寒さに慄へて居る家族のことを思ふと、再び齒を喰ひしばつて、元氣を出さうとした。

위의 인용은 소설의 시작부분으로, 밑줄 친 부분은 원문에 없는 내용이 일본어로 번역될 때 덧붙여진 곳이다. 북만주를 배경으로 이야기가 전개되고 있다는 사실이 원문에서는 중반 이후에 밝혀지는데 일본어역에서는 이를 처음에 밝힘으로써, 주인공 경수의 갈등이 만주로 이주해 간 조선인의 문제임을 전제하고 있는 것이다. 또 중국에서의 조선인의 생활을 비판적으로 서술하는 내용이 덧붙여져, 결국 경수가 무차별 살육을 하게 되는 결말의 문제적인 요소가 상쇄되도록 작용하고 있다.

> 「글스기는? 우리가 두고 안준답듸까? 에그 그게트림하는 꼴들을 보지말구 살엇스면……」
> 「惡いと云ふたつて？私等が持つて居て拂はんのぢやないんでしよう？實際あの威張り返つてゐる樣を見ないで暮されたら……<u>糞にもならない滿洲くんだりに流れて來てゐる奴等は話にならないや……</u>」

원문에 없는 "비료로도 못 쓰는(아무런 도움도 되지 않는) 만주 변방에 흘러들어오는 녀석들은 말할 가치도 없어"라는 말이 일본어역에 추가된 것은 무엇을 의미하는가? 만주에 대한 비하 발언은 1920년대 만주를 둘러싼 일본의 시대적 분위기를 잘 보여주고 있다. 1920년대에 접어들면서 '토지조사사업'이나 '산미증식계획'의 영향 아래 조선농민의 만주 이주가 본격화되는데, 이렇게 이주해간 조선인은 일제의 만주로의 세력 확대를 위한 첨병 역할을 하게 된다. 이에 재만 조선인에 대한 중국 정부의 탄압이 더욱 심해지는데,[20] 주인공 경수가 처한 상황을 통해 이러한 시대적 분위기를 엿볼 수 있다. 아직 만주가 일본의 '생명선'이라는 말이 공공연하게 나오기 이전에 일본의 제국주의가 중국의 내셔널리즘과 첨예하게 대립하고 있던 1920년대의 상황을 감안하면, 덧붙여진 위의 만주 비하 발언은 의도적으로 행해졌다고 볼 수 있을 것이다.

이와 같이 당시의 만주에 대한 일본의 입장을 대변하는 서술이 원문에 없음에도 불구하고 덧붙여져 번역되었는데, 이러한 개작이 바로 임

---

20) 노기식·한석정 저, 『만주─동아시아 융합의 공간』, 소명, 2008, p.201.

남산이라는 식민지 조선인으로 추정되는 인물에 의해 행해졌다는 사실
은 간과할 수 없다. 식민지 조선인이 제국 일본의 입장에 서서 조선의
문제를 보고자 자처하는 식민지적 주체의 일면을 바로 이 임남산의 일
본어역에서 찾아볼 수 있는 것이다.[21]

　다음의 두 부분은 번역 시 삭제된 소설의 마지막 부분이다.

　　「모두 죽여라! 이놈의 세상을 부시자! 복마전(伏魔殿)가튼 이놈의
　　세상을 부시자! 모다죽여라!」
　　　―以下三行削除―

　　「내가 미처? 내가 도적놈이야? 이 악마가튼놈덜 다죽인다!」
　　「俺が氣違だつて？俺が盜坊だと？」
　　　―以下一行削除―

　조선인의 봉기를 암시하는 두 부분이 거의 동시기에 한국어로 발표
된 소설에서는 온전히 실렸던 것에 반해, 재조일본인을 독자로 하는 일
본어잡지에서는 삭제 검열을 받은 것이다. '삭제'되었다고 일부러 표시
해놓은 정황으로 봐서, 검열에 의해 삭제되었다는 사실을 알리려는 편
집 의도가 엿보인다. 이는 1920년대 당시의 검열이 재조일본인에게 보

---

21) 윤상인은 일제 말기에 일본어로 번역 출간된 김소운의 『조선시집』에 대한 전후
　　일본의 평가가 지나치게 높은 점에 대해, "김소운과 같은 식민지적 주체를 통
　　해 비폭력적 방법으로 제국과 식민지 간의 '가교'를 구축한 제국의 문화적 관용
　　은 식민지 지배에 대한 역사적 재평가를 주장하기에 충분한 전사(戰史)로 기억
　　되고 있는 것이다"고 하면서 일본 전통의 시적 규범과 정서로 수렴시키는 번역
　　태도를 지적하고 있는데, 이는 제국 일본의 입장을 스스로 대변하고자 자처한
　　식민지 조선인의 번역 태도라는 점에서 임남산의 경우에도 적용될 수 있는 내
　　용이다(윤상인, 「번역과 제국과 기억 ─김소운의 『조선시집』에 대한 전후 일본
　　의 평가에 대해」, 『일본비평』 2호, 2010년 상반기호, p.87).

다 철저히 행해진 측면이 있음을 짐작케 한다.

이상에서 일본어역에 이동이 많이 발견된 「망령의 난무」와 「기아와 살육」의 본문을 살펴봤는데, 두 작품 모두 1920년대 식민지 조선의 현실을 문학화한 것으로 카프문학의 전사를 이룬 신경향파 소설에 속한다. 주된 작중인물이 창수와 경수 같은 가난한 패배자로 설정되어 있고 이들이 보여주는 조선의 현실은 곤궁하고 부정적인 모습으로 그려지고 있다. 또한 가난을 일제 치하에서 필연적으로 촉발된 것이라기보다는 개인의 윤리적 문제로 환원시킴으로써 조선의 현실을 사회적으로 문제화시키는 데 역부족이었던 당시 경향파 소설의 한계성을 드러내고 있다고 할 수 있다.[22]

그런데 같은 소설 장르에서 현진건의 「조선의 얼굴」이나 「피아노」의 일본어역이 비교적 이동이 적은 반면에 경향파 소설의 일본어역에 특히 이동이 많은 사실은 주의를 요한다. 요컨대, 재조일본인 독자에게 식민지 조선의 현실을 제재로써 보여주기는 하되, 식민주의 현실의 문제성을 폭로하기보다는 조선인 개인의 문제로 문제의 소지를 축소시키려는 의도가 일본어역에 반영되어 있음을 알 수 있다. 특히 3·1운동 이후 활발해지는 사회주의 운동의 영향을 받아 이들 경향파 작품들 속에 표현된 식민지 조선의 현실과 이를 상대적으로 바라보는 재조일본인의 관점을 일본어역에서의 이동이 보여주고 있는 것이다.

---

22) 박상준, 『한국 근대문학의 형성과 신경향파』, 소명, 2000, p.125.

5. 재조일본인이 번역한 '조선'

이상의 논의에서『조선시론』이 당초 표방한 "양 민족의 공영"을 기조로 조선의 시사와 문학을 일본인 독자에게 소개한 특징을 살펴보았다. 물론 독자를 일본인, 정확히 말하면 재조일본인에 한정한 점과 당시의 검열제도로 인해 잡지에서 다루고 있는 내용에 제한을 받기는 했지만, 조선의 시사문제나 문학작품 외에도 '내선 풍속의 비교'나 '조선의 행사'를 기획 소개하는 등, 조선에 대한 다양한 관심을 보이고 있다.[23)]

특히 '조선어'에 대한 관심을 보이고 있는데, 창간호에 보이는「차별적 언동에 대하여」,「'여보(ヨボ)'어 금지에 대하여」,「소학교 아동에 대한 조선어 교육에 대하여」등의 일련의 논고는 일본인의 조선어에 대한 차별적 언동을 비판하고 일본인의 조선어 교육문제를 짚고 있다. 또한 1927년 4월호의「시론(時論)식 조선어사전」과「재미있는 조선어」(橫山保)는 조선어의 향토색이나 풍속을 동시대적인 문맥을 살려 구체적으로 설명을 덧붙이고 있어 매우 흥미롭다. 제국 일본의 지방으로서의 로컬리티로 '조선'을 자리매김해가려는 당시의 경향을 여기에서도 확인할 수 있다.

비록 총 간행 횟수는 많지 않지만 조선 문학의 번역 소개나 언어적 관점에서 조선의 문화를 소개한『조선시론』의 문제군은 조선의 문화를 바라보는 재조일본인의 관점을 잘 반영해주고 있다. 특히 조선의 문화에 대한 소개는 조선시론사의 사장이자 잡지 편집자인 오야마 도키오

---

23) 이러한 내용의 글은 주로 편집자 오야마 도키오가 집필했는데, 그는 자신의 본명 외에도 초양생(超洋生), 녹풍생(綠風生) 등의 필명으로『조선시론』의 매호에 시론, 평론, 에세이 등을 다수 싣고 있다.

가 직접 쓴 글들이 대부분으로, 재조일본인의 관점에서 제국의 로컬리티로 구성되는 '조선'이 다양한 제재로 그려지고 있다.

이에 비해 임남산과 같은 식민지 조선인이 관여하고 있는 조선 문학의 일본어역은 번역을 둘러싼 제국과 식민지의 정치적 역학관계의 단면을 잘 드러내주고 있다. 물론 이러한 관계는, 임남산이 번역자라는 사실이 「기아와 살육」에만 명시되어 있고 다른 작품에는 에스페란토역을 주로 담당했던 김억 외에는 번역자가 별도로 명시되어 있지 않기 때문에 잡지 『조선시론』에 소개된 조선 문학의 번역에 대해 일괄적으로 적용시킬 수는 없다. 다만, 식민지 조선인이 번역한 「기아와 살육」에 특히 본문의 이동이 많고 개작된 내용에 식민 종주국의 입장에서 조선의 문제를 바라보는 관점이 개입되어 있는 사실은 우연이 아니다. 욕망의 식민 공간에서 행해지는 제국의 언어로의 번역은 식민지 주체로 하여금 스스로의 문화를 억압하고 제국의 그것에 동질화되어가도록 종용하는 것이다. 이는 이후 조선인에 의한 일본어문학이 양산되는 1930, 40년대에 일본어라는 관성에서 결코 자유로울 수 없는 식민지 조선 문학의 내면을 묻고 있는 것이기도 하다.

▶ 1920년대 식민지 조선의 일본어문학장

1. 들어가는 말

이 글은 일제강점기에 조선에서 발간된 일본어잡지에 조선인의 창작
이 게재되기 시작하는 1920년대 식민지 조선의 일본어문학장에 주목해,
조선인이 일본인과 상호 침투, 각축하면서 나타나는 서사 및 담론을 추
적하여, 식민지적 일상의 착종된 욕망이 서사로 형상화된 양상을 고찰
한 것이다.

1920년대는 식민지 조선에 근대 학문의 이념과 지식체계 담론이 형
성되어 가던 시기였다. 이 시기 조선의 출판 산업의 규모는 비약적으로
커졌고, 조선인 문학자들의 문단 활동도 활성화되었다. 그런데 이들과
각축이라도 하듯이 또 다른 창작 주체가 급부상한다. 이들은 당시 한반
도로 건너와 다양한 분야에서 활동하고 있던 소위 '재조일본인(在朝日本
人)'으로, 조선에 대한 관심을 당사자인 재조일본인들에게 알리고 나아
가 일본 '내지(內地)'에까지 널리 전달할 목적으로 조선에서 일본어잡지

를 발간하게 된다.

그런데 이러한 일본어잡지에는 비단 재조일본인만 창작주체로 관여한 것은 아니었다. 조선인의 국문학 작품이 일본어역으로 번역 소개되기도 하였고, 또 조선인이 직접 일본어로 창작한 작품도 함께 실리기 시작했다. 물론 '내지'에서 보내온 글도 동시에 게재되었으나, 이는 주로 잡지 초기 단계에 많았던 것이 점차 재조일본인의 비중이 커지고 또한 재조일본인의 글을 유도하는 담론이 나오면서, '내지'인의 글보다는 당지(當地)에 살고 있는 재조일본인의 글이 더 비중 있게 다뤄지게 된다. 요컨대, 식민지 조선에서 간행된 일본어잡지는 조선에 살고 있는 재조일본인, '내지' 일본인, 그리고 조선인의 글을 동시에 담아내고 있는 '장(場)'으로서 기능한 것이다.

그중에서도 『조선급만주(朝鮮及滿洲)』(1912.1~1941.1)와 『조선공론(朝鮮公論)』(1913.4~1944.1)은 식민지 조선에서 오랜 기간에 걸쳐 간행되어 식민주의 담론을 지속적으로 담아낸 종합잡지로, 집필자들의 구성도 다양해 정재계의 논객뿐만 아니라 일반 독자들에게도 투고를 받아 게재했기 때문에, 1920년대 식민지의 일상을 살펴보는 데 최적의 텍스트라고 할 수 있다. 특히 문예물은 시대별로 지면 구성을 달리해가며 조선에서 만주에 이르기까지 다양한 주체의 글들을 담아냈는데, 이를 살펴보면 1920년대 이후 식민지 조선인의 작품이 실리기 시작하면서 '내지' 일본인, 재조일본인, 그리고 식민지 조선인의 삼파전을 보이다가, 점차 재조일본인의 비중이 커지면서 재조일본인 대 조선인의 구도를 보이게 된다.

따라서 이들이 창작주체로 관여한 서사물을 보면 정제되지 않은 글도 다수 있으나, 그렇기 때문에 오히려 서로 혼재하는 공간에서 상호 침투된 일상과 그 속에서의 긴장관계를 그대로 노정하고 있는 작품을 많이 볼 수 있다. 이러한 특징에 주목하여 이 글은 조선인과 재조일본인이 일본어문학의 창작주체로 등장하는 1920년대의 『조선급만주』와 『조선공론』 지상(誌上)의 서사물을 중심으로, 이들이 상호 침투, 길항하면서 각축하는 식민지적 일상의 혼종적 측면을 고찰하고자 한다.

이 글에서 식민지 조선의 일본어잡지에 실린 조선인의 창작에 주목하는 이유는 이하의 세 가지 측면에서이다. 첫째, 제국과 식민지인이 동시에 경험하는 조선이라는 당지(當地)에서의 식민지 체험이 같은 미디어 공간에서 표현되는 형태에, 식민지 일본어문학의 특징적인 단면이 나타나 있다고 생각된다. 사실 조선 내에서 제국과 식민지를 구분하는 자체가 이미 제국에 포섭된 의미이지만, 조선에서 나온 일본어문학 작품에는 제국과 식민지가 혼재된 상황이 나타난다. 그런데 조선인이 그린 식민지 일상과 재조일본인이 그린 그것은 동일한 식민지 조선이 물론 아니다. 조선인이 재조일본인과 접촉하는 가운데 만들어낸 서사, 그리고 역으로 재조일본인이 조선인과의 관련 속에서 만들어낸 서사를 각각 추적해 식민지 일상을 복수의 층위에서 고찰할 필요가 있다.

둘째, 재조일본인의 잡지에 실려 있는 조선인의 창작에는 제국의 미디어로 치고 나가려는 조선인의 식민지적 욕망이 담겨있다. 1920년대는 조선어문단 쪽도 활발히 기능하고 있었기 때문에, 군이 일본어문단에 창작을 시도한 행위를 어떻게 이해할 것인지 생각해볼 필요가 있다. 일본어로 글을 쓰는 자체가 제국의 통제 하에서 작동하는 기제라고는 하나, 그 속에서 균열 혹은 탈주는 분명 일어나고 있다. 재조일본인의 잡지에 일본어창작을 시도한 조선인이 무엇을 욕망하고 있었는지 살펴보고자 한다.

셋째, 조선인의 일본어 창작은 조선에서 형성된 일본어문단에 이질성을 만들어 낸다. 일본인에 준하는 일본어 구사능력이 전제로 요구되는 일본어 매체에 식민종주국의 언어로 글을 쓰는 것의 어려움과 당혹감은 내면으로 침잠하는 서사로 이어지는 경향이 있다. 물론 이러한 이질성은 동일한 민족인 일본인 속에서도 존재한다. '내지' 일본인과 재조일본인, 그리고 같은 재조일본인 속에서도 입장과 처지에 따라 각각 상이한 교접의 양상을 보인다.

이상의 문제를 포함해, 1920년대 조선의 일본어잡지에 발표된 조선인에 의한 일본어 창작을 살펴보고자 한다. 조선인이 일본문단에 진출해 본격적인 일본어문학을 시작하는 것은 장혁주(張赫宙)나 김사량(金史良)이 등장하는 1930년대 이후인데, 이른바 '내지(內地)'에서 활약한 이들 작품이 현재에 이르기까지 중요하게 다뤄지고 있는 반면, 이보다 앞서 조선의 일본어잡지에 발표한 작가의 작품은 거의 인지되지 않고 있는 실정이다.1) 이 글은 조선인에 의한 초기 일본어문학이 가지고 있던 제 문제들을 생각해 보고자 하는 것이다.

2. 1920년대 조선의 일본어잡지와 창작 주체

1920년대 식민지 조선에서는 출판 산업의 규모가 비약적으로 커져, 조선의 대표적인 일간지 『동아일보(東亞日報)』와 『조선일보(朝鮮日報)』가 창간되고(1920), 잡지 『개벽(開闢)』(1920), 『신천지(新天地)』(1922), 『조선지

---

1) 이와 관련해 『조선공론』을 주로 고찰하고 있는 송미정의 논고(「『朝鮮公論』 소재 문학적 텍스트에 관한 연구—재조 일본인 및 조선인 작가의 일본어 소설을 중심으로」, 국민대학교 박사학위논문, 2009)가 있는데, 1920년대 재조일본인과의 관련 속에서 조선인의 일본어문학 전반을 고찰하고 그 의의를 논하는 데에 이 글의 차별점이 있다.

광(朝鮮之光)』(1922), 『조선문단(朝鮮文壇)』(1924) 등, 동인지를 중심으로 조선인 문학자들의 문단활동이 활성화된 시기였다. 한편, 재조일본인의 활동도 활발해져 조선에 관한 자신들의 관심을 당사자끼리 공유하고, 나아가 '내지'까지 전달할 목적으로 일본어잡지를 발간해 갔다.

잡지 미디어는 신문에 비해 비교적 지속적인 담론의 장을 유지하면서 공동의 이익을 추구하는 독자층을 주된 대상으로 한다. 또 문예작품은 신문연재소설에 비해 미학적이고 단편적이며 개별적인 특성을 지닌다. 그렇기 때문에 식민권력의 입안으로 채워지는 논단과 연동하지 않는, 혹은 몰교섭(沒交涉)하는 표현이 나와도 이상할 바 없다. 왜냐하면, 문학자는 시대적인 상황으로부터 결코 수동적인 위치에 머무르는 것이 아니라 오히려 시대성을 적극적으로 이용해 가는 측면이 있기 때문이다. 이러한 측면에서 본 논문에서는 창작 '주체'라는 개념을 도입한다.

조선의 일본어잡지에 관여한 창작주체는 재조일본인뿐만이 아니었다. 조선인의 문학작품이 일본어로 번역되어 소개되는 경우도 있고,[2] 또 조선인이 직접 일본어로 창작해 발표한 작품도 있다. 여기에 이른바 '내지'에서 보낸 작품도 함께 실려, 식민지 조선에서 간행된 일본어잡지는 재조일본인, '내지' 일본인, 그리고 조선인의 네트워크로서 기능한 측면이 있다. 그리고 재조일본인의 창작을 적극 유도하는 논의[3]가 나오면서 점차 재조일본인의 창작에 비중을 더해가게 되었고, 조선인 김

---

2) 朝鮮時論社編, 『朝鮮時論』, 1926.6~1927.8. 편집자는 재조일본인 오야마 도키오(大山時雄). 『조선시론』에 대한 상세한 논의는 김계자, 「번역되는 조선－재조일본인 잡지 『조선시론』에 번역 소개된 조선의 문학」, 『아시아문화연구』 28, 2012.12. 참고.

3) 이마가와 우이치로(今川宇一郎)는 일본에 소개된 조선 관련 문헌의 대부분이 '내지'에서 시찰을 위해 조선으로 건너온 사람의 연구이고 조선에 살고 있는 사람의 기고나 투고가 적다고 지적하면서, 재조일본인이 조선 연구에 앞장서줄 것을 권하고 있다. 今川宇一郎, 「朝鮮研究歐米人著作物」, 『朝鮮及満洲』, 1915.4, p.45.

사연(金思演)이 『조선공론』의 세 번째 사장에 취임하면서 조선인의 기고를 장려하는 등,4) 조선의 일본어잡지는 재조일본인과 조선인의 언론 매체로 한층 기능하게 되었다.

조선에서 나온 일본어잡지에는 '내지'에서 발행되는 것과는 다른 역할이 부과되어 있었다. 이쿠타 조코(生田長江)는 이하와 같이 말하고 있다.

> 나는 좀 더 취재 범위를 지리적으로 넓히고 싶다. 로컬 컬러라는 말이 있는데, 취재 범위를 한 지방에 한정하지 않고 더욱 넓히고 싶다. (…중략…) 나는 앞으로 널리 각 지방을 무대로 한 작품이 왕성히 나타날 것을 희망한다. 특히, 타이완이나 사할린, 내지는 조선과 같은 신영토에서 제재를 취한다면 매우 재미있는 것이 나올 것이라고 생각한다./ 이 문예와 신영토라고 하는 문제는 작가에게도 또 그 토지 사람들에게도 상당히 흥미로운 문제라고 생각한다.5)

즉, 식민지 당지(當地)에서의 문예라고 하는 당사자성이 외지(外地)의 문예에 요구된 중요한 요소였던 것이다. 이러한 측면에서 보면, 조선의 일본어잡지에서 차지하고 있는 분량이 많지 않다고 하더라도, 재조일본인과 조선인의 창작은 식민지 일본어문학을 고찰하는 데 중요하다고 할 수 있다.

식민지 조선에서의 일본어문학에 대해서는 종래의 연구에서 다수의 성과를 내왔다. 재조일본인에 의한 일본어문학을 1900년대부터 추적해 조선 문예물의 번역이나 콜로니얼 담론의 문제점을 지적하고 있는 정병호의 일련의 논고를 비롯해,6) 조선에서 일본어문학이 형성된 1900년

---

4) 윤소영, 「해제」, 『朝鮮公論』 1, 영인본, 어문학사, 2007, pp. vi~vii.
5) 生田長江, 「文芸と新領土」, 『朝鮮及滿洲』, 1913.5, p.13.
6) 정병호, 「20세기 초기 일본의 제국주의와 한국 내 <일본어문학>의 형성 연구—

대의 상황부터 '조선문인협회'의 결성과 더불어 재조일본인의 일본문학이 집적되는 1930년대까지의 문제를 분석한 박광현의 일련의 논고,[7] 그리고 식민지 조선에서 문단을 형성하려고 한 재조일본인의 욕망을 분석한 조은애의 논고[8] 등을 들 수 있다.

이상에서 보듯이, 식민지 조선에서의 일본어문학에 관한 연구는 주로 재조일본인에 의한 문학을 대상으로 하고 있다. 그리고 고찰 시기도 일본인의 도한(渡韓)이 급증하는 1900년대 초기와 조선에서 일본어가 '고쿠고(國語)'로 상용화되는 1930년대에 집중되어 있다. 또, 1920년대를 대상으로 하고 있는 것도 어디까지나 초점이 재조일본인에게 맞춰져 있는 반면, 조선인이 쓴 일본어문학은 거의 대상화되고 있지 않은 것이 사실이다. 이에 이 글에서는 재조일본인의 잡지에 조선인의 창작이 게재되는 1920년대의 상황을 우선 살펴보고자 한다.

잡지『朝鮮』의 「문예」란을 중심으로」, 『일본어문학』, 2008.6 ; 정병호, 「1910년 전후 한반도 <일본어문학>과 조선 문예물의 번역」, 『일본근대학연구』 34권, 2011 ; 정병호, 「근대 초기 한국 내 일본어문학의 형성과 문예란의 제국주의－『조선』(1908-11)・『조선(만한)지실업』(1905-14)의 문예란과 그 역할을 중심으로」, 『외국학연구』 14집, 2010.6 외.

7) 박광현, 「조선 거주 일본인의 일본어문학의 형성과 (비)동시대성－『韓半島』와 『朝鮮之實業』의 문예란을 중심으로」, 『일본학연구』 31집, 2010.9 ; 박광현, 「'내선융화'의 문화번역과 조선색, 그리고 식민문단－1920년대 식민문단의 세 가지 국면을 중심으로」, 『아시아문화연구』 30집, 2013.6 ; 박광현, 「조선문인협회와 '내지인 반도작가'」, 『현대소설연구』, 2010.4 외.

8) 조은애, 「1920년대 초반 『조선공론』 문예란의 재편과 식민의 "조선문단" 구상」, 『일본사상』, 2010.12.

3. 『조선급만주』와 『조선공론』에 실린 조선인의 일본어 창작

1) 『조선급만주』와 『조선공론』에 실린 조선인의 일본어 창작

『조선급만주』와 『조선공론』은 식민지 조선에서 오랜 기간에 걸쳐 간행된 일본어 종합잡지로, 식민주의 담론을 지속적으로 개진했다. 집필자의 구성도 다양해서 정재계의 논객뿐만 아니라 일반 독자로부터의 투고도 게재했다. 그중에서 조선인에 의한 창작을 열거하면 다음의 표와 같다.

[표 1] 『조선급만주』와 『조선공론』에 실린 조선인의 일본어 창작(소설)

게재년월	게재잡지	표기	작품명	작자	비고
1924.11	조선공론		어리석은 고백 (愚かなる告白)	이수창 (李壽昌)	
1924.11	조선급만주	창작	괴로운 회상 (悩ましき回想)	이수창	
1925.1	조선공론		어느 조선인 구직자 이야기 (或る鮮人求職者の話)	이수창	
1927.3	조선공론		마을로 돌아와서 (街に歸りて)	이수창	
1927.4~ 1927.5	조선공론	창작	어느 면장과 그 아들 (或る面長とその子)	이수창	2회 연재
1928.2	조선공론	창작	아사코의 죽음 (朝子の死)	한재희 (韓再熙)	재조일본인 이야기
1928.4~ 1928.5	조선공론	장편소설	혈서(血書)	이광수 (李光洙) 이수창 역	2회 연재 초출 : 『조선문단』 (1924.10)
1928.11	조선급만주		연주회(演奏會)	정도희 (丁旬希)	

게재년월	게재잡지	표기	작품명	작자	비고
1933.6	조선공론		파경부합(破鏡符合)	윤백남 (尹白南)	
1937.9~ 1937.10	조선급만주	소설	인생행로란 (人生行路難)	김명순 (金明淳)	2회 연재, 10월호에 2쪽 백지. 검열에 의 한 것으로 보임.

위의 표에서 가장 눈에 띄는 것은 작자 이수창이다. 번역을 하면서 동시에 창작도 했던 것으로 봐서 그의 일본어 능력이 좋았음을 짐작할 수 있다. 조선인에 의한 본격적인 일본어문학이 1930년대부터 시작된 것을 생각하면, 이른 시기에 일본어 창작을 시작한 이수창의 도전을 엿볼 수 있다.

또, 『조선급만주』보다『조선공론』쪽에 조선인의 창작이 더 많이 실린 사실을 알 수 있다. 이는『조선급만주』를 펴낸 조선잡지사가 경성보다 도쿄에 더 많은 지국을 두고 일본인 독자를 주된 대상으로 하고 있었기 때문으로,9) 이에 반해 '조선' 문제에 집중한『조선공론』을 조선인 독자가 더 선호했을 것으로 추정된다.

그 외에, '소설'과는 별도로 '창작'이라고 규정해 소개하고 있는 작품이 있는데, 형식상 추정컨대 '소설'에 가까운 뜻으로 여겨지나, 다만 '창작'이라고 표기하고 있는 작품 속에는 수필적인 성격을 띠고 있는 것도 들어있다. 초기에는 '창작'과 '소설'이 혼재되는 양상을 보였으나, 점차 일정 길이를 가진 서사물이 나오면서 이를 '소설'로 구분지어 칭하게 된 것으로 보인다. 문제의 소지는 어떠한 서사가 어떻게 방법화되고 있는지에 있다고 할 것이다.

---

9) 임성모, 「월간『조선과 만주(朝鮮及滿洲)』解題」,『朝鮮』1, 영인본, 어문학사, 2005. 쪽수 표기 없음.

2) 조선인 일본어 창작의 서사 방식

우선 이수창의 창작을 살펴보기로 하겠다. 이수창의 작품에는 고백하는 형식이 많다. 「어리석은 고백」(『조선공론』, 1924.11)을 보면, "내가 이 소품을 계획한 까닭"은 "나 자신의 과거에 존재한 어떤 사실을 거짓 없이 이야기하는 데 있습니다"고 말한 뒤, 1년 전에 있었던 일을 고백하는 형식으로 서술해간다. 그 내용인 즉, '나'는 친구의 소개로 극예술연구회에 들어가는데 거기서 알게 된 M이라고 하는 친구에게 좋아하는 여성을 빼앗기고 "한없는 자기혐오와 모욕감에 자신을 몰아세우며" 다음과 같이 고백한다.

> 나는 그들이 내 성격의 약점을 이용해 멋대로 꾸민 일이라는 것을 비로소 알아차렸습니다. 그러나 나는 그로 인해 그들의 우정을 버리고 싶지는 않습니다. 서로의 젊음이나 무모함을 용서해야한다고 생각합니다. 나쁘다고 하면 제 자신이 나쁩니다. 만약 그런 경솔한 행동을 하지 않았더라면 자존심을 다치지 않고 끝났을 텐데.

이와 같이 고백한 '나'는 부부가 된 두 사람을 볼 때마다 쓴웃음을 짓지 않을 수 없다고 말하고, 고백을 마친다. 자신이 농락당했다고 느끼면서도 이러한 감정을 드러내지 않고 오히려 자신을 책망하는 술회를 계속해나간다.

이러한 고백의 내레이션은 「괴로운 회상」(『조선급만주』, 1924.11)에서 한층 더 집요하게 나타난다. 「괴로운 회상」은 「1. 괴로운 회상」과 「2. T박사와의 대화」라고 하는 두 부분으로 구성되어 있다. 「1」에서는 "모두가 기분이 나쁠 정도로 어스레한" 거리를 빠져나와 올라탄 전차 안에서, "청춘의 오뇌로 괴로워하는" '그'가, "자책의 감정"으로 가득 찬 "자기혐오의 감정"과 "자기기만이 심한 사상"을 폭로하는 장면이 시종 그려지고 있다. 이하의 인용은 그 한 예이다.

> 모든 것이 젊은 날의 고뇌다. 지금 나는 육체와 영혼의 투쟁이 멈추지 않는 청춘의 위기에 직면해 있는 것이다. 끝없는 순결과 인내를 지속하기에는 내 처지가 너무나 고독하고 외롭다. (…중략…) 밤낮없이 더러운 악취와 비인간적인 환경에 둘러싸여 훌쩍이는 슬픈 영혼 때문에 정말로 슬프기 그지없었다. 왜 인간이 자신의 생을 자유롭게 즐길 수 없단 말인가. (…중략…) 그는 생각을 너무 해 피곤해져 노래를 부를 기력조차 없었다. 자신의 방에 돌아와 보니 친구는 모두 아무 생각 없이 자고 있었다. 그는 잠자리에 들었지만 눈이 떠져 쉽게 잠들 수 없었다. 가공(可恐)할 내적 암투가 안민을 방해하고 있는 것이다.
>
> (강조점 : 인용자)

'그'는 육체를 탐하는 청춘의 사랑을 "허위로 가득 찬 포옹"이라고 생각하면서, 위의 인용에서 보듯이 자신의 처지를 절망하고 탄식하는 "가공할 내적 암투"를 집요하리만큼 벌이고 있다. 그런데 '그'의 내적 자의식은 시종 그려지고 있는 반면, 이러한 원인을 가져다 준 외적 내용은 구체적으로 그려지지 않는다.

그런데 「2」에서의 내레이션은 사뭇 달라진다. '그'는 평소 존경하던 문학박사를 만나 문학을 지망하는 청년으로서 자신을 이야기해간다. 내면의 고백 대신에 상대방과의 대화를 통해 '실생활'과 '예술적 생애'의 낙차, 그리고 당대 문단에 대한 이야기 등을 나눈다. '그'는 문학을 포기하는 것은 "생활에 대한 패배"라고 이야기하고, 이러한 '그'에게 박사는 "그대는 문학에 적합하지 않다"고 일러준다. '그'는 박사의 말을 믿고 최후의 결정을 내리는 것처럼 보이는데, 자신의 고독함을 탄식하며 결국 "소설 속에 있는 주인공으로서의 자신을 꿈꾸고" 슬픈 과거를 추억하는 장면에서 소설은 끝이 난다. 「1」에서 한없이 내면으로 침잠해 가던 자의식 과잉의 내레이션이 「2」에서 쉽지는 않겠지만 그럼에도 불구하고 문학의 길을 포기하지 않겠다고 결의하는 전환을 보이며 문학에 대한 자기의식을 더욱 확고히 하는 모습을 보여주고 있다.

이수창의 또 하나의 소설 「어느 조선인 구직자 이야기」(『조선공론』, 1925.1)는 K신문사의 저널리스트에서 실직자로 전락한 김춘식이라는 남자 이야기이다. 그는 일자리를 찾으러 다니면서 과거의 일을 회상한다. 즉, 일본 도쿄(東京)에서 유학하고 있을 때 잠시 조선으로 귀성했는데 마침 그때 관동대지진이 일어나 폐허가 된 도쿄로 돌아가면서 느낀 단상이나, 신문사에 취직한 아들에게 관존민비사상을 고집하며 호통 치면서 관리가 될 것을 요구하던 봉건적인 부모 이야기 등, K신문사에 들어가기까지의 일들을 상기하고 있다. 그리고 "혼자가 되었을 때 자신의 불만스러운 감정이나 반항의식 때문에 제정신을 잃을 정도로 흥분하"지만, 한편에서는 "그의 지망은 문장 방면이다"고 되뇌면서 문학에 대한 의지를 강하게 드러내기도 한다. 현실적인 삶의 방식을 요구하는 봉건적인 아버지의 요구와 실직하고 나서 매일 아침부터 밤까지 일자리를 찾아다녀야 하는 상황 속에서, 김춘식은 '쓰는 것'에 대한 의지를 반복해서 표출시켜 간다.

「마을로 돌아와서」(『조선공론』, 1927.3)는 소설보다는 수필에 가까운데, 재조일본인에 의한 식민지 문단의 존재 방식에 대해 비판하는 논조가 포함되어 있어 주목을 요한다.

그들(일본인 언론인 — 인용자 주)은 저널리스트임과 동시에 문단인 으로서 확고한 지반을 갖고 있다. 우리 문단은 거의 그들에 의해 형

성되어 지배받고 있다고 해도 과언이 아닐 것이다./ 문예에 관한 모든
집회나 강연은 그들의 독무대이다. 그들은 당해낼 수 없는 대가(大家)
이다. 이러한 의미에서 우리에게는 아직 진정한 문단이 실재하지 않
는 것인지도 모른다. 나는 문단 그 자체를 정의할 수는 없지만, 아마
여기(余技)적인 것은 아닐 것이다. 순수한 문인으로 형성된 문예적 집
단을 가리켜 부르는 것이 아닐까. 만약 그렇다고 한다면 문단의 권위
가 그들 수중에 있는 동안은 우리 문단의 레종 데트르가 극히 박약할
수밖에 없다고 나는 생각한다.

　위의 인용에서 보면, 언론인으로 문단에서 입지를 확고히 하고 있는
'그들'과, '우리 문단' 혹은 '진정한 문단'이 대척적으로 배치되어 있다.
그리고 '그들'의 활동은 '여기(余技)', 즉, 취미로 하는 문예일 뿐, 순수
문예가 아니라고 비판하고 있다. 여기에서 말하는 '그들'은 조선에서
일본어문단을 형성하고 있는 재조일본인을 가리키는데, 조선의 일본어
문단이 재조일본인에게 장악되어 순수 문예적인 측면이 결여되어 있음
을 비판하고 있는 것이다.
　초기에 의욕적으로 일본어 창작을 발표해가던 이수창이 1925년부터
약 2년간 휴지기간을 갖은 후에 이와 같은 재조일본인 주류의 문단에
대한 비판적인 문장을 쓴 것이다. 이수창은 "조선에는 (일본인으로서-인
용자 주) 문장이 좋은 사람이 한 명도 없다. 문예가다운 사람이 한 명도
존재하지 않는다"[10]고 재조일본인이 점하고 있던 당시의 일본어문단에
대해 불만을 토로했다. 이수창의 이와 같은 글을 통해, 1920년대 당시
재조일본인에게 장악되어 있던 조선의 일본어문단의 문제점과 일본인
과 경쟁하면서 조선인이 문단으로 나아가는 것이 얼마나 어려웠는지

---

10) 李壽昌, 「爐邊余墨」, 『警務彙報』 261号, 1928.1, p.155.

그 일단을 짐작할 수 있다.

이후 이수창은 창작 「어느 면장과 그 아들」(『조선공론』, 1927.4~5)을 발표하고, 이광수의 소설을 번역하는 외에는 식민지 문단에서는 모습을 드러내지 않게 된다. 「어느 면장과 그 아들」은 2회에 걸쳐 연재되었는데, 분량도 상당하고 비교적 탄탄한 구성을 가지고 있다.

「어느 면장과 그 아들」은 "요새 유행하는 교육을 전혀 받지 않아서 중요한 N어도 말하지 못하는" 무학의 K와 그 아들 명수의 이야기이다. 명수는 아버지의 기대를 저버리고 유학에서 돌아와 버렸지만 "'폐물'이라고 하든지 '인간쓰레기'라고 하든지 개의치 않고 자신에게는 따라야할 신념과 자부심이 있다는 것을 강하게 의식"하고 있다. 그런데 신식으로 올린 결혼식이 보람도 없이 명수는 3개월 채 안 돼서 이혼을 하게된다. 면사무소 신축 낙성식이 있던 날에 K는 "울분과 애석의 감정"에빠져 술을 마시고, 명수는 자신의 몫으로 받은 나무 도시락 하나에 눈물짓는다. 면장 직에서 해고된 K가 새로운 사무소에 일주일이든 한 달이든 "앉아 보고 싶은 욕망이 간절함"(강조점-원문)을 느끼지만 새롭게지은 건물로부터 외면당한 채 소설은 끝이 난다.

자의식의 우울한 독백체가 많았던 이전의 창작에 비해, 이 소설은 담담한 어조로 서술되고 있다. 일본 유학을 중도에 그만두고 돌아와 버린아들의 고민과 조선의 농촌에서 N어(일본어)를 구사하지 못하는 봉건적인 아버지의 이야기는 식민지를 살아가는 두 세대의 현실적인 모습이잘 그려져 있다. 특히, 새로 지은 면사무소 면장 직에 잠깐이라도 "앉아보고 싶은" 욕망이라고 강조한 표현을 통해, 일본어가 지배하는 공적질서 속으로 편입되지 못하는 식민지 조선인의 현실을 엿볼 수 있다.이는 일본어문단이라고 하는 공간으로 진출하고 싶지만 좀처럼 이루어지지 않는 작자 이수창의 욕망의 비유로도 읽혀지는 대목이다.

이상에서 1920년대에 의욕적으로 일본어 창작을 시도한 이수창의 작품을 검토했는데, 그 외에는 이수창만큼 다수의 창작을 한 사람은 없고 앞의 [표 1]에서 보듯이 1920년대 말부터 드물게 나오지만 모두 단편 하나로 끝난다. 그중에서 한재희의 창작 「아사코의 죽음」(『조선공론』, 1928.2)은 주목할 만하다. 이 소설은 조선인에 의한 재조일본인 이야기라는 점이 우선 특징적이다. 관동대지진 후에 가세가 기울어 현해탄을 건너 평양으로 온 아사코는 신문사에 근무하는 박(朴)이라는 조선 청년과 사랑에 빠지는데, 평양의 재력가에게 시집을 보내려는 백모의 계략으로 결국 자살하고 만다는 비극의 단편이다.

「아사코의 죽음」은 조선인과 재조일본인과의 연애를 그리고 있다는 점에서, 조선인의 이야기를 주로 그린 이수창의 소설과는 구별된다. 후경(後景)에 머물러 있던 재조일본인이라고 하는 존재가 조선인 이야기에 전경화(前景化)되어 있고, 조선인과 재조일본인이라고 하는 식민지 당지(當地)에서의 당사자성을 드러낸 소설이라고 할 수 있다.

이러한 측면에서 생각하면, 이광수의 「혈서」(『조선공론』, 1928.4)는 반대의 상황을 상정하고 있다. '나'는 도쿄에 유학하고 있을 때 그곳의 일본인 여자에게 사랑 고백을 받지만 이를 거절해, 여자는 유서를 남기고 자살해 버린다. 이것이 '나'가 15년 전에 죽은 여자를 떠올리며 지나간 일들을 술회한 내용이다. 『조선문단』에 국문으로 실렸을 때는 검열에 의해 삭제된 부분이 산견되는데, 번역자 이수창이 이들 중 일부를 번역 시 적당히 메운 곳도 있고, 지문의 내용을 일부 삭제한 곳도 보이지만 전체적으로는 별다른 차이 없이 일본어로 번역해 실었다. 「아사코의 죽음」과 「혈서」 두 작품 모두 일본인과의 관계성 속에서 조선인을 그리고 있다는 점에서 공통적이라고 할 수 있다.

이밖에, 「파경부합(破鏡符合)」(『조선공론』, 1933.6)을 발표한 윤백남은 조선의 야담 전문 잡지 『월간야담(月刊野談)』의 편집자로 전국을 순회하면서 라디오를 통해 일본어로 야담을 방송했고, 일본의 대표적인 종합잡지 『개조(改造)』(1932.7)에 장혁주의 「아귀도(餓鬼道)」와 나란히 「휘파람(口笛)」을 발표하는 등, 1930년대에 '내지'의 문단에도 잘 알려져 있는 사람이었다. 그러나 1930년대는 이미 장혁주를 비롯해 일본의 문단에서 일본어문학으로 활동하는 사람들이 본격적으로 나오기 때문에서인지, 조선의 일본어문단에서는 오히려 그 예를 찾아보기가 더욱 힘들다.

4. 식민지 조선에서 동상이몽의 '일선(日鮮)'

1) 재조일본인에 비친 '조선'

식민지적 상황 하에서 '일선(日鮮)'은 대등할 수 없다. 그런데 이는 같은 민족인 일본인 속에서도 나타나는 현상이다. 특히 재조일본인은 여러 동인(動因)으로 조선에 건너와 현지에서 조선인과 긴장관계를 형성하며 생활하기 때문에, '내지' 일본인에 대해서 고국을 떠나온 자의 열등감을 보이는 한편, 식민지의 조선인에 대해서는 식민 종주국 국민으로서의 우월감을 드러내 보이는 이중적인 면모를 보이기도 한다.[11] 따라서 이들의 서사물에는 논단과 같은 형식화된 명확한 논리보다는 때로는 이와 모순되거나 다층적인 양상을 드러내 보이는 측면이 있다.[12]

---

11) 김계자, 「도한 일본인의 일상과 식민지 '조선'의 생성」, 『아시아문화연구』 19집, 2010.9, p.12.

12) 정병호, 「20세기 초기 일본의 제국주의와 한국 내 <일본어문학>의 형성 연구—잡지 『조선』(朝鮮, 1908-11)의 「문예」란을 중심으로」, 『일어일문학』 37집, 2008.6, pp.409~425.

　　재조일본인의 서사물에는 조선으로 건너와 고생한 이야기들이 많다. 「너무나 슬프다」(三田鄕花, 「創作　余りに悲しい―YとKの死―」, 『조선공론』, 1925.8)는 한 저널리스트의 서간문 형식의 소설이다. 조선에 거주한 지 3년이 지나는 동안 동료 둘이 죽고, "조선에 정말로 진저리가 난다"고 '나'는 생각한다. 그리고 "흘러 흘러온 이곳 식민지 하늘 밑에서 여전히 농경 노동자로서의 고된 일을 계속하고 있는" "참담한 이야기"를 이야기하기 시작한다. 그리고는 "전도(前途)는 어둠이다. ……너무나 슬프다"고 한탄한다. 이와 같이 식민지에서의 고생스러운 삶을 토로하는 서사 이면에 '내지'에 대한 동경이 깃들어 있음은 물론인데, 이는 동시에 조선에 대한 불쾌감으로 드러나 조선에 대한 우월감과 일본 '내지'에 대한 열등감의 이중적인 시선으로 조선에서의 재조일본인의 삶이 그려져 있다.

　　물론 어두운 어조의 이야기만 있는 것은 아니다. 희극 「고려청자를 파는 남자」(難波英夫, 喜劇 「高麗燒を賣る男(一幕)」, 『朝鮮及滿洲』, 1924.7)는 경성 혼초(本町) 거리를 배경으로 일본인과 조선인이 고려청자를 놓고 옥신각신하는 모습이 희극적으로 그려져 있다. '고려청자를 파는 조선인, 실은 일본인'과 '일본인 신사 갑, 을, 실은 날치기', 그리고 조선인 순사가 등장인물로 나오는 연극대본이다. '지게꾼(チゲクン)', '요보(ヨボ)' 등의 말이 대사나 지문에 그대로 드러나 있어 조선적인 색채를 더하고 있고, '고려청자'라는 지방색(local color)을 나타내는 소재로서의 '조선'을 전면에 내세우고 있는 점도 특징적이다. 일본어를 어눌하게 구사하며 고려청자를 파는 조선인(일본인이라는 것은 나중에 밝혀짐)을 둘러싸고 주위에 있던 일본인이 말을 거는데, "내뱉는 말, 태도 등 모두 일본인이 조선인을 이유 없이 경멸하고 있는 마음을 노골적으로 드러내고 있다"고 지문에서 화자가 설명을 덧붙이고 있다. 또한 이 조선인은 일본인 신사를 향해 "어이, 조선인이라고 해서 사람을 바보 취급하지 마라"고

대꾸하기도 하는데, 나중에 실은 그가 '진짜 조선인'이라고 밝혀지면서 해학적인 풍자를 자아내고 있다.

「고려청자를 파는 남자」의 작자 난바 히데오는 『조선급만주』를 내고 있는 조선잡지사의 도쿄 지국에 채용된 기자로, 조선과 일본을 왕래하며 창작 외에도 「경성과 문학적 운동(京城と文學的運動)」(『조선급만주』, 1917.3) 등, 조선에서의 일본어문학에 대해 비평도 했다. 조선인과 재조일본인은 식민지라는 동일한 공간에서 생활하는 이질적인 존재이지만 혼재되어 있어, 둘 사이의 경계를 짓는 자체가 애매할 수 있음을 「고려청자를 파는 남자」의 인물 설정이 유머러스하게 보여주고 있는 것이다.

'조선'을 향한 로컬 컬러적인 시선이 가장 잘 드러나 있는 작품은 희곡 「재회(再會, 一場)」(栗原歌子, 『조선 및 만주』, 1924.10)이다. 이 작품은 「춘향전」을 희곡화한 것으로, 남원군수 생일잔치에 이몽룡이 등장해 탐관오리를 벌하고 춘향을 구하는 「춘향전」의 클라이맥스 장면만을 그리고 있다. 조선의 고전문학을 본격적으로 연구한 다카하시 도루(高橋亨)가 쓴 「춘향전」(『朝鮮物語集付俚諺』, 日韓書房, 1910)은 축약형 개작의 전형을 보여주고 있는데, 「재회」는 춘향과 이몽룡의 마지막 재회 장면만을 강조해 더욱 간략화한 것이라고 할 수 있다. 완성도 면에서도 질이 떨어지고 작자 구리하라 우타코가 일본 문학계에서도 잘 알려져 있지 않은 점을 감안하면, 재조일본인이 투고한 작품일 가능성이 크다. 일본인의 아직은 조선에 대한 미숙한 이해 속에 피식민자인 조선인과 차별화하려는 의식이 덧붙여진 결과로, 향토적이고 민속적인 소재로서의 엑조티시즘(exoticism)적 조선 표상으로 나타난 예라고 할 수 있다.

식민자의 시점에서 '조선'을 바라보는 재조일본인의 시선 속에는 '속악함', '불결함', '불쾌' 등의 감정이 노골적으로 드러나 있는 작품들이 보이는데, 이하의 인용은 그 대표적인 예이다.

　조금 전까지 내리고 있던 비가 그치고 구름 사이로 비추는 한여름
의 태양은 찌는 듯한 열기를 던지고 있었다. 수수처럼 곱슬곱슬한 머
리카락의 여자 아이가 두세 명 비 갠 물웅덩이에 발을 담그고 떠들어
대며 놀고 있었다. 뒷골목 빈민굴에는 오랜 비에 유기물이 부패한 냄
새, 김치, 그 외의 이상한 냄새가 수증기와 함께 일시에 피어올라 혼
탁한 공기가 역할 정도로 코를 찔렀다. 붉은 태양이 바로 내리비춰
술에서 덜 깬 그의 눈을 반사시킨 듯이 아팠다. 그의 몸은 사발 파편
이나 먹다 남은 안주, 그리고 술병 같은 것이 여기저기 흩어져 있는
가운데에 고깃덩어리처럼 가로놓여 있었다.

(安土礼夫,「創作 空腹」,『中央公論』, 1926.9)

　위의 인용에서 보듯이, 불결하고 더러운 미개한 조선의 이미지를 만
들어낸 식민지 위생담론의 전형을 볼 수 있다. 다만, 위의 작품에서 그
려진 불결한 이미지의 조선은 기행자의 시선으로 포착된 타자로서의
이미지가 아니다. 장마철 한강 대 수해에 대한 염려와 공장에서 해고당
해 울분을 풀 길 없어 굶주린 배를 움켜쥐고 있는 '그(조선인-인용자
주)'의 이야기를 통해 식민지 조선의 가혹한 현실이 생활자의 시선에서
비판적으로 그려져 있는 것이다. 이러한 점에서 재조일본인의 작품은
'내지'에서 보낸 작품과는 다른 식민지 조선의 이미지를 만들어내고 있
다고 할 수 있다.

2) 조선인에 비친 '일선융화(日鮮融化)'의 허상

　『조선급만주』에는 1912년 8월호부터「일선남녀 연애이야기(日鮮男女
艶物語)」가 연재되는데, 재조일본인과 조선인 사이의 연애 이야기를 주
로 다루고 있다. '내선일체(內鮮一體)'나 '일선동조(日鮮同祖)'론은 중일전

쟁 이후 전쟁동원의 필요성이 높아지는 1930, 40년대부터 황국신민화 정책 하에 본격화됐지만, 이미 1920년대부터 일본 교과서에 등장해 식민지의 지배와 동화의 메커니즘으로 기능하고 있었다.

그런데 1920년대 당시 일본어문단과의 관계성 속에서 조선 문인으로서의 자신의 정체성을 만들어가려고 한 이수창은 다음과 같이 적고 있다.

> 이 제언(일선융화 – 인용자 주)은 한때 매우 유행했지만 최근 들어 시들해진 듯하다. 이는 아마 시간이 경과함에 따라 어쩔 수 없이 쇠퇴한 경향도 있겠지만, 주된 원인은 바로 아무리 목소리를 높여 융화를 외쳐댄들 좀처럼 그 실적을 거둘 수 없는 효력상의 문제에 있는 것은 아닐까. 그리고 유구한 역사와 독자적인 언어, 문화를 가지고 있는 한 민족이 다른 민족과 융합 동화한다고 하는 것이 실제로 있을 수 있는가. 혹시 강제적으로 그들의 역사를 말살하고 언어와 문화를 멸망시켜 버린다면 동화의 가능성이 다소 있을지는 모르지만, 그러지 않는 한 그들의 혼을 파괴하는 것은 어차피 헛수고로 끝날 일이다.13)

1930년대에 들어서면서 '고쿠고(國語)'로서 일본어 사용과 창씨개명을 강제하면서 민족말살을 기도한 일제의 정책을 1920년대에 이미 이수창이 예언하고 있는 듯한데, 그는 '일선융화'의 허상을 이야기하면서 정책적으로 선전하면서 다니는 자들의 맹성(猛省)을 촉구하고 있다. 1920년대에 일본어문단에 의욕적으로 뛰어들었지만 일본인과의 경계와 차별을 넘지 못하고 1930년대로 들어서면서 일본어문단에서 사라져간 이수창의 눈에 비친 '일선융합'은 지배와 배제를 위한 허울 좋은 메커니즘일 뿐이었다. 앞에서 살펴본 한재희의 창작 「아사코의 죽음」과 이광수의 「혈서」도 조선인과 일본인의 연애를 통해 양자의 관계성을 탐색하지만, 결국

---

13) 李壽昌, 「爐邊余墨」, 『警務彙報』 261号, 1928.1, p.160.

모두 비극적인 결말을 맞이하지 않았던가. 이와 같이 1920년대 식민지 조선의 일본어문단은 조선인과 일본인의 혼종과 이질의 경계적 접촉 단면을 노정하고 있었던 것이다.

5. 맺음말

지금까지 살펴본 바와 같이, 1920년대의 식민지 조선의 일본어문학장은 일본인, 그중에서도 재조일본인과 조선인 창작 주체가 혼재하는 상황이었고, 이들의 서사물을 통해 식민지 당지에서 착종하는 식민지적 일상을 엿볼 수 있었다. 재조일본인과 조선인의 서사물에 그려진 '조선' 내지 '일선'은 엄밀히 말해 내면화된 타자를 그리고 있지는 않다. 식민지 당지에서의 조선인과 재조일본인의 동거는 상호 침투된 일상과 그 속에서의 긴장관계를 노정하고 있지만, 소통 없는 공존의 형태로 같은 일본어문학장 안에 놓여있을 뿐이다.

사실 '내지' 일본인과 재조일본인이 주류를 형성하고 있는 일본어문단에 조선인이 진출하기는 여러 면에서 어려움이 따랐을 것이다. 제국의 언어로 식민지의 일상을 그려내는 것의 당혹감은 이수창의 대부분의 소설이 그렇듯이 침잠하는 내면의 고백 서사로 표출되었다. 즉, 1920년대 재조일본인의 일본어문학장에 뛰어든 조선인의 식민지 기억은 '고백'의 형식을 통해 개별화되고 반복적으로 재생되고 있었던 것이다.

1920년대 이후, 『조선공론』과 『조선급만주』에 공통적으로 보이는 현상 중의 하나로서 기사적인 성격의 이야기에 서사가 결합된 형태의 서사물이 갈수록 많아지는 점을 들 수 있다. 『조선공론』에 소개된 통속적인 내용의 '실화물' 같은 장르가 바로 그러한 예라고 할 수 있다. 『조선급만주』의 경우, 간행 초기에는 <연구>란을 통해 조선의 언어나 문학, 역사에 대해 학문적인 접근을 시도하는 등, 일본인 엘리트에 의한 조선 연구가 많았다. 그런데 창작의 경우도 일본 '내지'에서 투고된 글이 많았던 초기와는 달리, 점차 재조일본인의 비중이 커졌고, 특히 이수창을 위시해 조선인이 의식적으로 일본어문단에 진출하면서 일본어잡지는 식민지 조선인에게 대중화시대의 읽을거리로 자리 잡게 된 것이다. 1920년대에 식민지 조선의 일본어문단으로 치고 나간 조선인의 작품과 재조일본인의 조선 표상 작품들을 통해, 식민 당지에 거주하는 재조일본인과 조선인이 상호 침투, 길항하면서 각축한 식민지적 일상의 혼종적 측면을 살펴볼 수 있었다.

▶ 일제의 '북선(北鮮)' 기행

1. 일제강점기 조선의 명칭

일제강점기에 식민지 조선은 여러 명칭으로 구획되었다. 남북으로 크게 나누어 '남조선(南朝鮮)'과 '북조선(北朝鮮)'으로 부르는 경우가 보통인데, 남북을 종단해 일컬을 경우는 태백산맥과 낭림산맥을 기준으로, 평안, 황해 경기, 전라, 경상을 포함하는 '표조선(表朝鮮)'과 함경, 강원을 포함하는 '이조선(裏朝鮮)'으로 나뉘었다. 1920년대를 전후해서는 좀 더 세분화된 명칭이 사용되었다. 경상도와 전라도를 일컫는 '남선(南鮮)', 황해도와 평안도는 '서선(西鮮)', 강원도 북쪽이나 함경도는 '북선(北鮮)'으로 불렸다. 경성을 중심으로 한반도 중간 지점을 일컫는 '중선(中鮮)'이라는 명칭도 있었으나, 1920~30년대의 잡지를 보면 '경성'으로 대표되는 경우가 많다. 부산이나 평양 같은 중심 도시는 경성과 마찬가지로 도시명으로 불리는 경우가 많았다.

재미있는 현상은 1910년대에는 경성이나 '서선'이 자주 보이는 반면, 1920년대 이후로 갈수록 '북선' 사용이 급격히 증가하고, 조선과 만주를 묶어 '선만(鮮滿)'으로 불리게 된다는 사실이다. 조선에 대한 명칭 사용의 추이만 봐도 대륙으로 영토를 확장시켜 나가고자 한 일제의 욕망을 짐작하고 남는다.

이 글은 1920년대 이후 빈출하는 '북선' 기행과 담론을 고찰해 일제가 대륙으로 팽창해가기 위해 영토에 대한 공간 연출을 어떻게 시도했는지 살펴보고자 한다. 그리고 정책 입안자나 여행자의 시선과는 별도로, 생활자로서의 내면이 투영된 재조일본인의 서사는 '북선'에 대한 식민자로서의 동질성을 상상하면서도 간극을 드러낸다. 식민자의 욕망과 우울을 노정하고 있는 '북선' 표상과 의미에 대해 생각해보겠다.

2. 1920~30년대 '북선' 담론

'북선'을 둘러싼 담론은 조선에서 오랜 기간에 걸쳐 간행되어 식민주의 담론을 지속적으로 담아낸 종합잡지 『조선급만주(朝鮮及滿洲)』(1912.1~1941.1)와 『조선공론(朝鮮公論)』(1913.4~1944.1)을 통해 확인할 수 있다. 특히 『조선급만주』는 '선만'이라는 개념을 자주 노출시켜 조선과 만주를 잇는 블록으로서의 이데올로기 생성에 앞장 선 잡지라고 할 수 있다. 이미 1910년대부터 함경도의 중요성을 주시하며 '북선' 담론을 만들어내고 있었다.

1914년에 착공해 1928년에 준공된 함경선 부설 논의가 나오기 시작했을 때, 함경도 철도가 부설되면 조선의 개발과 국방군사상 유리하다는 전망을 내놓고 있다.[1] 또, '북선' 지방으로 이민하려는 자가 적다는 사실을 지적하며 인구밀도가 남쪽에 비해 덜한 북방이 생존경쟁에 유

---

1) 小川運平, 「咸鏡道の鐵道港灣を奈何」, 『朝鮮及滿洲』, 1913.2, pp.17-18.

리하다고 유토피아적 비전을 제시하고, 특별보호정책을 통해 혜택을 줘서 '북선'으로의 이주를 유도해야 한다는 주장을 내놓고 있다.[2] 동시기에 『조선공론』 지상에서는 '북조선' 순람이나 '서선' 기사가 주로 다뤄지고 있었고, '북선'의 개척 관련해서는 함경선 착공 이듬해부터 논의가 나온 것을 보면,[3] 『조선급만주』가 일찍부터 '북선'에 대해 관심을 갖고 있었음을 짐작할 수 있다.

1910년대에 함경남북도를 연결하는 함경선 부설이 시작되면서 '북선'은 개발의 보고이자 조선의 장래를 유망하게 하는 곳으로 선전되었다. 함경북도 일대는 종래 교통이 불편해 철도 부설이 가져올 이익은 막대하며, 아울러 항로 개발도 시작되어 "북선 지방과 내지와의 경제적 연락이 더욱 밀접해진 것은 조선 전체로 봐도 잘된 일"이고, "동아 교통 요로로서도 중요하다. 이로써 북선 지방도 더욱 활황을 띠고 다양한 사업이 시작될 것이다"고 전망했다.[4] 함경선이 식민지와 '내지'를 더욱 긴밀하게 연결하고 나아가 대륙으로 가는 길목임을 강조한 것이다. 이와 같이 함경선 부설은 '북선'의 개척에 중요하며 따라서 조선에 가져올 이익도 다대하다고 선양되었다.

함경선 준공을 전후한 1920년대 중후반이 되면 일제는 조선과 '내지'의 연결뿐만 아니라 국경 너머까지 시야를 확장한다.

> 표조선(表朝鮮)의 20년은 상당히 눈부신 진보였다고 할 수 있으나, 이 조선(裏朝鮮)은 사실 지금부터로 그야말로 여명기이다. 다행히 함경선은 내년에 개통될 것이고, 많은 시찰자 시대가 시작될 것이다. (…중략…)

2) 井上孝哉(東洋拓植會社事業部長), 「北鮮移民特別保護に就て」, 『朝鮮及滿洲』, 1913.10, pp.22-25.
3) 岡本常次郎, 「北鮮の開拓と吉會鐵道の必要」, 『朝鮮公論』, 1915.2, p.33.
4) 小原新三(朝鮮總督府農商工部長官), 「新開の氣躍々たる北鮮の將來と吉會鐵道－奧地に埋もる無盡の宝庫と淸津港の世界的価値－」, 『朝鮮公論』, 1918.7, p.25.

생각해보니 표조선은 드디어 산업 유신(維新)의 다망한 때에 들어가겠지만, 이조선은 그야말로 지금부터이다. 그 대신 전도는 매우 다망하고 또 헤아릴 수 없는 발전이 있을 것으로 생각된다. 이조선은 일본해를 안아 같은 사정에 있는 이일본(裏日本)과 손을 잡아 금후의 발전이 기대된다. 북선 일대는 농림산, 광산, 수산을 비롯해 풍부한 갈탄이 있으며 수력전기도 미쓰비시(三菱) 등에 의해 경영되고 있어, 뒤쪽으로 접해 있는 가까운 간도(間島)나 혼춘(琿春)을 비롯해 북만주 및 연해주의 식량이나 원료로 일대 공업지가 될 수 있는 자격을 가지게 되었다.[5]

함경선이 준공되어 '이일본'이 '이조선'과 유기적으로 연결되면서 조선과 '내지'의 관계가 보다 긴밀해지고, 나아가 국경 너머 만주까지 유기적으로 연결됨을 이야기하고 있다. '북선' 개발론이 계속 이어지고, 만주와 러시아 영토까지 제국의 시선이 확장된다. 즉, '북선'은 삼림과 수력, 광산 등의 막대한 부원(富源)을 보유하고 있고, 북만주와 러시아 연해주까지 접해 있어 국방상 매우 중요하므로 '북선' 개발을 촉구하는 것은 매우 의의가 있다는 것이다.[6] 이중에서도 광산 자원이 가장 으뜸인데 그동안 교통이 불편해 유통이 원활하지 않았던 것이 함경선의 개통과 많은 분설선으로 교통망이 정돈되어, "북선에서 북국경(北國境)을 경성과 연결시키고 동시에 세계로 연결시켜 북선 방면의 진전은 현저해질 것"이라고 하는 등, '북선'의 공업 개발을 촉진하고 북쪽 국경 너머로 진출해 나갈 것을 강조했다.[7] 함경선을 시작으로 '북선' 철도는 북쪽 국경 개척선 착수로 이어져, '북선' 철도와 연결해 북만주와 북조선이 서로 통하도록 함으로써, '조선 국경 개척의 사명'을 다해야 한다고 주장했다.[8]

---

5) 賀田直治, 「朝鮮の將來—北鮮の開拓最も有望—」, 『朝鮮及滿洲』, 1927.4, p.88.
6) 鈴木島吉(朝鮮銀行總裁), 「昭和新時代と北鮮の開發」, 『朝鮮公論』, 1927.4, p.22.
7) 「北朝鮮の開發へ—咸鏡線の全通、石炭の北鮮—」, 『朝鮮及滿洲』, 1928.7, pp.8-9.
8) 「北鮮鐵道及び北境開拓線」, 『朝鮮及滿洲』, 1928.10, p.9.

　이상과 같이 '북선' 개발론은 함경선을 중심으로 하는 철로 부설과
더불어 논의가 활발히 이루어졌는데, 철로를 통한 육로뿐만 아니라 항
구를 세워 해로를 통해 만몽(滿蒙)을 개발해가려는 논의도 동시에 이루
어졌다. 조선공론사 사장 이시모리 히사야(石森久弥)는 사설에서 일본이
대륙으로 진출하기 위한 '북선'의 최적의 항구 후보로 웅기(雄基), 청진
(淸津), 나진(羅津)의 세 항구를 들고, 철로와 더불어 "이일본(裏日本)과의
연락을 실현"시키기 위해 축항이 시급함을 역설했다.9)

　이상에서 보듯이, '북선'을 둘러싼 담론은 1910년대부터 시작되어 함
경선이 완성되는 1920년대 중반 이후 활발해지면서 조선의 북쪽에 대
한 자원 수탈이 강화되었다. 그리고 1930년대 이후는 만주 침략과 중국
대륙 진출로의 교두보로 '북선' 개척사업이 본격화되었다. 다음의 지도
에 나타난 굵은 선은 국유철도를 표시한 것으로, 1930년대에 북한의 주
요 요충지에 철도 부설이 완성된 것을 확인할 수 있다.

[그림 1] 朝鮮交通略圖(朝鮮總督府鐵道局, 『半島の近影』, 1936)

---

9) 石森久弥, 「北鮮築港問題の歸趨」, 『朝鮮公論』, 1928.10, pp.2-5.

3. '북선' 기행과 식민지 풍경

함경선이 개통되기 이전인 1910년대의 '북선' 기행은 관광보다는 시찰이 주를 이루었고, 1914년에 준공된 경원선을 이용해 원산까지 가는 내용이 주를 이루었다. 1920년대의 기행문에는 원산에서 함흥을 통과해 함경도로 들어가는 코스도 보인다. 조선에서 만주로 갈 때도 평양을 거쳐 안동으로 들어가거나, 인천에서 항로를 이용하는 경우가 보통이었다. 1925년에 국경을 시찰하고 쓴 기행문을 보면, 경의선을 타고 신의주에서 하차해 분설선을 갈아타며 평안도를 거쳐 압록강을 타고 백두산을 둘러보거나 만주 쪽으로 건너가는 노선이 이용되었다.[10]

'북선' 기행이 본격화되는 것은 함경선이 개통된 1928년 이후이다. 『조선급만주』의 경영자이자 편집 주필인 샤쿠오 슌죠(釋尾春芿)는 '동방생(東邦生)'의 필명으로 '북선' 시찰 기록을 남겼는데, 함경선이 개통되기 전의 모습을 시찰할 요량으로 개통 직전인 6월 초순에 길을 떠나 중간에 자동차편으로 여행을 계속했다. 그는 함경선 연선의 풍경을 보면서 '북선'의 기후와 주요 도시를 관찰하고, 대규모 회사나 수력발전 시찰, 광산 현황 파악, 주을(朱乙)온천과 두만강을 둘러보고 '북선'의 교통과 주요 인물들에 대해 파악했다. 샤쿠오는 '북선' 기행의 소감을 다음과 같이 남기고 있다.

북선은 전체적으로 산이 푸르고 울창한 밀림으로 불러도 좋을 정도는 아니지만 경부선이나 경의선에서처럼 민둥산을 본 사람에게는 눈에 띄게 푸른빛이 풍부하고 윤택한 느낌을 준다. 청진에서 회령에

---

10) 梅野晃完,「國境紀行」,『朝鮮及滿洲』, 1925.8, 9, 11, 1926.2, 7, 9 ; 篠崎潮二,「東京より北滿へ旅する」,『朝鮮及滿洲』, 1925.9-10.

이르는 동안 수십 리 산들은 가장 푸르렀다. 내지의 산간을 달리고
있는 기분이 들어 매우 유쾌했다.[11]

멀리 바라보이는 삼림과 연선의 풍물이 관조적 시선 속에서 이미지
가 이어지며, '북선'의 풍경이 여행자의 내면에 '내지'와 오버랩되며 재
현되고 있는 모습을 보여주고 있다. 다음의 사진은 샤쿠오 슌조가 북한
기행을 하며 찍은 것을 잡지에 실은 것인데 1920년대 당시의 풍경을
보여주는 자료적 가치가 있어 소개한다.

[그림 2] 함경선 연선의 풍물(『조선급만주』, 1928.7)

왼쪽 상단은 함경북도의 명소 <남대계(南大溪)>의 모습이고, 하단은
<주을온천(朱乙溫泉)>을 찍은 것인데 일본풍의 설비를 갖춘 여관으로
당시 '북선' 최고의 환락경이었다고 한다. 가운데는 <이견포(二見浦)>이

---

11) 東邦生, 「北朝鮮を見て」, 『朝鮮及滿洲』, 1928.8, pp.76-84.

다. 오른쪽 상단은 함흥본궁 <풍패관(豊沛館)>이고, 하단은 두만강 호반
을 찍은 사진이다. 함경선이 개통되기 전의 조선의 모습이 관조적으로
조망되고 있다.

그런데 함경선이 개통된 이후의 식민지 풍경의 이미지는 달라진다.

> 기차의 창으로 보이는 경치는 들, 숲, 산, 강, 바다, 그리고 밭, 도
> 로, 거기서 놀고 있는 아이, 소를 사용해 경작하고 있는 농민 같은 식
> 으로 자연 경관에서 점차 사람 경관으로 옮겨갑니다만, 그중에서도
> 가장 강하게 주목을 끈 것은 농가의 모습이었습니다. 기차는 전답 사
> 이를 달려 나갑니다. 그래서 주위의 풍광에서 구할 수 있는 가장 좋
> 은 모습은 농가가 띄엄띄엄 있는 모습입니다. (…중략…) 왜 이 주변
> 에서는 지붕이 기와로 되어 있을까? 왜 이 주변에는 집 구조가 클까?
> 이를 조사해보고 싶은 마음이 일었지만, 결국 앞으로 앞으로 여행길
> 을 서둘러 가버렸습니다.12)

차창으로 보이는 원근의 풍경은 화자의 인식으로까지 들어오지 못하
고 기차의 빠른 속도 속에서 스쳐 지나가버리는 자연의 풍광으로 존재
할 뿐이다. "관광객 누구라도 조선의 풍광을 찬미할 것이다"고 연신 늘
어놓지만, 조선의 풍경에 대한 내면화의 계기를 찾지 못하는 것이다.

'북선' 기행은 두만강을 지나 간도로 들어가면서, 풍경보다는 '국경'
의 이미지로 바뀐다. "국경의 이동도 실은 오래 보고 있으면 역시 침범
할 수 없는 엄연한 선이 있는 것 같습니다"고 하면서 갑자기 상상의 공
동체를 매개하는 국경 개념으로 옮겨가버린다.13) 식민지 풍경의 내면화
나 연대를 위한 동질화된 상상력의 내실은 결락된 채, 상상의 공동체에

---

12) 大內武次(城大法文學部敎授), 「北鮮に旅して」, 『朝鮮及滿洲』, 1929.6, p.64.
13) 石森久弥, 「北鮮を見て」, 『朝鮮公論』, 1929.7, pp.8-18.

일률적으로 동원되고 만 것이다. 그리고 자원의 보고로서의 이미지나 대륙으로 팽창해가기 위한 길목으로서의 중요성 담론이 반복되고, 한편에서는 북쪽 여자의 아름다움이나 온천 요리와 같은 통속적이고 균질화된 이야기가 이어진다. 이는 비단 식민지를 바라보는 식민자의 시선에서 나타나는 문제만은 아닐 것이다. 여행자로서의 시선과 생활자로서의 내면은 같은 식민자라 하더라도 다르게 나타날 수밖에 없기 때문이다.

4. 확장되는 제국의 이미지와 재조일본인의 우울

'내지'와 만주의 중간지대로서의 '북선'은 함경선의 개통으로 개척사업이 본격화되고, 풍부한 자원을 바탕으로 군수공업기지로 자리매김 되면서 만주 침략의 교두보가 되었다. 1932년에 조선총독부 철도국이 펴낸 「일지연락도(日支連絡圖)」를 보면, '내지'에서 조선으로, 그리고 만주를 거쳐 중국으로 이어지는 철로와 항로의 연락망을 한눈에 부감할 수 있다.

[그림 3] 일지연락도(조선총독부 철도국, 『1932년 조선여행안내』, 1932)

[그림 4] 내선만지 연락시간표(홍선영 외, 『완역 모던일본 조선판 1940』)(어문학사, 2009)

[그림 3]의 「일지연락도」에서 점선은 항로를 실선은 철로를 나타내고 있다. '내지'에서 조선과 만주가 부채꼴 모양을 이루며 항로와 철로로 연결되어 있는 모습을 볼 수 있다. 그리고 [그림 4]에서 보듯이, '내선만지(內鮮滿支)' 연락 시간표는 동경에서 출발해 가고시마와 시모노세키를 경유해 이곳에서 부산으로 건너갔다가 경성, 안동, 신경, 그리고 북경에 이르는 노선을 한눈에 알아볼 수 있게 정리해, '내지'에서 조선을 거쳐 만주, 그리고 중국으로 가는 철로 시간표가 한곳에 연결돼 있다. 제국과 식민지가 근접한 거리에 있음을 시각적으로 확인시켜주고 있는 것이다. 1940년에 나온 『모던일본 조선판』에는 "대륙으로 가는 최단경로! 여행으로 약진하는 조선을 확인하자"는 광고 문구가 보인다.

즉, 1930년대에 들어가면서 '북선'은 만주를 위시해 중국으로 나아가는 국경의 접경지로서의 역할이 강조된 것이다. '내지'와 만주, 중국으로 뻗어나간 교통망이 이를 상징적으로 보여준다. 이와 같이 일본 열도와 한반도, 만주, 나아가 중국대륙으로 이어진 철도망의 연락도는 일본의 지배가 미치는 영역의 가시화로 볼 수 있으며, 확장되는 제국의 이미지를 만들어내고 있다.

그런데 시찰이나 관광 등을 목적으로 하는 여행자의 시선과는 다르게, 생활자로서 '북선'에 거주하고 있던 일본인의 심상에 '북선'은 우울한 풍경으로 그려진다.

국경에 가까운 산들에 흰 눈이 보이는 계절이 되었다. 석양이 동쪽 봉우리를 물들이며 비춰 하얀 머리를 반짝반짝 빛나게 했다. 하루의 근무를 마친 하다케나카(畑中) 중위는 초겨울의 석양을 오른쪽 어깨에 비스듬히 받으며 먼지로 하얘진 구두 끝을 뚫어질 듯이 바라보면서 병영을 나왔다. 호위병이 기계인형처럼 직립하고 활발히 경례를

했을 때, 잠깐 머리를 들어 답례했지만 그뿐 장교숙사의 자신의 방으로 들어올 때까지 분동을 매달아놓은 듯 머리는 하늘을 향하려고 하지 않았다. 만약 그가 한번이라도 무거운 머리를 들어 음울하게 기울어 가는 서쪽 하늘 백두산맥의 산들 위에 선혈 같은 후광을 흘리며 저물어가는 태양을 올려다볼 수 있었다면 그는 그 자리에 엎드려 소리 지르며 울었을지도 모른다. 그는 평소에도 저 국경의 큰 산들에 조용히 저물어가는 석양을 대할 때면 자신도 모르게 눈물이 흘러내렸으니까. 그러나 오늘 그는 스스로 '장엄한 외로움'이라고 부르며 병영을 나갈 때 필히 멈춰 서서 바라보던 석양 따위는 떠올리지 못하고 있었다.14)

소설의 모두(冒頭) 부분인데, '북선'의 풍경이 내면에 투영되어 재현되지 못하고 후경(後景)에 머물러 있는 것을 볼 수 있다. '장엄한 외로움'을 불러일으키는 백두산맥의 산으로 둘러싸인 국경 지역에 투신자살한 여성 이야기가 들려오고, 산간의 새로운 개척지 마을은 사람의 통행도 끊어져 소리 하나 들리지 않는 적막한 공간 묘사로 소설은 끝이 난다. 생활자로서 '북선'을 바라보는 공간에 대한 자기인식이 외롭고 적막한 시선으로 처리되고 있음을 알 수 있다.

이와 같이 우울한 내면으로 침잠해가는 서사는 1920년대의 창작에서도 확인할 수 있다.15) 작중인물 기무라 우마키치(木村馬吉)는 함경남도의 산속에 있는 보통학교에서 교편을 잡게 되어, 동경을 떠나 기차를 타고 시모노세키(下關)로 가서 연락선을 타고 현해탄을 건너 부산에 도착한다. 부산에서 기차를 타고 조선 내를 이동해가는 과정에서 비로소 조선

---

14) 岩波櫛二, 「退役中佐の娘投身す」, 『朝鮮及滿洲』, 1917.12, p.93.
15) 多加木三太郎, 「朝鮮の奧から」(一~五), 『朝鮮及滿洲』, 1923.4, 5, 6, 8, 9. (一)은 「朝鮮の奧まで」라는 제명으로 연재가 시작되었는데, (二)부터 제목이 바뀌었다.

다운 경치가 차창 밖으로 잇따라 펼쳐지는데, 곧 실내에서 풍기는 조선인의 이상한 냄새와 소음에 얼굴을 찌푸리고 만다. 차창 밖으로 펼쳐지는 조선의 모습을 바라볼 때는 자신과 단절시켜 여행자의 시선으로 바라볼 수 있었던 풍경이, 같은 기차의 실내 공간에서 조선인과 함께 하고 있음을 느낀 생활자의 시선에는 더 이상 조선이 풍경으로 들어오지 않게 된 것이다. 그리고 "조선을 압제적으로 통치하지 않을 거라면 그들에 대해 불결한 느낌 대신에 연민을 가지고 대해, 불결한 느낌이 일어나지 않도록 주의해야 할 것이다"고 생각한다. 식민자로서의 우월한 시선에 포착된 조선의 풍경은 비대칭적으로 묘사되기 때문에 사실적 재현은 이루어지지 않는다. 그리고 함경남도의 깊은 산속으로 이동하는 과정에서 벌써 조선행에 대한 후회가 밀려온다. 마중 나온 학생들이 합창으로 반겨주었지만, 우마키치는 우울한 마음을 떨칠 수 없다. 조선어와 일본어가 섞인 학교 풍경은 시끄러운 소음으로 여겨질 뿐이다.

생활자로서 정착한 우마키치에게 '북선'의 조선인은 다음과 같이 묘사된다.

북선 지방, 특히 국경에 가까운 방면의 조선인은 음험하다고 들었는데, 이 부락도 역시 그런 분위기가 보였다. 이들은 무지했지만 부도덕한 것에 대한 술책은 교활하고 게다가 치밀했다. 그리고 이들은 술책 부리는 일에 능수능란했다. 겉으로는 내지인에 대해 반항하는 기색을 보이지 않았지만 뒤로는 갖가지 욕을 하거나 조롱했다. 마음으로 내지인에게 복종하는 일은 없었다. 또 한편으로 여기에 있는 내지인은 도저히 그들 마음을 심복시키고 동화시켜서 지도할 수 없다. 인격이 용렬하고 쓸데없이 이해(利害) 관념이 강해 힘겨루기만 하고 있다.16)

이와 같이 생활자로서 '북선'에 정착한 우마키치가 조선인을 바라보는 시선은 우월한 시선으로 식민지인을 내려다보는 식민자의 바로 그것이었다. 스쳐 지나가는 여행자의 시선에 미처 내면화되지 못했던 조선의 풍경은 우마키치와 같은 생활자로서의 재조일본인에게 우울하게 투영된다.

> 외로운 가운데 정착한 기분이 계속되었다. 그는 학교가 끝나면 곧바로 자신의 집에 돌아가 감상적인 소설을 읽거나 사회학이나 정치학 연구를 시작했다. 밖에 나가는 일은 좀처럼 없었다. 그러나 이것도 불과 잠시이고, 풍물에 익숙해져 근무의 단조로움이 계속되자 외로움이 느껴졌다. 특히 여름에 해도 기울어 석양의 잔영이 산 정상에 불과 잠깐 머물러 있을 때, 그리고 어슴푸레한 어둠이 시시각각 몰려오고 멀리 계곡 밑에서 울리는 다듬이질 소리를 들을 때, 저녁을 짓는 연기와 어둠에 저물어가는 부락을 내려다볼 때, 그는 형언할 수 없는 고독한 외로움을 느꼈다.17)

이와 같이 생활자로서 식민지를 우울하게 체험하고 있는 우마키치에게 더 이상 조선의 풍경은 인식되지 못한다. 대신에 인근에 와 있는 일본인 게이샤(芸者)에게 관심을 돌리고, 조선으로 건너오기 전에 만났던 여성을 떠올리며 소설은 끝이 난다. 그리고 1920년대 후반 이후는 '북선'을 배경으로 하는 재조일본인 서사 자체가 모습을 감추고, 무대는 만주로 이행한다. 이와 같이 '북선'을 배경으로 하는 재조일본인 서사에는 기행문과는 다르게 생활자로서의 조선 인식이 나타나는데, 여기에는 식민자로서의 우월한 시선이 개입하면서 식민지의 풍경은 후경으로 소외되고 우울한 내면으로 침잠해 들어가는 모습을 볼 수 있다.

---

16) 多加木三太郞, 앞의 소설(三), p.38.
17) 多加木三太郞, 앞의 소설(三), p.41.

　이상에서 살펴본 바와 같이, 1920~30년대 '북선'을 둘러싼 기행과 서사에는 확장되는 제국의 집단적 이미지와, 한편으로는 재조일본인이 식민지 일상에서 체험하는 개별화된 우울한 기억이 중층적으로 생성되고 있었음을 알 수 있다.

[제2부]

근대 일본문단과 조선인의 문학

▶ 일본 프롤레타리아문학잡지 『전진(進め)』과 조선인의 문학

▶ 장혁주의 「춘향전」을 통해 본 제국과 식민지의 변주

▶ 잡지 『문예수도(文藝首都)』와 김사량의 문학

▶ 근대 일본문단과 식민지의 지식인 연대

▶ 일본 프롤레타리아문학잡지
『전진(進め)』과 조선인의 문학

1. 일본 프롤레타리아문학잡지와 식민지 조선

　일제강점기에 식민지 조선인이 식민 종주국의 일본인과 연대한다는 것이 과연 가능했을까? 민족 간의 차별을 넘어 프롤레타리아 국제주의를 표방하며 계급적 연대를 모색해간 일본과 조선의 무산자 연대라고 하는 것이 이에 대한 명쾌한 답을 줄 수 있는가? 결론부터 말하면, 제국과 식민지의 프롤레타리아 계급 연대라고 하는 것은 그 실현가능성이 매우 회의적이며 결국 동상이몽일 수밖에 없다는 사실이다. 왜냐하면 조선과 일본의 무산자의 처지가 다를 수밖에 없으며, 따라서 조선에서의 사회주의운동은 민족 개념이 전제된 조국해방운동의 성격을 띠기 때문이다.

　그렇다고 한다면, 일제강점기에 이른바 '내지'의 매체에 식민지 조선인이 글을 쓴다는 것은 어디에서 그 의미를 찾을 수 있을까? 이 글은 이러한 문제에 대해 생각해보고자 하는 것으로, 일본인이 발행한 매체

에 조선인의 글이 가장 많이 실린 프롤레타리아문학잡지 『전진(進め)』을 통해 이를 구체적으로 살펴보고자 한다.

식민지 조선의 노동자들은 조국이 피식민 상태에 놓여있는 민족적인 문제와 일제의 경제 식민지로 전락해가는 속에서 노동력을 착취당하는 이중의 억압을 받고 있었다. 이러한 상황에 비판적으로 대항하고자 국내외에서 프롤레타리아문학 활동이 전개되었다.

1920~30년대에는 식민지 조선에서도 여러 종류의 사회주의 계열의 잡지가 나왔다. 1920년대의 예만 보더라도 조선노동공제회의 기관지 『공제(共濟)』(1920년 9월 창간)를 비롯해, 『신생활』(1922년 3월 창간), 『신흥과학』(1927년 4월 창간), 『사상운동』(1924년 3월 창간), 『현계단(現階段)』(1928년 8월 창간), 『조선문예』(1929년 5월 창간) 등이 있다. 또 1922년 12월에 창간호 발행허가를 신청했으나 결국 세 번에 걸쳐 발매 금지 처분되어 끝내 빛을 보지 못한 잡지 『염군(焰群)』에 대한 기록이 남아 있으며, 조선에서 창간이 어려워 일본으로 건너가 창간된 잡지 『이론투쟁』(1927년 3월 창간)과 『예술운동』(카프 기관지, 1927년 11월 창간), 도쿄 유학생 중심의 문예잡지 『제삼전선』(1927년 5월 창간) 등이 있다.[1] 그러나 이들 잡지는 일제 당국의 압수와 발금 등의 탄압으로 대부분이 단명하고, 발표무대를 잃은 식민지 조선인들은 당시 비교적 탄압이 덜했던 이른바 일본 '내지'의 프롤레타리아 잡지매체로 발표무대를 옮겨가게 된다.

사실, 식민지 조선에서 사회주의 이념이 수용되는 과정에는 주로 일본에서 돌아온 유학생이 매개되어 있었다. 1920년대에 들어오면서 이들을 중심으로 '흑우회(黑友會)'를 비롯한 다양한 사상 단체가 만들어졌고, 1925년 8월에는 '조선프롤레타리아예술동맹(카프)'이 조직되기에 이

---

1) 최덕교 편저, 『한국잡지백년 2』, 현암사, 2005, pp.340-357.

르렀다. 이후 1920년대 후반에서 1930년대 전반에 이르기까지 조선 문
단에서는 주로 프로문학 계열의 일본문학 언급이 많아진다.[2]

한편, 일본에서 활동하던 조선인의 독자적인 문학조직은 결성과 동시
에 탄압을 받으면서 활동에 곤란을 겪고 있었다. 이에 일본에서 활동한
조선인 문학자의 활로는 일본 프롤레타리아문학운동과의 조직적인 연대
를 확립함으로써 소생하게 되고 많은 가능성을 찾아가게 된다.[3] 이러한
문학 연대 속에서 재일조선인의 활동도 1920년대에 전성기를 누리다 일
제의 파시즘 체제가 강화되는 1930년대 중반 이후 쇠퇴의 일로를 걸은
일본 프롤레타리아문학 운동의 성쇠와 그 궤를 같이 하게 된다.[4]

일본 프롤레타리아문학잡지 속의 조선인 일본어 작품은 재일조선인,
재만조선인의 작품을 비롯해 조선에서 투고된 글도 있었다. 장르도 다
양해 시, 소설, 수필, 일기, 희곡, 평론 등 다양한 장르로 구성되어 있고,
콩트 같은 짧은 글부터 비교적 긴 내용의 소설이나 평론에 이르기까지
다양한 형식으로 이루어져 있었다.[5]

---

2) 서은주, 「일본문학의 언표화와 식민지 문학의 내면」, 『제도로서의 한국 근대문학
   과 탈식민성』, 소명출판, p.275.
3) 任展慧 著, 『日本における朝鮮人の文學の歷史—1945年まで—』, 法政大學出版局, 1994,
   p.165.
4) 1920년대 일본프로문학지에 관련한 조선인 문학활동에 대한 연구로는 이한창의
   논고가 선구적이다. 이 글도 이한창의 논고에 시사 받은 바 크다(이한창, 「해방
   전 재일조선인 사회주의자들의 문학활동—1920년대 일본 프로문학 잡지에 발표
   된 작품을 중심으로—」, 『일어일문학연구』, 2004.5). 또한, 당시 일본에서 활동한
   프롤레타리아문학자를 개별적으로 고찰하고 있는 논문으로는 김태옥의 「정연규
   의 삶과 문학—1920년대 중반부터 1930년대 중반까지—」(『일본어문학』, 2008.3),
   박경수의 「일제하 재일 문학인 김두용의 반제국주의 문학운동 연구—제3전선사
   에서 코프(KOPF)의 해체까지—」(『우리文學硏究』 제25집, 2008)와 「일제하 재일
   문학인 김희명(金熙明)의 반제국주의 문학운동 연구—그의 시와 문학평론을 중심
   으로」(『日本語文學』 제37집, 2007) 등이 있다.
5) 김계자·이민희 역, 『일본 프로문학지의 식민지 조선인 자료 선집』, 도서출판
   문, 2012.3 참고.

그중에서 이 글에서 주목하는 것은 잡지 『전진』에 실린 조선인의 글
이다. 전술했듯이, 『전진』에는 식민지 조선인의 글이 다른 어떤 잡지매
체보다 많이 실려 있다. 그리고 글이 투고된 지역과 글의 형식도 다양
해, 조선인과 일본인의 프롤레타리아적 연계 상황을 구체적으로 살펴볼
수 있는 최적의 대상이라고 사료된다. 이들 조선인의 글에는 일본과는
다른 '제국'에 대한 상이한 관점, '재일조선인'이라는 특수한 입장에서
의 일본과의 연대 방식을 모색해가는 일련의 과정, 그리고 만주로 이주
해간 조선인이 일본인과 중국인 사이에서 느끼는 갈등 등, 다양한 항변
의 목소리를 들을 수 있다.

이와 같이, 제국과 식민지의 경계를 넘어 일본과 조선의 프롤레타리
아 계급이 연대한다고 하는 이상이 결국 동상이몽적 요소를 가진다고
인식하고 나면, 오히려 제국과 식민지라는 이항대립적인 구도로 포획되
지 않는 다양한 의미망을 발견하게 된다. 특히, 재일조선인이나 재만조
선인의 투고 글은 조선에서 투고된 글과는 성격이 다른 문제제기를 하
고 있음을 알 수 있다.

즉, 혼종의 공간에서 제기되는 문제인데, 물론 1930년대 이후로 가면
조선인들의 일본어 글쓰기가 본격화되면서 이러한 내용은 장혁주나 김
사량 등의 문학에서 볼 수 있듯이 수준 높은 서사로 발현된다. 그런데
1920년대는 아직 그 이전 단계로, 본격적인 문학자에 의하지 않아 정제
되지 않은, 그렇기에 더욱 직설적인 이야기를 들을 수 있는 것이다.
1920년대에 조선인의 다양한 글이 실렸던 잡지 『전진』을 통해, 식민 종
주국의 매체에 식민지인이 글을 쓰는 것의 의미를 생각해보겠다.

2. 일본 프롤레타리아문학잡지『전진』

『전진(進め)』(1923.2~1934.11)은 1920년대 일본 사회주의 운동의 고양 분위기를 잘 보여주고 있는 잡지로, 표지의 '전진'이라는 타이틀 위에 '(무산계급)전투잡지'라고 붉은 색 큰 글씨로 적혀 있다.6) 창간호 이래 의 발행인은 후쿠다 교지(福田狂二, 1887~1971)로, 러일전쟁 당시 반전(反 戰) 사회주의운동에 참여했으나 1933년 이후 우익으로 전향했다.

본 잡지의 특색은 다른 프로문학 잡지들과는 다르게 10년 이상에 걸 쳐 장기적으로 간행되었고, 그 성격도 좌익에서 점차 중간파, 우익을 크게 바꿔가면서 다양한 이념의 글을 실었던 점이다. 그래서 "공산주의 의 본류를 벗어나 리버럴리즘으로 변신했다"는 비난을 받기도 했다. 이 렇듯 다른 프로문학 매체에 비해 리버럴한 잡지 이미지 때문에 당시 식민지 조선인의 다양한 성격의 글도 당국의 검열을 피해 실릴 수 있 지 않았을까 추측된다.

『전진』은 일본뿐만 아니라, 조선(부산, 안동, 원산을 비롯한 6개의 지국이 있었음), 만주 등에도 지국을 두고 각 지역의 소식을 폭넓게 실었다. 이중에는 재일조선인들의 프롤레타리아운동 현황을 보고하는 글들이 많고, 재일조선인이 조선에 있는 동지에게 보내는 글도 실려 있다. 또 조선의 각 지역의 실상을 일본을 비롯한 조선 외부에 알려 프롤레타리아운동을 촉구하는 글도 있으며, 러시아나 서간도・북간도의 만주 일대, 그리고 일본에 흩어져있는 조선인들의 독립운동의 실상을 전체적으로 파악할 수 있는 보고 성격의 평론이 실리기도 했다(김희명, 「조선사회 운동소사 서설(3)」,

---

6) 잡지『전진』에 대한 소개는 다나카 마사토(田中眞人)의 「해설」을 참고해 정리한 것이다(「解說」『進め 解說總目次索引』, 不二出版, 1990.2, pp.1-11).

 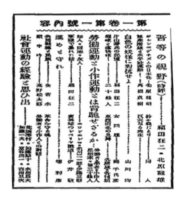

[그림 1] 『전진』 창간호 표지　　　　[그림 2] 『전진』 창간호 목차

제3장 제3절 「독립운동의 진상」, 『전진』, 1927.9).

　위의 창간호에서 보듯이 편집인은 기타하라 다쓰오(北原龍雄)로, 그가 창간호 권두논문으로 쓴 「볼셰비즘의 일본화(ボルシエヴヰズムの日本化)」라는 글에서도 짐작할 수 있듯이, 『전진』의 애초의 편집방침은 개인의 주체성에 입각한 혁명의 가능성을 주장한 아나코 생디칼리즘(anarcho syndicalism)과 대립해 러시아 혁명의 이론과 실천을 소개하면서 일본 노동운동의 조직화를 꾀한 볼셰비즘(bolshevism)을 표방하고 나서 공산주의자의 기관지로서 기능했다. 그렇지만 한편에서는 잡지 발행을 위한 재정문제를 해결하기 위해 적극적으로 광고를 싣는 등, 지면 구성에 있어서는 실용주의 노선을 우선시했다. 그래서 1925년경에는 『전진』은 공산당과 적대적인 관계가 되기도 한다. 『전진』은 잠시 휴지기간을 두었다가 1930년대에 들어서면서 신문형식으로 복간되기도 하지만, 다른 프롤레타리아문학잡지가 그랬듯이 전시체제로 접어들면서 점차 기반을 잃고 종간을 맞이하게 된다.

3. 『전진』에 투고된 식민지 조선인의 글

잡지 『전진』에는 식민지 조선인의 글도 다수 실렸는데, 시나 소설, 희곡, 평론 같은 창작뿐만 아니라 식민지 조선의 각 지방에서 일어난 사회주의 운동을 보고하는 보고서 형식의 짧은 글들이 다수 실렸다. 그리고 일본어가 아닌 한글 상태 그대로 실린 글도 다수 볼 수 있다. 『전진』에 실린 조선인의 일본어 작품을 정리하면 아래의 표와 같다.

[표 1] 『전진』에 실린 조선인 일본어작품 목록
(조선 각지에서 보낸 운동보고서나 판결문, 해설, 앙케이트 등은 제외)

게재년월	장르	작자	작품명	비고
1923.2	평론	金若水	日本に於ける協同戰線と民族	창간호
1923.5	평론	朱鐘健	メーデーと朝鮮の問題	
1923.5	평론	朱鐘健	特權政治への積極的對抗	
1925.8	감상	鄭然圭	[全土戰報]伸びて行く	
1925.12	평론	金熙明	朝鮮社會思想運動管見	
1926.10	평론	金熙明	共同戰線の一方向	
1926.11	평론	金熙明	帝國主義の植民地政策管見	
1926.12~ 1927.6	평론	金熙明	植民地政策裏面研究 (一) ~ (七)	
1927.7~9	평론	金熙明	朝鮮社會運動小史序說 (一) ~ (三)	
1927.8	평론	金斗山	朝鮮社會運動發達論	김희명 역
1928.1	평론	金熙明	プロレタリア芸術団体の分裂と對立	
1928.1	평론	金熙明	反動を倒せ	
1928.7	소설	金晃	おっぱらふやつ	
1928.8	소설	辛仁出	緋に染まる白衣	
1928.12	희곡	李貞植	彈壓政治の忠僕達-パントマイム	
1929.4~5	소설	金光旭	移住民	
1930.2	평론	申得龍	在日本朝鮮プロレタリアートの當面任務	

위의 표에서 보듯이, 1920년대 당시 김희명이 일본의 매체에서 활발한 활동을 보이고 있었음을 알 수 있다. 『전진』에 실린 그의 글의 대부분은 평론이다.

　　1923년 가을 대지진 피해를 입은 2천여 조선 무산계급이 학살당했
다. 나는 그들의 학살원인이 단지 민족적 반역의 감정에 기초하는 것
이라는 생각이 들어 매우 쓸쓸한 느낌이 들었다. 그들 중 혹자는 물론
XX 때문에, 혹자는 폭력 때문에 살해당했다. 그러나 잊을 수 없는 것,
놀라지 않을 수 없는 것은 무산자가 동일한 운명의 형제를 살육한 일
이다. (…중략…) 조선의 소작쟁의는 일본의 그것처럼 단지 부르주아
대 프롤레타리아의 문제에 머무르지 않는다. 조선에서는 지주 즉, 자본
가가 대개 일본인이고 일본의 자본이기 때문에 그들의 쟁의는 단순한
노자(勞資) 투쟁 이외에 민족상의 감정 문제가 포함되어 있으므로 사건
이 매우 전도되고 지도하는 고뇌도 좀처럼 여간하지 않다. (…중략…)
조선의 가장 큰 지주는 동양척식주식회사이다. 동척은 식민지 개척을
위해 설립된 착취기관의 하나로, 그 이상이 성취되어 조선 민족의 삼
분의 일이 기아에 울부짖고 수십만의 농민이 농촌에서 추방되었다. 그
들은 정처 없이 남만주 내지는 일본 내지를 향해 표백의 여행을 떠나
야만 하는 운명이 되었다. 동척이 매년 행하고 있는 이민제도 및 불생
산대출 등과 같은 악덕장사는 조선은행, 조선식산은행 및 동 지방금융
조합과 함께 조선 농민을 착취하고 있기 때문에 조선의 사상운동이 자
연히 반동적으로 되는 것은 극히 합법적인 사실이다. 즉, 식민지의 반
자본주의운동 세력이 다른 것과 비교해서 보다 심각하고 농후한 이유
이다.(김희명, 「조선사회사상운동 관견」, 『전진』, 1925.12)[7]

　　위의 김희명의 글에서 보면, 관동대지진 직후 일어난 일본인에 의한
조선인 학살 사건은 민족적인 감정에 기초하는 것으로, 동일한 운명의
무산자 계급이라고 하는 일반화된 개념이 얼마나 실효성이 없는지를 이
야기하고 있다. 마찬가지로 조선에서 일어나고 있는 소작쟁의에 대해서
도 부르주아 자본주의에 대항하는 프롤레타리아계급의 문제에 국한하지

---

7) 『전진』에 실린 본문 내용은 김계자·이민희 역의 앞의 책에서 인용한 것으로,
　본문에는 초출 서지정보를 표기했다. 단, 밑줄은 인용자에 의한 것임.

않고, 조선의 수십만의 농민을 이농으로 내몰고 있는 일제에 대한 비판
으로 연결시키고 있다. 김희명은 또, 식민지에서 관찰하면 민족의 개념
이 관여하기 때문에 종주국의 프롤레타리아트를 부르주아라고 볼 수 있
으며 지배계급과 동류라고 봤다(「공동전선의 한 방향」,『전진』, 1926.10).

또한, 1930년 2월호에 실린 신득룡의 글을 보면, 재일조선인 노동운
동에 초점이 맞춰져 있는데, 일본과 조선 이주민 사이의 갈등을 논하고
있다. 즉, 1928년 코민테른 12월 테제에 따른 일국일당(一國一黨) 원칙에
의해 조선의 노동운동이 일본의 노동연합인 '전국협의회'에 해소되어가
는 과정에서의 투쟁을 이야기하고 있는데, 조선 민족주의를 부정해야하
는 '재일본 조선 노동자 동맹의 당면 문제'에 대해 그 문제점을 논하고
있는 것이다.

이와 같이, 식민지 조선의 문제뿐만 아니라, 이주민으로서의 조선인
이 당면한 문제들에 대해 김희명과 신득룡이 주요 논객으로 활동하고
있는 가운데, 1920년대 말이 되면 조선인의 일본어창작이 실리게 된다.
[표 1]에서 보듯이, 세 편의 소설과 희곡이 한 편 실리는데, 이들 소설
작품에 대해서 "문학성을 띠고 있"으나 "사건의 줄거리가 전형적인 내
용이며" "작품의 구성상 파탄을 초래하는 약점을 가지고 있다"는 이한
창의 선행연구가 있다.8)

그러나『전진』에 실린 일본어문학작품은 그 작품성을 운운하기 이전
의 중요한 문제가 있음을 간과해서는 안 된다. 즉, 세 편의 소설은 전문
적인 작가에 의한 것이라기보다는 재일조선인으로서, 또 재만조선인으
로서 일본과 만주에 거주하면서 쓴 이주민문학의 형태를 띠고 있다는
점이다. 장혁주가 1932년 4월에『아귀도(餓鬼道)』를『개조』에 투고해 입

---

8) 이한창, 앞의 논문, p.365.

선하면서 조선 출신자에 의한 본격적인 일본어작품으로서 주목받게 되므로, 1920년대는 아직 전문 작가에 의한 일본어문학은 나오지 않은 상황이었다. 이러한 때에 일본과 만주 등지에서 이주민문학의 형태로 초기 일본어문학이 나왔다는 사실은 주목할 만하다. 이는『전진』이 일본을 주요 근거지로 해서 조선과 만주 일대까지 포괄해 식민지인의 투고를 받았기에 가능했을 것이다. 물론 이들 식민지인의 글들이 일본인들의 글과 호응하고 상관되는 내용 구성을 보이는 것은 아니었다. 그 단적인 예를 김광욱의 「이주민」이 실린 1929년 5월호의 구성을 통해 확인할 수 있다.

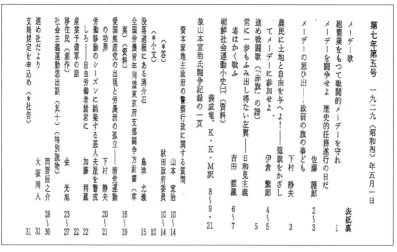

[그림 3] 『전진』 1929년 5월호 목차

위의 목차에서 보면, 배성룡의 자료 글과 김광욱의 창작 외에는 모두 일본인의 글로, 5월 1일 메이데이를 맞이하여 이와 관련한 기사가 많은 가운데, 창작으로서는 김광욱의 글이 유일함을 알 수 있다. 사실『전진』은 평론 구성이 많고 창작은 소수이다. 내용으로 봐서 조선인은 조선에 관한 내용을, 그리고 일본인은 대부분이 일본 각지의 노동문제를 다루고 있을 뿐, 제국과 식민지 사이의 가교로서 지면이 기능적으로 구성된 것은 아님을 알 수 있다. 한 가지 흥미로운 사실은, 배성룡의 자료 글은 일본어 번역자가 명시되어 있는 반면, 김광욱의 창작은 번역자가 명시되어 있지 않다는 점이다. 즉, 김광욱 자신에 의한 일본어창작으로 추측해볼 수 있는 소지가 있다. 김광욱의 작품을 비롯해 『전진』에 실린 네 편의 창작에 대해 다음에서 구체적으로 살펴보겠다.

4. 식민지 조선인의 이주민문학

전술한 바와 같이, 『전진』에 실린 조선인의 글은 1923년 2월 창간호에 실린 김약수의 글에서부터 시작해 1930년 2월 신득룡의 평론을 끝으로, 이후 보고 형식의 짤막한 내용 외에는 찾아보기 힘들다. 이는 1930년대에 들어서면서 『전진』 자체의 발간이 불안정해지는 데에 기인하기도 하지만, 앞서 살펴본 신득룡의 글에서 알 수 있듯이 조선의 민족주의를 부정하는 코민테른 12월 테제 이후의 일본 사회운동의 논리는 목하 일제 치하에서 이중의 착취를 당하고 있던 조선 노동자들의 문제를 대변하기 어려운 점이 가장 컸을 것으로 생각된다. 그래서 1930년대 이후 일본 프롤레타리아문학 계열 자체의 쇠퇴와 궤를 같이 하며 식민지 조선인의 활동도 점차 줄어들게 된다.

그렇기 때문에 더욱 1920년대 말의 일본어창작은 희소가치가 있다고 볼 수 있다. 비록 짧고 문학성이 뛰어나지 않은 부분이 있다고 하더라도, 이들이 서사라는 형식을 취해 프로문학 담론의 방법화를 일본의 매체에서 시도했다는 사실은 중요하다.

『전진』에 실린 일본어 창작을 발표 순서대로 간단히 살펴보겠다. 우선, 김황의 「쫓아내는 놈(おっぱらふやつ)」은 도일(渡日)해 일본의 노동시장에서 노동력을 팔아야만 살 수 있는 조선인들에게 도일 금지 조치를 내리고 갖은 고문으로 재일조선인을 괴롭히는 일제에 대해 투쟁을 결심하는 내용으로, 시가 섞인 산문의 형태를 취하고 있는 단편이다.

신인출의 「진홍빛으로 물드는 백의(緋に染まる白衣)」는 세이키치(成吉, 원본에 'せいきち'로 독음이 붙어 있음)가 백의인(白衣人) 부락의 S서(署)에서 S인 형사에게 폭력적인 취조를 받고 "허물뿐인 반도" 조선을 벗어나 T도(都), 즉, 일본의 동경으로 이동해가는 과정이 그려져 있다. 그러나 일본에 건너가서도 고등계(高等係)에 끌려가 "미치광이처럼 S인인 것을 부정"하고 피로 물드는 백의를 끌어안고 가냘픈 반항의 절규로 소설은 끝이 난다.

이정식의 「탄압정치의 충복들─팬터마임(彈壓政治の忠僕達─パントマイム)」은 2막 구성의 짧은 희곡이지만, 1928년 식민지 조선을 무대로 벌어지는 조선 민중의 전면적인 투쟁의 모습을 형상화하고 있다.

『전진』에 실린 일본어 창작 중에 일정 길이를 가지고 가장 높은 서사성을 보이는 작품은 김광욱의 「이주민(移住民)」이라고 할 수 있다. 「이주민」은 1929년 4(1~2), 5(3~4)월 두 달에 걸쳐 연재된 단편소설로, 압록강 경계를 넘어 만주로 이주해간 재만(在滿) 조선인의 삶을 일본인과 중국인이 관련된 '이주민'의 문제로 초점화해 다루고 있다. 만주를 배경으로 하는 조선인에 의한 최초의 일본어 창작이라는 점에 우선 그 의의가 있다고 하겠다. 내용을 각 장별로 간단히 살펴보면 다음과 같다.

(1) C와 M의 국경수비대에 전임을 명받은 '그'가 보초를 서다가 붙잡은 "불령한 C인" 이영삼은 징역 3개월의 처분을 받은 도망자로 결국 수비대가 가한 폭력으로 죽게 된다. (2) 압록강을 건너 K섬으로 향하는

기차 안에 김일선 일가가 타고 있는데, N국과 합병한 이후 많은 C인이
이주해간 경로를 따라가며 거기서는 "C인이 N이민처럼 특권이 있어서
같은 자격과 대우를 받을 수 있다. 이는 고마운 대일본제국의 새로운
동포만이 가지는 세계적 영광"이라고 연설한 군청 관리의 말을 떠올리
고는 "나는 소지주가 될 때까지는 조금도 그런 운동에는 참가하지 않
겠다"고 김일선은 다짐한다. (3) 조선에서 요시다(吉田) 농장의 횡포로
어머니를 여의고 고향에서 내몰려 K섬으로 가고 있는 정희를 김일선이
기차에서 만나는데, 자초지종을 듣는 중에 정희가 이영삼의 장녀라는
사실이 밝혀진다. (4) 그로부터 4년이 지난 정월에, '이국인' 즉, 중국인
이 김일선을 찾아와 자신들의 국적으로 귀화하라고 종용하면서, 이와
함께 C인의 백의 착용을 금하고 그들의 의복을 착용해야 한다는 내용
이 적힌 비밀문서를 던져주고는 다음과 같이 말한다.

> "당신네 쪽 사람들이 미워서가 아니라 사실은 N국이 이번에 새로
> 운 내각 성립 이래 우리 만몽(滿蒙)에 대해 새로운 철도 계획을 세우
> 고, 출병을 단행하고, 마구 당신네 사람들을 이쪽으로 이주하도록 해
> 서 소위 만몽 적극정책에 의해 정치 경제상으로 만몽을 완전히 자신
> 의 수중에 넣으려고 하고 있어……."
> "그래서 그 화를 입는 것은 우리로군요……."

여기서 말하는 'N국'은 일본으로, 중국인이 조선인 김일선을 찾아와
이야기하고 있는 장면이다. 일제가 자신들의 신민을 보호한다는 명분하
에 재만 조선인 문제에 간섭하고 조선인을 이용해 토지구입을 시도하는
등, 만주로의 세력 확대를 꾀하자 중국정부는 이에 대응해 각종 방법으
로 재만 조선인을 탄압했다. 특히 1920년대 후반에 들어서면서 일제의
만몽 적극정책 추진으로 인해 중국 당국은 조선인 구축(驅逐) 정책까지

내놓게 된다.9)

위의 인용에서 1920년대 후반 중국 정부와 일본 정부의 대립, 그리고 그 사이에서 이용당하고 피해를 보고 있는 재만조선인의 정황을 읽어낼 수 있다. 이러한 갈등은 결국 1930년에 조선 농민과 중국 농민이 충돌한 '만보산(萬寶山) 사건'으로 이어지는데, 충돌 직전의 1929년 상황을 본 소설에서 동시대적으로 보여주고 있는 것이다.

정월 지령으로부터 수개월이 지난 무렵, K섬 N영사관, 즉, 간도 일본 영사관에 지금까지 개간해온 전답을 빼앗기고 가옥을 몰수당한 C인 군중이 몰려드는데, 이곳에 일본인에 의해 농락당한 정희가 죽음을 맞이하면서 군중들이 함성을 울리며 영사관 안으로 물결처럼 밀고 들어가면서 소설은 끝이 난다.

비록 단편이긴 하지만 네 개의 장이 탄탄한 구성을 보이고 있다. 즉, (1)에서 압록강 경계를 넘어가던 이영삼(정희 아버지)의 죽음을 통해, 당시 식민지 조선과 만주, 그리고 일제의 구도가 그려지고 있고, (2)와 (3)을 통해 고향으로부터 내몰리는 식민지 조선인의 삶을 액자구성으로 보여주고 있으며, (4)에서 중국인과 일본인 사이에서 이중의 압박을 당하는 재만 조선인의 단결된 투쟁을 그리고 있는 것이다.

사실 1931년 만주사변, 1932년 만주국 성립 이후에는 만주로의 본격적인 정책이민이 시작되고, 이러한 시대적 필요성에 발맞춰 이토 에이노스케(伊藤永之介)의 『만보산』(1931)이나 장혁주의 『개간(開墾)』(1943) 등의 만주 일본어문학이 나오게 된다. 조선에서도 1919년부터 1923년까지의 만주 체험을 바탕으로 이민사회의 실상을 소설화한 최서해의 경향파 소설들을 비롯해 강경애, 이태준, 이기영, 안수길 등, 만주를 배경

---

9) 한석정·노기식 저, 『만주 동아시아 융합의 공간』, 소명, 2008, p.201.

으로 하는 국문소설이 다수 나오게 된다. 그러나 김광욱의 「이주민」은 같은 일본어소설을 쓴 이토 에이노스케나 장혁주의 소설에서 보이는 제국적인 시점이나 국책적인 내용이 없을 뿐만 아니라, 중국인과 일본인 사이에서 첨예화되고 있는 갈등이 잘 짜인 구성으로 표현되어 있는 선구적인 만주 일본어문학이라고 할 수 있다.[10)]

5. 맺음말

이상에서 1920년대 식민지 조선인의 글을 가장 많이 실었던 일본 프롤레타리아문학잡지 『전진』에 대해 살펴보고, 그 속에 그려져 있는 재일, 재만 조선인의 문학 활동을 간단히 살펴보았다.

일제강점기 일본의 프롤레타리아문학잡지는 검열이 심해진 조선에서 발표하기 어려운 작품의 발표무대가 되었을 뿐만 아니라, 사회주의 프로문학 운동의 실천적 매개로서도 중요한 역할을 했다.[11)] 『전진』은 일본뿐만 아니라 조선, 만주에까지 지부를 두고 있었기 때문에, 각지에 흩어져 있는 조선인의 작품 발표무대가 되었고 조선을 떠나 일본 '내지'와 만주에 이주한 이주민들에게 사회주의 운동의 연락책으로 기능한 측면도 있었음을 알 수 있었다. 물론, 『전진』 외에도, 『씨 뿌리는 사

10) 「이주민」의 작자 김광욱에 대해서는 아쉽게도 알려진 바가 없다. 1929년경부터 만주에서 조선혁명군에 들어가 총사령부 부관으로 활동하다가 1935년경에 전사해 애국장 훈장을 받은 동명의 사람이 있으나 「이주민」의 작자임을 확인할 방법이 없고, 또 봉천흥아협회에서 발간한 『재만조선인통신』 제25호(1937.4)에 봉천동광학교 합격자 명단에 올라있는 동명의 사람도 역시 동일인임을 확인할 길이 없다.
11) 박정선, 「식민지 매체와 프로문학의 매체 전략」, 『어문론총』 제53호, 한국문학언어학회, 2010.12, p.353.

람(種蒔く人)』(1921.2~4, 1921.10~1923.8), 『전위(前衛)』(1922.1~1923.3), 『문예투쟁(文藝鬪爭)』(1927.4~?), 『전기(戰旗)』(1928.5~1931.12) 등, 조선인의 일본어문학이 발견되는 일본 프롤레타리아문학잡지는 다수 존재한다. 이들은 매체별 편집 방침에 따라 실린 글들의 성격도 조금씩 다른데, 이들을 통해 1920년대 식민지 조선인들이 계급적이고 동시에 민족적인 투쟁을 어떻게 일본문단과 연계하며 활동하고 있었는지 파악할 수 있다. 좌에서 우까지 다양한 사상 폭을 아우르고 있던 『전진』의 지면구성이 비록 제국과 식민지의 동상이몽적인 프롤레타리아 연대를 꿈꾸고 있던 측면을 부정할 수 없지만, 식민지 조선인의 재일, 그리고 재만 이주민의 문학담론과 서사를 동시대적으로 담아내고 있는 점은 식민지 문학에서 중요한 의미를 지닌다고 할 수 있다.

▶ 장혁주의 「춘향전」을 통해 본 제국과 식민지의 변주

1. 들어가는 말

이 글은 1930년대 '일본적'인 것과 '조선적'인 것의 공모와 균열 속에 장혁주의 「춘향전」이 일본에 소개된 형태와 그 의미를 생각해보고자 하는 것이다.

1930년대는 장혁주를 위시해 식민지 조선인이 본격적으로 일본문단으로 치고 나간 시기이다. 우선 당시의 일본문단 상황부터 개괄해보자. 1930년대 일본문단은 중대한 전환기를 맞이한다. 모더니즘문학과 프롤레타리아문학의 융성에 힘입어 일본문단은 새로운 문학의 지평을 열어갔지만, 1933년부터 시작된 전향의 시대를 시작으로 KOPF(일본프롤레타리아문화연맹) 해산과 1936년의 <2·26> 사건을 거치면서 문예통제가 행해졌고, 이어 1937년 중일전쟁을 전후해 전시체제로 돌입함으로써 문단은 이념성이 약화되었다. 그러나 한편에서는 1933년에 『문학계(文學界)』, 『행동(行動)』, 『문예(文藝)』 등의 잡지가 창간되고, 나가이 가후(永井荷風)나 다니자키 준이치로(谷崎潤一郎), 도쿠다 슈세이(德田秋聲)와 같은 대가들이 부활했다. '순문학'의 위기를 우려하는 한편 '대중문학'의 발흥을 반기면서, 소설의 창작방향이 논의되고 다양한 장르가 모색되어간 시기였다고 할 수 있다. 사상의 결락이 가져온 '문예부흥'이었던 것이다.

이러한 문예부흥의 기운은 일본 국내뿐만 아니라 조선, 타이완, 만주 등의 이른바 '외지'로도 확대되었다. 일본의 출판자본이 새로운 출판시장을 찾아 식민지에 진출한 현상을 당시의 상업 저널리즘의 대표격인 『개조(改造)』의 전략으로 분석하고 있는 고영란의 논고[1]는 이러한 현상을 잘 보여주고 있다. 잡지 『개조』는 1919년 4월에 창간하여 태평양전쟁 말기에 잠시 휴간한 후, 1955년 2월에 종간된 종합잡지로, 특히 1920년대 쇼와(昭和)문학 출발기에 출판 미디어와 문학자들과의 관련성, 정부의 언론 통제 상황 등을 살펴볼 수 있는 자료로서 가치가 크다. 1930년대에 본격화되는 식민지 조선인에 의한 일본어문학도 이러한 분위기 속에서 만들어졌다고 할 수 있다.

장혁주(張赫宙, 1905~1997)는 1932년 4월에 『개조』 현상공모에 『아귀도(餓鬼道)』가 2등(1등 없음)으로 당선돼 일본문단에 널리 알려지게 된다. 이후 일본문단에서 활발히 활동한 장혁주를 계기로, 『문학안내(文學案內)』의 <조선현대작가 특집>(1937.2), 『오사카마이니치신문(大阪每日新聞)』의 <조선여류작가 특집>(1936.4~6), 『문예』의 <조선문학 특집>(1940.7) 등이 엮어진다. 장혁주는 유진오, 무라야마 도모요시(村山知義), 아키타 우자쿠(秋田雨雀)와의 공편으로 『조선문학선집』(1940)을 펴내기도 했다.

한편, 장혁주는 김사량을 비롯한 조선의 문학자들을 일본 문단에 적

---

1) 고영란, 「제국 일본의 출판시장 재편과 미디어 이벤트—'장혁주(張赫宙)'를 통해 본 1930년 전후 개조사(改造社)의 전략—」, 『사이間SAI』 6호, 2009.

극적으로 소개하여 일본 내에 조선 문학의 인지도를 높이는 데 공헌했다. 1939년 10월호의 『문예수도(文藝首都)』에 발표한 김사량의 『빛속으로(光のなかに)』가 아쿠타가와상 후보에 오르면서 조선인의 일본어문학은 더욱 주목을 받게 되었다. 가히 '붐'이라 일컬어질 정도로 조선인의 문학이 일본문단의 주목을 받게 된 것이다.

　사실 장혁주의 일본문단 데뷔는 일제에 의해 만들어진 것이라고 해도 과언이 아니다. 근대 일본에서 일었던 '조선문학 붐' 자체가 일제에 의한 식민지 동화정책의 일환으로 기획된 관제(官制)의 성격을 부정할 수 없기 때문이다. 그러나 문학 언어는 정책적 담론과 다르게 심미적이고 텍스트 내외에서 여러 층위로 운용되기 때문에 의미망이 제한되지 않는다. 따라서 당초에 의도된 대로 산출되지 않을 뿐만 아니라, 오히려 역방향으로 진행되기도 한다.

　장혁주의 문학은 '조선문학 붐'의 한가운데에 있었던 만큼 제국과 식민지 문학의 공모, 그리고 균열 또한 더욱 잘 드러나는 지점이기도 하다. 이를 가장 잘 보여주는 텍스트가 바로 장혁주가 희곡으로 구성한 「춘향전」(『新潮』, 1938.3)이라고 할 수 있다. 우선, 1930년대를 전후해 조선문학에 대한 관심이 어떤 측면에서 일었는지 일본문단의 쟁점과 관련지어 살펴보겠다.

2. '일본적'인 것과 '조선적'인 것의 공모와 균열

　1930년대에 본격적으로 전시체제에 들어가면서 일본문단은 '일본적'인 것을 둘러싼 논의가 활발히 전개되었다. 전향과 문예부흥의 시대에 시정신의 고양과 고전 부흥을 구가한 잡지 『일본낭만파(日本浪曼派)』가

1935년에 창간되면서 '일본적'인 것에 대한 논의를 더욱 부채질했다. 1937년 한 해만 보더라도, 『신초(新潮)』, 『개조(改造)』, 『중앙공론(中央公論)』, 『문예춘추(文藝春秋)』, 『사상(思想)』 등의 주요 잡지에서 '일본적'인 것은 무엇인가, 무엇을 들 수 있는가, 문제점은 무엇인가 등의 논의가 활발히 이루어졌다.

구키 슈조(九鬼周造)[2]나 가메이 가쓰이치로(龜井勝一郎)[3]는 '일본적'인 것은 곧 세계적인 성격과 양립해 합류될 수 있는 성격이어야 한다고 한 반면, 이노마타 쓰나오(猪俣津南雄)는 오히려 일본의 특수성을 나타내는 것이 바로 '일본적'인 것이라고 하는 등,[4] 논의는 제각기였다. 한편, 미키 기요시(三木淸)는 '일본적'인 것을 추구하는 동향에 대해 파시즘의 도래를 우려하면서 오히려 '형식'의 중요성을 언급했다.[5] 가와카미 데쓰타로(河上徹太郎)도 '일본적'인 것에 관한 논의를 '내용론'과 '형식론'으로 나누고, '형식론'이 일본적인 것을 둘러싼 논의로서 현실적이라고 했다.[6] 하세가와 뇨제칸(長谷川如是閑)은 문학적 입장에서 '일본적 성격'을 규정짓고 있는데, '일기'나 '모노가타리(物語)'와 같은 문학형식의 특성에서 일본 고유의 민족적 감정을 찾아볼 수 있다고 말했다.[7]

이와 같이 1930년대 일본문단에서 일었던 '일본적'인 것을 둘러싼 담론은 일본 고유의 민족성을 일본의 고전 속에서 도출해 내려는 논의였다. 서구를 번역함으로써 근대화를 추동했던 일본이 전시체제에 들어가면서 서구에 대한 대타항으로서 고유의 정체성을 내세울 필요성이 생

---

2) 九鬼周造, 「日本的な性格について」, 『思想』, 1937.2.
3) 龜井勝一郎, 「日本的なものの將來」, 『新潮』, 1937.3.
4) 猪俣津南雄, 「日本的なものの社會的基礎」, 『中央公論』, 1937.5.
5) 三木淸, 「日本的性格とファッシズム」, 『中央公論』, 1936.8.
6) 河上徹太郎, 「日本的なものについて」, 『俳句研究』, 1936.11.
7) 長谷川如是閑, 『日本的性格』, 岩波書店, 1938.12.

겼고, 이에 일본의 고전이 요청된 것이다. 그러나 사실 문학의 형식을 이야기하는 자체가 곧 근대적인 발상에서 나왔다고 할 수 있다. 서구의 근대를 초극하겠다며 일본의 고전에서 고유의 형식을 찾으려 애썼지만, 결국 근대적 인식에 머물러 있는 셈이다.

1930년대는 식민지 조선에서도 전통이나 고전에 대한 연구가 활발해지고 조선학 운동이 일어 '조선적'인 것에 대한 관심이 고조되었다. 이는 물론 일본의 식민 통치자들에 의한 문화정책의 일환으로서 촉발된 측면이 있다.[8] 따라서 '조선적'이라는 것은 민족적인 개념으로서가 아니라 이른바 '내지'와는 다른 이국적 정취를 강조한 의미로 통용되었다. 일제가 조선에 요구한 '지방색(local color)' 혹은 '향토색'이라는 개념은 조선미술전람회에서 1920년대 중반부터 나오기 시작해 1930년대에 본격화되는데,[9] 중앙의 보편에 대해 지방으로서의 특수성을 강조하는 식민주의 관점에서 나온 것이라고 할 수 있다.

한 가지 흥미로운 것은 '일본적'인 것이 주로 일본 전통 문학의 '형식' 속에서 논의된 반면, 일본문단으로 포섭되는 조선인의 문학에는 '조선적'인 '내용'을 요구하는 경향이 강했다는 점이다. 그리고 제국의 지방으로서 편제되는 '조선적'인 것은 결국 일본화된 조선으로 의미가 변형된다는 데 문제의 심각성이 있다. 일제의 '조선적'인 것에 대한 관심과 변형 속에 식민지 조선의 문학이 어떻게 소개되었는지, 1930년대에 일본문단에서 가장 주목을 끌었던 장혁주의 활동을 통해 생각해보고자 한다.

---

8) 강상순, 「고전소설의 근대적 재인식과 정전화 과정 : 1920-30년대를 중심으로」, 『민족문화연구』 55호, 2011.12, p.81.
9) 박석태, 「조선미술전람회를 통해 본 '향토성' 개념 연구」, 『인천학연구』, 2004.9, p.261.

장혁주는 1936년에 도쿄로 이주한 이후, 조선에 대한 자신의 향수도 달랠 겸 '조선적'인 것을 요구하는 일본문단의 분위기에 부응하는 창작 경향을 보였다. 먼저, 도쿄 근교의 조선인 마을을 돌며 쓴 취재 기사 「조선인 취락을 가다(朝鮮人聚落を行く)」(『改造』, 1937.6)에서 일본인과 섞여 생활하고 있는 재일조선인의 비참한 생활을 알리고 김치와 고추장 등 조선의 문화를 소개했으며,10) 『노지(路地)』(赤塚書房, 1939)라는 소설 속에서 조선인의 생활을 형상화하기도 했다.

이어 장혁주는 조선의 고전인 「춘향전」을 희곡으로 발표해 제재로서의 조선을 일본에 알리는 데 성공했다. 장혁주는 도쿄로 이주한 1936년 말부터 「춘향전」을 일본어로 창작할 준비를 하고 있었다.11) 장혁주는 「춘향전」에 대해, 조선 민족 전체의 마음으로 자연발생적으로 만들어져 조선의 인정 풍속이 가장 리얼하게 표현되어 있는 문학이라고 「후기」에서 밝히고 있다. 무라야마 도모요시와 합작으로 일본과 조선에서 순회 상연이 성공적으로 끝났을 때, "조선민족의 미적 정신을 내지어로 옮기고 싶었다"고 하면서 지금까지 조선에 대해 잘 모르는 일본인에게 '조선물'을 알리게 된 기쁨을 술회하고 있다.12)

즉, 일본문단에 '조선적'인 것을 가장 잘 보여줄 수 있는 텍스트로 장혁주는 「춘향전」을 고른 것이다. 「춘향전」은 이미 1936년에 유치진이 각색해 경성 극예술연구회에 의해 상연된 바 있고, 1937년에는 도쿄

---

10) 신승모는 장혁주가 이 글을 썼을 때는 이미 협화회(協和會)가 만들어지고 '조선적'인 것을 제거하려는 분위기가 있었기 때문에 조선인이 일본인과 섞여 생활하고 있는 모습에 '안심'하고 '동조'하고 있다고 분석했다(신승모, 「도쿄 이주 (1936년) 후의 장혁주 문학에 나타난 정체성의 모색」, 『한국문학연구』 30, 2006, p.330).

11) 張赫宙, 「春香傳について」, 『文芸首都』, 1938.3, p.109.

12) 張赫宙, 「朝鮮の知識人に訴ふ」, 『文藝』, 1939.2.

학생예술좌에 의해 쓰키지(築地)소극장에서도 성공하는 등, 대중적인 흥행에 성공한 상태였기 때문에 장혁주가 「춘향전」을 토속적인 색채를 잘 보여주는 텍스트로 선택한 자체가 새로울 것은 없다. 다만 장혁주의 「춘향전」이 유치진의 그것과 다른 점은 일본인 독자(관객)를 염두에 두고 일본어로 썼다는 것인데, 여기에서 파생되는 차이는 단순하지 않다.

1930년대에 일본문단에서 '일본적'인 것을 둘러싼 논의가 나왔을 때, 장혁주는 이러한 분위기를 빨리 간취해 '일본적'인 담론에 동조하면서도 「춘향전」의 전통적이고 토속적인 고전적 이미지를 근대적인 형식의 텍스트로 바꿔놓는다. 조선의 불후의 고전 「춘향전」을 일본에 소개함으로써 '조선적'인 것에 대한 요구에 시의적으로 조응하면서, 내실에 있어서는 지극히 근대적인 공간을 구성함으로써 일본 고유의 문학 담론과는 차이를 보인 것이다.

이는 1930년대 당시 일본문단에서 이야기된 고유한 특수성으로서의 일본문학을 준거로 삼고 그 속에 조선 문학을 편제시키려 한 것이 아님은 분명하다. 전시체제로 접어들면서 근대 초기에 일본이 서구에서 받아들인 근대적인 것들을 뛰어넘으려는 가운데 나온 고유한 '일본적'인 문학 담론에 편승하기보다, 장혁주는 '조선적'인 제재를 가져왔지만 오히려 조선 고유의 문화를 담으려는 데 주안을 두지는 않았다. 장혁주가 「춘향전」을 통해서 일본사회에 무엇을 보여주고자 했는지 다음에서 살펴보겠다.

3. 신문학 형식의 「춘향전」

장혁주가 일본어로 쓴 희곡 「춘향전」은 판을 달리하며 몇 번에 걸쳐
활자화되었다. 1938년 3월에 잡지 『신초(新潮)』에 발표한 것을 시작으
로, 4월에는 신초사에서 단행본 『춘향전』(소설・희곡집)이 간행되었는
데, 한 달 차이밖에 나지 않음에도 불구하고 두 판본 사이에는 이동(異
同)이 많다. 이는 연출가 무라야마 도모요시와 합작으로 「춘향전」 상연
을 준비하면서 그의 요구에 맞춰 형식과 내용을 바꿨기 때문이다. 이후
에 나오는 판본들은 두 번째로 발표된 1938년 4월 작품과 대동소이하
다. 시라카와 유타카의 연구에 초출본과 이후의 작품에 나오는 이동이
상세히 분석되어 있다.[13] 이 글에서는 장혁주가 한국문학을 처음에 일
본사회에 소개한 시점에서의 문제의식을 살펴보는 것이 목적이기 때문
에 초출본을 중심으로 논을 진행하고자 한다.

장혁주는 1938년에 「춘향전」을 일본문단에 발표했을 때 「후기」를 통
해 '소설'임을 강조했다. "조선 고전문학 중에 제일의 인기소설"로, 대
중에게 회자되는 가운데 윤색되고 창의(創意)가 들어가 '소설화'한 '독본
(讀本)'이라고 「춘향전」을 소개했다.[14] 그리고 다음과 같이 덧붙였다.

(춘향전의—인용자 주) 재미는 '소설'에는 물론이고 '창극'에 다른
절반의 재미가 있는데, 이를 오늘날의 신문학 형식으로 개변(改變)해
맛보기에는 희곡과 가극의 두 종류로 개작하는 것이 최적일 것이다. /
본 희곡은 원작의 대략의 줄거리를 충실히 넣고 또 원작의 해학과
풍자를 잘 표현하려고 힘썼는데, 성공과 실패는 식자(識者)의 판단을

---

13) 시라카와 유타카 지음, 『장혁주 연구—일어가 더 편했던 조선작가 그리고 그의
   문학—』, 동국대학교출판부, 2010, pp.74-75, pp.287-288.
14) 張赫宙, 「春香傳」, 『新潮』, 1938.3, p.67.

기다릴 수밖에 없다.[15)]

위의 인용에서 보듯이 장혁주는 「춘향전」을 즐길 수 있는 장르로 '소설'과 '창극'을 들고, 각각을 '신문학' 형식으로 대치시킨 형태가 바로 '희곡'과 '가극'이라고 말하고 있다. 즉, 장혁주는 「춘향전」을 귀로 듣고 즐기는 '창극' 형식에 대해 눈으로 읽고 즐기는 '소설' 장르로 받아들였다는 것인데, 이를 새롭게 표현하기 위한 형식으로 차용한 틀이 바로 '희곡'인 것이다.

물론 희곡으로 창작한 이상 무대에서 상연될 것은 이미 전제되어 있었을 것이다. 또 일본어로 춘향전을 쓰도록 연출가인 무라야마 도모요시가 권고해 장혁주가 창작에 착수한 사실을 감안하면, 「춘향전」이 읽혀지기 위한 '독본'용으로만 만들어졌다고 할 수는 없다. 그럼에도 불구하고 장혁주는 왜 일본 독자들을 향해 소설의 읽을거리로 「춘향전」을 소개하고 있는가?

장혁주가 「후기」에서 언급한 "신문학 형식"의 의미도 이와 관련된다. 조선의 고전소설을 어떻게 하면 새로운 틀에 담을 수 있을 것인지에 대해 고민한 장혁주는 「춘향전」 발표와 동시에 창작 의도나 극화(劇化)에 대한 의견을 개진했다.

> 「춘향전」은 조선어에 의해 완전한 작품으로 되어 있어서 이를 단지 번역한다면 괴로움은 번역이라고 하는 하나에 한정될 것이다. 그러나 춘향전의 원전은 소설로도 극(劇)으로도 완전하지 않다. 이는 필자가 다른 많은 곳에서 춘향전의 해설에 종종 쓴 바와 같이 「춘향전」의 원전으로 될 만한 것은 창극의 가사이고, 그 가사 또한 부르는 사

---

15) 張赫宙, 위의 글, p.68.

람에 따라 각각이어서 (…중략…) (그대로 번역한다면 – 인용자) 단지
직역되고 조잡하여 어떤 장면은 비속하기까지 할 뿐이다. 이와 같이
조잡한 읽을거리가 될 뿐만 아니라, 도저히 근대적인 극이 될 수 없
다. 즉, 전설적인 기록으로 돌아가 버릴 것이다.16)

위의 인용에서 장혁주가 판소리로 전해 내려오는 창극 내용을 그대
로 일본어로 번역하는 대신에 근대적인 극의 형태로 새롭게 만들고 싶
어 했음을 알 수 있다. 장혁주는 '근대적'이라는 말의 의미를 비속하거
나 조잡하지 않고 전설적이지도 않은 형태를 가리킨다고 말하고 있는
데, 구체적으로 어떤 의미인가? 장혁주가 「춘향전」을 일본문단에 소개
하기 2년 전에 유치진이 국문으로 쓴 「춘향전」을 먼저 내놓았다. 유치
진의 「춘향전」과 비교하면서 장혁주가 말한 새로운 방법이 어떤 것인
지 살펴보겠다.

유치진과 장혁주의 「춘향전」은 사용 언어를 비롯해 구성이나 문체
등 여러 가지 측면에서 많이 다르다. 우선 장혁주의 「춘향전」은 조선인
을 대상으로 국문으로 작성한 유치진과 다르게 주로 일본인 독자를 대
상으로 일본문단에 발표했다는 사실을 주목할 필요가 있다. 조선인이라
면 「춘향전」의 내용을 누구나 알 수 있을 정도지만, 일본인은 그렇지
않다. 따라서 이야기의 시공간적인 배경 설명부터 제시되는 것이 효과
적일 것이다. 유치진의 작품은 처음에 등장인물을 열거하고 이조시대
전라도라는 시공간이 제시된 다음 바로 오월 단오날 광한루를 무대로
1막 1장이 시작되면서 다음과 같이 간단한 무대설명이 나온다.

백화는 난만하고 유막(柳幕)에서는 새소리 명랑하다. 단오 치레를

16) 張赫宙, 「春香傳の劇化」, 『テアトロパンフレット』 7輯, 1938.3, pp.3-4.

한 아이·어른, 광한루 구경을 하고 간다. 노인, 지팡이를 짚고 이리
저리 거닐며 글을 읊는다.17)

이에 비해 장혁주의 「춘향전」은 "백수십 년 전. 이조 중엽 말기" "조
선 전라남도 남원군 부근"이라고 시공간을 제시한 다음 등장인물을 열
거하고 1막 1장이 시작하는데, 무대 설명이 매우 구체적이다.

　　무대 오른쪽 절반은 광한루 측면. 두꺼운 둥근 기둥이 계단 아래에
즐비하고 계단 위에는 조각이 있는 난간. 누각 전면 중앙 높은 곳에
'광한루'라고 두꺼운 서체로 횡서가 새겨 있는 현판이 걸려 있다. 그
외, 서화 액자가 횡으로 혹은 종으로 누각 위의 기둥이나 난간에 적
당히 배치되어 있다. / 누각 측면과 뒷면, 즉, 무대 안쪽으로 바로 산
이 있고 노송, 느티나무, 상수리나무 등의 노목이 울창하고 먼 곳의
산허리나 (무대 좌측의) 평원에는 봄꽃들이 점점이 늘어서 있다. / 한
자락의 작은 개천이 무대 좌측의 평원을 가로질러 누각 전면으로 흐
르고 있다. 까치교(鵲橋)라고 이름 붙인 낮은 나무 다리가 절반 정도
관객에게 보인다. / 여러 그루의 늘어진 수양버들이 강가 여기저기에
점점이 늘어서 있다. (주—까치교는 매년 칠석이 오면 지구상의 까치
가 전부 은하수에 몰려들어 머리를 맞대고 다리를 만들어 견우성을
무사히 건너편으로 건네줘 직녀성과의 만남을 즐겁게 해준다는 고사
에 의한다.) / 몽룡 방자에 이끌려 무대 오른편에서 나타나 누각을 바
라보며 몹시 감동한 표정을 짓는다. 무대 중앙으로 나아가 누각을 관
상한다.18)

---

17) 유치진, 「춘향전」, 『東朗 柳致眞 全集 1』, 서울예대출판부, 1988, p.129. 유치진의
　　「춘향전」 인용은 1936년 민중서관본을 저본으로 하고 있는 전집에 의한 것이
　　다. 이후 본문 인용은 쪽수만 명기함.
18) 張赫宙, 「春香傳」, 『新潮』, 1938.3, p.3. 인용 중의 주 설명은 장혁주에 의한 것임.
　　이후 장혁주의 「춘향전」 본문 인용은 쪽수만 명기함.

위의 인용에서 알 수 있듯이, 장혁주의 「춘향전」은 무대 전체를 조망하고 있는 시점에서 장면 설명이 비교적 상세히 제시되어 있다. 또 광한루 주변의 원경부터 누각 위의 장치에 이르기까지 원근법으로 제시되어 있어 마치 3인칭 관찰자 시점의 소설의 모두(冒頭)를 읽고 있는 느낌을 준다. '까치교'라고 함은 '오작교'를 표현한 말인 듯한데, 왜 까마귀(烏)는 빼고 표현했는지 알 수 없다. 다만 조선의 문화에 익숙하지 않은 일본인 독자를 위해 주(注)를 추가해 자세히 설명을 덧붙이고 있다.

문장 서술 방식에서도 유치진과 장혁주는 차이를 보인다. 유치진의 서술은 비교적 긴 문장의 대사에 사자성어가 많이 들어있고 전라도 사투리도 빈출한다. 또 '-로다'나 '-이라'와 같은 예스러운 말투도 많은데, 이에 비해 장혁주의 서술은 표준 일본어를 구사하며 구어체의 간결한 문장으로 되어 있어 있다. 특히 방자의 대사는 큰 차이를 보이는데, 몽룡과 춘향을 오가며 너스레를 떨면서 감칠맛 나게 말을 주고받는 말투가 장혁주의 일본어 작품에서는 거의 보이지 않는다. 처음에 남원이 무대라는 배경 설명이 없었다면, 조선의 지방의 이야기라는 것을 알 수 없게 서술되어 있는 것이다.

이 외에도 조선 사람이 어색하다고 느낄 만한 「춘향전」의 서술은 여러 곳에서 찾을 수 있다. 몽룡의 명을 받아 춘향을 데리러 간 방자가 결국 실패하고 돌아와, "도령님께서 진실로 춘향이를 보시랴거든 군노사령을 보내시어 오라를 지워 오시어야지, 여간 전갈로 부르기나 하야 가지고는 명년 이때까지 부르시어도 춘향이는커녕 난향이도 못 보시리이다"고 말하며 유치진의 광한루 장면은 끝이 나는데, 장혁주의 작품에서는 방자의 익살 섞인 대사는 보이지 않고 춘향이 몽룡 있는 곳으로 몸소 와서 하고 싶은 말을 장황하게 이야기한다.

게다가 저 같은 것이 도련님의 부르심을 받다니 분에 넘치는 광영입니다만, 아직 기생 적(籍)에도 들어있지 않고 어머니의 가르침도 엄격해서 오로지 가무와 음곡(音曲)을 몸에 익히고 시와 그림에 혼을 쏟아 넣으며 지낸 터라 함부로 남자 앞에는 나갈 수 없다고 생각했습니다. (문득 몽룡이 아연해하는 모습을 알아채고 정신이 들어) 아, (부끄러워한다) 저, (누각 앞으로 나아가며 몽룡이 있는 바로 밑에서 한 손을 땅에 또 한 손을 무릎에 올리고 웅크리고 앉아 조용히 머리 숙여) 도련님, 말씀 올리겠습니다. 저는 성은 성(成)이고 이름은 춘향이라고 합니다. 처음 뵙겠습니다.(p.9)

유치진의 춘향전에서는 연을 맺는 장면에서도 춘향이 부끄러워 말도 제대로 못하고 월매가 사이에서 둘의 결연을 돕는데, 장혁주의 작품에서는 방자나 월매가 두 사람을 매개하는 역할이 축소되고 몽룡과 춘향의 관계가 이미 광한루 장면에서 진전을 보인다. 이는 춘향의 대사가 처음부터 비중 있게 나오는 것과 관련 있는데, 유치진의 작품과 다른 차이일 뿐 아니라 당시의 조선인 독자에게는 낯설게 보일 수 있는 장면이다.

이상에서 살펴본 바와 같이, 장혁주의 일본어 「춘향전」은 유치진의 국문 「춘향전」과 비교해 봤을 때, 일본인 독자가 잘 이해할 수 있도록 배경 설명을 상세히 하고 있는 반면 등장인물이 표준어를 구사하고 조선의 토속적인 분위기나 정서를 느끼게 하는 내용이 생략되어 있어 고래로 전해져온 조선의 전설적 성격은 경감되고 있다.

장혁주 원작, 무라야마 연출로 일본극단 신협(新協)에서 상연한 「춘향전」이 1938년 3월에 도쿄 상연을 시작으로, 4월과 5월에 오사카와 교토에서 상연된 다음 10월에 경성에서 순회공연을 이어갔는데, 「춘향전 비판 좌담회」에 출석한 유치진이 장혁주의 희곡에 조선의 풍속이나 관습 같은 내용이 의식적으로 생략되어 있어, 민족적인 내용이 주관적으

로 배제됐다고 비판한 것도 무리는 아니다.19)

그렇다면 장혁주가 말한 "신문학 형식"의 "근대적인 극"은 근대 소설의 원근법으로 공간을 구성하고 조선의 토착적인 내용이나 분위기 대신 표준어를 구사해 일본문단의 중앙으로 흡수될 수 있도록 변용시킨 것을 의미하는가? 물론 이러한 요소도 배제할 수는 없을 것이다.

그런데 유치진의 작품과 비교했을 때 장혁주의 「춘향전」은 서술적인 측면뿐만 아니라 이야기의 전개에 있어서도 구성을 달리하고 있음을 주의할 필요가 있다. 문학 언어는 표면적인 언표행위에 잘 드러나지 않는 시대성이나 내용과의 내적 연관성을 표현형식을 통해 보여주는 측면이 크다. 희곡 「춘향전」의 구성과 내용 전개를 통해 다음에서 구체적으로 살펴보고자 한다.

4. 장혁주 「춘향전」의 구성과 근대 리얼리즘

장혁주의 「춘향전」 구성을 유치진의 희곡과 비교해 정리해보면 아래의 표와 같다.

[표 1] 유치진과 장혁주의 「춘향전」 구성 비교

유치진의 「춘향전」(1936)		장혁주의 「춘향전」(1938)
4막 8장	전체 구성	6막 15장
장면 위주의 구성	구성의 특징	사건 전개에 따른 구성
광한루, 결연, 이별, 기생 점고, 농부가, 퇴락, 옥중, 생일잔치	막(장면)의 구성	가인풍류, 이별, 신관사또, 옥, 암행어사, 대단원
삽화 없음	삽화	삽화와 한국어 시문 4곳 삽입, 표지 그림 있음

19) 「朝鮮古譚 春香傳批判座談會」, 『テアトロ』, 1938.12, p.73.

위의 표에서 보면 유치진의 극 구성은 장면 위주의 구성으로 극적인 효과를 살리고 있지만, 몽룡과 춘향의 만남에서 결연, 이별, 재회, 그리고 사건이 해결되는 과정이 "연대기적인 서사적 구성"[20]으로 펼쳐져 긴장감이 떨어질 우려가 있다. 이에 비해 장혁주의 극 구성은 마치 소설의 사건 전개를 보여주고 있는 체재이긴 하지만, 몽룡과 춘향의 결연이 이미 이른 단계에서 이루어져버리고 이후의 내용은 두 사람의 이별과 시련, 재회, 그리고 행복한 결말로 이어진다.

전술했듯이, 몽룡과 춘향의 결연이 이른 단계에서 춘향의 다소 적극적인 의사표현으로 이루어짐으로써 두 사람을 이어주는 방자와 월매의 역할이 축소되었고, 따라서 방자와 월매가 구연하는 해학적이고 토속적인 정감은 현저히 떨어진다. 장혁주가 그려낸 춘향의 캐릭터는 1882년에 나카라이 도스이(半井桃水)가 『오사카아사히신문(大阪朝日新聞)』에 연재한 『계림정화 춘향전(鷄林情話春香傳)』이래 「춘향전」을 치정 이야기로 수용해온 일본인에게는 대중성을 확보하는 데 유효할 수도 있다.

그러나 방자와 월매의 역할이 축소되고 몽룡과 춘향의 이야기가 차지하는 비중이 커졌다고 해서 반드시 치정이야기로 수렴되는 것은 아니다. 몽룡과 춘향의 이야기를 만남보다는 이별과 시련에 더 많은 부분을 할애해 구성하고 있는 점은 중요하다.

[표 2] 장혁주의 「춘향전」 초출본의 구성

막	장	배경	내용	분량(쪽)
1 가인풍류 (14쪽)	1	광한루	춘향과 몽룡이 만나 인사를 나누고 헤어진다.	8
	2	수일 후 광한루	춘향과 몽룡이 서로 마음 변치 않을 것을 약속한다	1.5
	3	수주 후 춘향집	몽룡이 아버지 몰래 춘향과 밀회한다.	4.5

20) 신아영, 「유치진의 「춘향전」 연구」, 『京畿大學校論文集』 47집, 2003, p.10.

막	장	배경	내용	분량(쪽)
2 이별 (9.5쪽)	1	반년 후 가을 춘향집	몽룡이 아버지의 전근으로 춘향과 이별하며 훗날을 기약한다.	4
	2	다음날 오리정	거울과 옥반지를 주고받으며 두 사람은 이별 인사를 나눈다.	5.5 (삽화1)
3 신관사또 (11.5쪽)	1	수일 후 관가	기생 점고, 수인(囚人)에게 돈을 요구하는 사또, 춘향이 사또의 수청을 거부해 곤장을 맞는다.	6
	2	수개월 후 관가	수인에게 계속 돈을 요구하는 사또, 사또의 설득과 협박에도 춘향이 뜻을 굽히지 않고 곤장을 맞는다.	5.5 (삽화1)
4 옥 (6쪽)	1	1막으로부터 수년 후	어머니의 설득에도 춘향 자신의 뜻을 굽히지 않는다.	3
	2	수일 후	춘향이 방자에게 편지를 건네며 몽룡에게 전해줄 것을 부탁한다.	3
5 암행어사 (13.5쪽)	1	같은 시기, 황학정 근교	암행어사가 된 몽룡, 역졸들을 모아놓고 일정을 지시	2
	2	2개월 후 농촌	부랑인으로 변장한 몽룡이 사또의 학정에 신음하는 백성에 귀 기울이고, 춘향의 참수 소식도 듣는다.	7.5
	3	같은 날 옥사	춘향이 거지꼴로 변장한 몽룡에게 기꺼이 죽겠다는 뜻을 전한다.	6 (삽화2)
6 대단원 (8.5쪽)	1	다음날 광한루	몽룡이 역졸을 데리고 암행어사로 출도한다.	2
	2	수분 후 옥	풀려난 춘향 암행어사가 몽룡임을 방자에게 듣는다.	4
	3	수일 후 광한루	몽룡이 2개월 후에 임무를 마치고 춘향을 데리러 오겠다고 약속하고 떠난다.	2.5

이상의 표에서 보듯이, 춘향과 몽룡이 처음 만나 사랑을 나누는 1막은 다른 막에 비해 분량이 많은 편이나, 2막 이후부터 두 사람은 이별하게 되고 신관사또가 부임하면서 춘향에게 시련이 찾아온다. 마지막 장인 6막의 3장에서 춘향은 몽룡과 기쁨의 재회를 하지만, 몽룡이 임무를 마치고 2개월 후에 데리러 오겠다는 말을 남기고 떠나, 춘향이 홀로

남는 장면에서 막이 내린다. 전체 63쪽 분량 중 춘향과 몽룡이 만나 정을 나누는 내용은 불과 5분의 1정도이고, 그것도 시작 부분에 조금 나올 뿐이다. 물론 춘향이 떠난 이몽룡을 그리워하며 줄곧 정절을 지키고 있지만, 치정 이야기가 중심인 전개라고 단정할 수는 없다. 오히려 낭만적인 연애보다는 두 사람에게 시련을 가져다준 전근대 사회의 문제점을 전경화(前景化)시켜 병폐를 척결해가는 리얼리즘이 강조되는 전개 방식이라고 할 수 있다.

특히 3막과 5막은 다른 막에 비해 분량을 많이 할애하고 있다. 5막의 암행어사 출도장면은 사실 「춘향전」의 클라이맥스에 해당한다. 유치진의 희곡에서는 사또의 학정을 꾸짖는 몽룡의 한시문 소개와 함께 우왕좌왕하는 관리들을 암행어사가 출도해 잡아들이는 장면이 통쾌한 극적 구성으로 그려져 있는 반면, 장혁주의 구성에서는 한시를 읊어 변학도를 꾸짖었다는 내용이 몽룡의 대사로 정리되고 있을 뿐 시문을 구체적으로 소개하지 않고 암행어사 출도가 이어진다. 백성들에게 학정을 일삼는 관리를 호되게 꾸짖고 우왕좌왕하게 만든 다음 암행어사 출도를 외치며 잡아들이는 극적 구성이 이루어지지 않고 있는 것이다. 장혁주의 작품에 구성력이 약하다는 비판은 『아귀도』를 발표했을 때부터 제기된 문제이다.[21]

반면, 3막 구성은 매우 흥미롭다. 신관사또가 수인(囚人)을 방면해주는 조건으로 금품을 요구하는 내용이 그려져 있는데, 유치진의 희곡에는 없는 장면으로 장혁주의 창작이 들어가 있다고 할 수 있다. 기생점고를 마친 사또가 춘향을 부르러 사람을 보낸 사이 옥에 갇혀 있는 무

---

21) 김광균, 「「아귀도」의 전망─改造社현상당선 장혁주씨의 작품을 읽고─」, 『조선일보』, 1932.5.4.~5. 시라카와 유타카의 앞의 책에서 참고함(p.82).

고한 백성에게 돈을 뜯어낼 궁리를 하는 내용이 해학적으로 그려져 있어 비판적이면서도 웃음을 자아내는 장면이다.

또 춘향에게 수청들 것을 이야기하는 변학도의 대사도 유치진과 장혁주의 서술은 사뭇 다르다.

> (어이없어 대소하며) 으아하하하…… 기생년이 무슨 수절이냐? 기생 수절한단 말을 내아(內衙)에서 들으며는 대부인께선 기절 요절하겠구나. (으르며) 요년! 별 충절을 다하여 관장 분부 거절키는 간부 사정 간절한 것이렷다! 너 같은 년은 그 이가놈 올라간 후에 독수공방할 리 없다. 응당 애부 있을 터이니 관속이냐? 건달이냐? 이 주릴할 년! 바로 대라!
>
> — 유치진의 「춘향전」(p.168)

> 춘향아, 너는 자신의 뜻에 스스로 취해 있는 것이다. 몇 번이나 말하지만 너는 원래 기생이 아니냐. 기생의 본분을 잊고 정절이니 뭐니 하면서 감옥에서 괴로워하고 몸부림치다 결국에 참수를 당한다면 무슨 득이 있겠느냐. 너의 괴로움은 생전에만 있는 것이 아니다. 죽어서도 사람들의 비난을 면하지 못할 것이다. 만일 말이다, 네가 꿈꾸고 있는 대로 도련님이 너를 데리러 온다고 치자. 너의 이와 같은 추하고 비참한 모습을 보면 구해주려고 생각하지 않을 것이다. 아니, 가령 구해주려고 염원한들 내 권세를 이길 자는 없다. 스물 전부터 오입질을 한 남자다. 요즘은 주색에 빠져 거지 시인이라도 될 요량으로 있다. 나는 진심으로 너를 구해주고 싶어 이렇게 말하는 것이다. 자, 내 체면과 위엄을 헤치지 않기 위해서라도 네 뜻을 꺾어보고 싶다. 그저 그것뿐이다. 어떠하냐. 잘 알겠느냐? 죄송합니다, 잘못했습니다, 하고 그저 한마디만 하면 된다. 오늘밤부터 원래대로 비단 이불에서 자자. 그리운 어머니 품으로도 돌아갈 수 있다. 어떠냐. 내가 하는 말을 잘 알았느냐? (…중략…) 하하하하. 너는 아직 오해하고 있구나. 나는 이

제 네 몸을 바라는 것이 아니다. 다만 내 위엄을 지키고 싶을 뿐이다.
위엄을 지키면서 너를 용서하고 싶은 것이다. 너의 쓸데없는 고생이
불쌍하니 말이다.

　　　　　　　　　　　　　　　　－장혁주의 「춘향전」(pp.36-37)

　위의 인용에서 드러나듯 유치진과 장혁주의 서술은 확연히 차이가
있다. 무고한 백성을 괴롭히는 변학도는 종래 악인 일변도로 그려졌기
때문에 대사가 길 필요도 없을 정도로 단조로운 서술이었다. 그런데 장
혁주는 변학도 같은 인물에게도 개성을 부여해 논리를 갖춰 대사를 말
하는 캐릭터로 바꿔 놓았다. 그럼으로써 종래 춘향을 일방적으로 괴롭
히는 악인일 뿐인 변학도와 춘향 사이에 갈등이 생기고 둘의 대치상황
이 입체적으로 그려지는 효과를 보여주고 있다.

　이러한 장혁주의 서술 방식은 춘향의 대사에서도 보인다. 유치진의
희곡에서는 춘향의 대사가 매우 짧은 것이 대부분이다. 광한루에서 몽
룡을 만나는 장면에서는 춘향 대신 방자가 대부분의 말을 대변하고 있
고, 춘향의 집으로 몽룡이 찾아드는 장면에서는 두 사람의 관계를 월매
가 진행할 뿐 춘향은 부끄러워하며 자신의 혼사에 대해서조차 거의 말
을 하지 않는 수동적인 인물로 그려진다. 변학도에게 자신의 정절을 지
키는 일에는 의지적인 여성으로 그려지지만, 그 외에는 자신의 의견을
적극 개진하지 않는다. 이에 비해 장혁주는 몽룡을 만나는 장면에서도
춘향이 스스로 몽룡에게 다가와 자신의 이름을 밝힐 정도의 적극적인
태도와 대사를 부여하고 있음은 전술한 대로이다.

　이와 같이 장혁주의 서술은 전지적 관점의 서술자가 텍스트 전체를
통어하며 권선징악의 잣대를 대고 인물을 전형적으로 그리던 전근대적
인 서술 방식과 확실히 다르다. 인물들 사이에 대립과 갈등이 생기며

새로운 관계망을 형성해 입체적인 플롯으로 구성하고 있다. 정절을 지키는 여인과 이를 잊지 않는 남자의 로맨틱한 연애나, 암행어사 출도를 외쳐 관리의 부정부패를 단번에 해결하는 낭만주의 영웅담이 「춘향전」의 주제라고 한다면 장혁주는 둘 다에 실패한 셈이다.[22] 왜냐하면 3막을 지나면서 전근대 사회의 문제점이 비판적으로 길게 그려지고 마지막에 사또의 생일잔치 장면도 극적 효과가 떨어지고 있음을 부정할 수 없기 때문이다. 그러나 그렇기 때문에 오히려 이조 중엽의 조선의 한 지방을 배경으로 하면서도 근대 리얼리즘 소설의 가능성을 보이고 있는 것이라고 볼 수 있다.

5. 제국과 식민지가 혼종하고 있는 장혁주의 「춘향전」

이상에서 살펴본 바와 같이, 장혁주의 「춘향전」은 1930년대에 '일본적'인 것과 '조선적'인 것을 둘러싼 논의가 일었을 때 시의(時宜)에 호응해 나온 작품이라고 할 수 있다. 일본 고유의 문학 형식에 대한 추구와 일본의 한 지방으로서의 특수성이 요구되는 이중의 가치 속에서, 장혁주는 「춘향전」을 통해 제재로서의 조선의 특수성을 보여주면서도 근대적인 리얼리즘의 문학 형식을 방법화했다.

그런데 이러한 장혁주의 시도는 동시대에 조선인과 일본인 양쪽에서 비판을 받았다. 유치진을 비롯해 조선의 문학자들은 조선의 고유한 색채가 퇴색했다고 비판했는데, 가부키 형식으로 무대에서 상연된 「춘향

---

22) 민병욱은 장혁주의 「춘향전」의 의미구조를 '애정플롯'과 '조선 현실의 도덕적 비판'으로 나누어 텍스트 분석을 하고 있다(민병욱, 「장혁주의 일어체 희곡 <춘향전> 연구」, 『한국문학논총』 48집, 2008.4, pp.352-360).

전」을 보고 나서 이런 비판이 더욱 거세진다. 한편, 장혁주의 「춘향전」
을 연출해 무대에 올린 무라야마 도모요시는 "드라마틱한 것이 결여"[23]
되어 있다고 장혁주로 하여금 개작하도록 해서 일본과 조선에서 순회
공연이 이루어질 정도로 흥행에는 성공했다. 그러나 결과적으로 '조선
적'인 것도 '일본적'인 것도 아닌 제국과 식민지의 어중간한 변종을 낳
고 말았다. 종래의 장혁주의 「춘향전」에 대한 연구는 이 지점에 집중되
어 있다.[24] 제국과 식민지, 혹은 '일본적'인 것과 '조선적'인 것의 혼종
이 장혁주와 무라야마 도모요시의 합작으로 상연된 연극 「춘향전」에
반영되어 나타난다는 논의에는 이론의 여지가 없을 것이다.

다만, 이 글은 제국과 식민지의 혼종적 측면이 장혁주의 희곡 창작에
이미 보이고 있다는 사실에서 제기된 것이다. 그래서 무라야마 도모요
시의 개작 간섭이 들어오기 전의 초출본을 주요 텍스트로 놓고, 일본어
문학이 아닌 국문으로 쓴 유치진의 「춘향전」과 비교 분석한 것이다. 일
제강점기에 식민지 조선인에 의해 행해진 일본어문학은 제국과 식민지
의 혼종성 자체라고 해도 과언이 아니다. 장혁주의 「춘향전」은 '조선
적'인 제재를 가지고 일본어문학을 통해 근대적인 문학을 욕망한 식민
지 조선인의 착종된 모습을 잘 보여주고 있다.

장혁주의 「춘향전」이 제국과 식민지가 혼종해 변주되고 있는 공간임
을 삽화를 통해서도 확인할 수 있다. 춘향과 몽룡이 한복을 입고 있는

---

23) 村山知義, 「演出者の言葉」, 『テアトロ・パンフレット』7輯, テアトロ社, 1938.3, p.8.
24) 문경연, 「1930년대 말 <신협(新協)>의 『춘향전』 공연 관련 좌담회 연구」, 『우리
    어문연구』 36집, 2010.1 ; 백현미, 「민족적 전통과 동양적 전통－1930년대 후반
    경성과 동경에서의 <춘향전> 공연을 중심으로」, 『현대문학이론연구』 23, 2004 ;
    서동주, 「1938년 일본어연극 <춘향전>의 조선 '귀환'과 제국일본의 조선 붐」, 『東아
    시아古代學』 30집, 2013.4 ; 양근애, 「1930년대 전통의 재발견과 연극 <춘향전>」, 『공
    연문화연구』 16, 2008 등.

표지 그림을 제외하면, 총 4장의 삽화가 본문에 들어가 있는데, 각각에
상황을 설명해주는 짤막한 글이나 시문이 국문으로 제시되어 있어 같
은 지면에 있는 일본어 표기와 대조를 이루어 매우 흥미롭다.

[그림 1] 2막 '이별'의 2장

[그림 2] 3막 '신관사또'의 2장

[그림 3] 5막 '암행어사'의 3장

[그림 4] 5막 '암행어사'의 3장

　　동시대의 일본인 독자는 이러한 삽화를 어떤 생각을 하며 감상했을
까? 이 삽화들은 '조선적'인 고유성이 이미지로만 표상되는 것이 아니
라, '글' 혹은 '문자'로 쓰고 읽히는 것임을 은유적으로 대변해주고 있
는 측면이 있다. 물론 장혁주가 직접 삽화를 그려 넣은 것이 아니기 때
문에 의식적으로 연출된 상황은 아닐 것이다. 그러나 근대 일본에 조선
의 문학을 소개해 '조선문학 붐'을 선도한 장본인인 만큼, 「춘향전」을
비롯한 장혁주의 일본어문학에는 의식적이든 무의식적이든 조선의 문
학이 변주되고 있음을 알 수 있다.

▶ 잡지 『문예수도(文藝首都)』와 김사량의 문학

1. 들어가는 말

　문학 언어는 어떠한 형태로든 정치사회적 문제로부터 자유로울 수
없다. 민족국가의 주체성이 담보되지 않는 일제강점기하에서 식민지 조
선의 문학자가 글을 쓴다는 것은 표현 언어나 내용을 비롯한 여러 면
에서 제약이 따랐을 것이다. 그러나 문학주체는 결코 시대적인 상황으
로부터 수동적인 상태에 머물러 있지만은 않다. 오히려 문학자 자신이
시대성을 적극 이용해가는 측면도 간과할 수 없기 때문이다. 따라서 문
제의 소지는 문학자들이 시대풍조와 연동하거나 혹은 몰교섭(沒交涉)하
는 행태 자체에 있다기보다, 오히려 어떠한 역학 속에서 조선 문학자의
일본어 글쓰기가 행해졌고 이들이 어떠한 의미내용을 표현해내고 있는
가, 즉, 표현의 비평성에서 찾아야 할 것이다. 이러한 관점을 염두에 두
고 이 글에서는 1930년대 조선 문학자의 일본어 글쓰기에 대해, 당시
조선 문학자의 일본어 글이 다수 게재되었던 제국 일본의 잡지 『문예
수도』를 중심으로 살펴보고자 한다.

우선 이 글에서 1930년대에 주목하는 이유를 밝혀두고자 한다. 1920년대 중반 이후 1930년대에 조선과 일본에서는 소위 '붐'이라고 일컬을 정도의 대중문학이 유행하였다. 근대 시민사회의 형성과 대중매체의 탄생을 계기로 문학은 광범위한 독자를 대상으로 하는 오락과 소비상품으로 떠올랐다. 이 시기 조선에서는 근대적 교육이 확산되고 출판 산업의 규모가 비약적으로 커지면서 근대 대중독자층이 형성되었다. '신문학'이 독자를 확보해가고 『동아일보』, 『조선일보』의 창간(1920), 『개벽』(1920)과 『조선문단』(1924) 등의 정기간행물 등을 통해 대중의 독서행위는 일상화되고 있었다고 할 수 있다.[1] 일본에서도 1920년대 후반에 출판미디어에 있어서 큰 변화를 보인다. 쇼와(昭和) 초기 소위 '엔본 붐'이 일어 대중독자사회의 인프라가 구축되었고 이에 발맞춰 출판미디어는 다양화되고 그 규모도 더욱 커져갔다.

그러나 한편으로 이 시기에 대중문학이 유행하게 되는 것은 일제 전시체제 하에서 '사상'의 결락이 가져온 현상이기도 하다는 점을 염두에 둘 필요가 있다. 1920년대 말부터 시작된 세계경제대공황과 1931년 만주사변, 1937년 중일전쟁으로 이어지면서 조선의 병참기지화 정책은 더욱 강화되었고 조선은 정치적인 것뿐만 아니라 경제적 식민지로 전락해갔다. 그리고 1935년 카프가 끝내 해체되면서 대중소설이 더욱 활기를 띠게 된 것이다. 이러한 조선의 상황은 일본의 전향(轉向)의 시대 도래 이후 소위 '문예부흥'이라는 미명 하에 전개되었던 1930년대의 대중문학의 융성과도 맥을 같이 하고 있다고 할 수 있다. 이 시기 조선과 일본에서는 신문연재소설을 비롯한 대중적인 장편소설이 유행한다.

이상에서 보이듯이 1930년대에 이전 시대부터 형성된 대중 독자층을

---

1) 천정환, 『근대의 책읽기』, 푸른역사, 2008, pp.28-31.

대상으로 본격적인 대중문학이 발흥하게 되는 문학상황은 조선과 일본
에서 공통으로 나타나고 있는 현상이다.

　그런데 본고에서 특히 1930년대에 주목하는 이유는 한 가지 더 있다.
조선의 경우 1930년대 문학은 '고쿠고(國語)'로서의 일본어 교육이 공고
화되던 시기와 맞물려 있다는 사실이다. 조선에서의 일본어 사용은 공
적 생활에서뿐만 아니라 일반교양으로, 그리고 문학 언어로 점차 확대
되어가고 있었다. 1922년에 발표된 제2차 조선교육령에서는 이전의 '조
선어 및 한문'(1911년 조선교육령)이 '조선어' 과목으로 독립하지만, "조선
어를 가르칠 때는 항상 국어(일본어-인용자 주)와 연락을 유지하고 때로
는 국어로 이야기하게 할 것"이라는 규정을 넣음으로써 오히려 일제에
대한 동화정책을 강화시키기 위한 것으로 획책되었던 것이라 할 수 있
다. 아울러 "국어를 상용하는 자"가 '내지인'이고 이에 비해 '조선인'은
"국어를 상용시켜야할 자"로 규정함으로써 조선인의 독자적 민족성은
완전히 부정되고 있음을 알 수 있다.[2] 조선인의 일본어 사용은 강제된
현실의 문제였으며, 특히 문단에 나아가 문학 활동을 하려고 하는 문학
자들에게 있어서는 불가피한 상황이었던 것이다. 이러한 상황 속에서
조선의 문학자가 취할 수 있는 선택지는 별로 없었을 것이다.

　이 글은 일본어로 글을 써서 일본 문단으로 적극 치고 나간 문학자
들에 주목하고자 한다. 일제 치하에서 일본어로 글을 써간 식민지 조선
의 문학자는 말 그대로 탈경계적이고 혼종적인 문화공간을 생성시킨
사람들이라고 할 수 있다. 근대 한국이 식민지화와 탈식민지화의 경험
을 겪으면서 만들어낸 식민지와 지배국간의 문화공간은 단일국가나 민
족의 경계 개념으로는 설명하기 어렵다. 제국과 식민지간의 영향관계나

---

2) イ・ヨンスク, 『「國語」という思想』, 岩波書店, 2001, p.252.

문화교류를 밝혀 근대 내셔널리즘의 한계를 극복하려는 연구경향은 '트랜스내셔널리즘(transnationalism)'이라는 비평용어를 통해서도 확인해볼 수 있다. 그러나 한편으로는 '트랜스내셔널리즘'이라는 개념이 제국과 식민지의 문제적 측면들을 포괄하지 못하는 것 또한 사실이다. 요컨대 제국과 식민지의 경계를 넘어서야 함과 동시에 그 속의 '차이'에도 주목하지 않을 수 없는 이유가 여기에 있는 것이다.

식민지 조선의 문학자들이 행한 일본어 글쓰기는 '일본어'라는 언어를 매개로 형성된 조선과 일본의 공동의 자장 안에서 이루어졌지만, 그러나 이들이 행한 '일본어문학'은 결코 일본문학과도 그리고 조선의 문학과도 다른, '차이'로서의 문학공간이었다고 할 수 있다. 일본어와 일본의 출판 미디어를 매개로 형성되었던 조선과 일본의 경계 문화공간을 살펴보고, 또한 그 속에서 보이고 있는 '차이'가 함유하는 의미에 대해 생각해보도록 하겠다.

2. 1930년대 조선 문학자의 일본어 글쓰기

조선의 문학자들이 왜 일본어로 글을 쓰는지 그 이유에 대해 종종 논의된 바 있다. 첫 번째로 들 수 있는 것은 언문일치 이전의 조선어가 문학 언어로서 적절하지 않다는 이유일 것이다. 김동인은 근대 일본어에 자극 받아 조선의 근대문학을 개척해갔다고 볼 수 있는데, 일본어와 일본의 메이지(明治) 문학에 접촉하는 과정 속에서 조선어로 글을 쓰는 어려움에 일본어가 편의를 주었음을 알 수 있다.[3] 이러한 경향은 이광수, 이인직, 주요한 등에서도 찾아볼 수 있다. 아직 근대 문학 언어로서

---

3) 김윤식, 『20세기 한국작가론』, 서울대학교출판부, 2004, p.10.

조선어가 정착되지 않은 1910~20년대에 일본어로 글을 쓴다는 것은 문학 활동의 '편의'라는 측면에서 그 의미를 살펴볼 수 있는 것이다.

이에 비해, 어려서부터 일본어교육을 받고 1930년대 이후에 본격적으로 일본어로 창작활동을 하게 되는 장혁주와 김사량은 일본어 글쓰기에 대해 조금 다르게 반응하고 있는 것을 알 수 있다. 장혁주는 다음과 같이 언급하고 있다.

> 나는 일본문으로 문장을 쓰는 데에 어떠한 신기함도 없다. 나는 일본어로 생각하고 공상한다. 이것은 나에게 자연스러운 것이어서 과시하는 것도 아니고 모국어를 가벼이 여겨 부끄러워하지도 않는다. (…중략…) 일본의 현대문학을 알게 된 이후 일본어는 나에게 없어서는 안 되는 것이 되어버렸다.[4]

유년시절부터 일본어교육을 받은 장혁주에게 일본어는 "없어서는 안 되는" 문학언어의 모델이었던 것이다. 도쿄에서 춘향전을 일본어로 각색해 상연한 장혁주는 "조선민족의 미적 정신을 내지어로 옮기고 싶었다"고 하면서 지금까지 조선에 대해 잘 모르는 일본인에게 '조선물(朝鮮もの)'을 알리게 된 기쁨을 술회하고 있다.[5] 장혁주의 말 속에는 조선의 문학자가 일본어로 글을 쓰는 의미가 잘 표명되어 있다. 즉, 그것은 조선의 것을 널리 알린다는 목적인데, 이러한 생각은 김사량에게도 공유되어 갔다.

> 내지어로 써야 할 것인가. 물론 쓸 수 있는 사람은 써도 무방하다. 그러나 일부러 갖가지 희생을 감수하고 내지어로 글쓰기를 하는 경

---

4) 張赫宙, 「我が抱負」, 『文藝』, 1934.4.
5) 張赫宙, 「朝鮮の知識人に訴ふ」, 『文藝』, 1939.2.

우에는 당사자에게 매우 적극적인 동기가 없으면 안 된다고 생각한
다. 조선의 문화나 생활, 인간을 더욱 넓은 내지의 독자층에 나아가
호소하려는 동기. 또한 겸손한 뜻에서 말하면 나아가 조선 문화를 동
양이나 세계에 넓혀가기 위해 중개자의 역할을 하고 싶다는 동기.6)

김사량은 조선의 문학자가 일본어로 글을 써 일본문단에 진출하는
데에는 조선의 문화를 알리려는 "매우 적극적인 동기"가 필요함을 이
야기하고 있다. 이렇듯 일본어 글쓰기는 조선의 문학자들에게 근대 문
학 언어의 전형으로, 그리고 조선을 널리 알릴 수 있는 수단으로서 의
미가 부여되고 있었던 것이다. 이상과 같이 1930년대 이후에 행해지는
일본어 글쓰기는 다음의 남부진의 지적처럼 '일본어세대'의 도래를 알
리는 것이기도 했다.

　　그러나 조선어의 위기적 상황은 이러한 미지근한 논의보다 훨씬
　　빨리 몰아닥쳐 장혁주가 예견한 대로 시대는 점점 일본어 일변도로
　　치달았다. 그 속에서 일본어로 어떻게든 창작을 할 수 있는 작가들은
　　일본어창작을 시도하고, 일본어를 할 수 없는 작가들은 서서히 창작
　　을 단념할 수밖에 없었다. 그런 한편에서 장혁주가 예견했듯이 옛 작
　　가들을 대신해서 새로운 일본어세대의 작가들이 『녹기(綠旗)』나 『국
　　민문학(國民文學)』 등의 일본어잡지를 통해 등장한다.7)

위의 인용은 장혁주와 김사량을 비롯한 본격적인 '일본어세대'가 그
이전 세대와 다름을 보여주며 점차 확대되어 가는 조선 문학자의 일본
어 글쓰기 상황을 설명하고 있는 내용인데, 이는 일견 당연한 듯 보이

---

6) 金史良, 「朝鮮文學風月錄」, 『文藝首都』, 1939.6.
7) 南富鎭, 「植民地の言語空間」, 『文學の植民地主義』, 世界思想史, 2006, p.92.

지만 중요한 점을 시사하고 있다. 국민문학 논의가 활발히 행해졌던 1940년대에 이르면 조선 문학자의 일본어 글쓰기라는 것은 개개인의 일본어 능력의 차이, 즉, 리터러시(literacy)의 차원으로 소환된다. 1922년에 발표된 제2차 조선교육령 이후 '고쿠고'로서 조선 사회에 군림해온 일본어가 1930년대를 지나면서 '제도'로서라기보다 개별 사용자의 일본어 구사력에 있어서의 '차이'로 개별되고 있음을 추론할 수 있다.

물론 1930년대 이후에 일반화되는 일본어 글쓰기에 대해 조선 문학자들의 일본어에 대한 경도(傾倒)로 생각할 수 있는 일면이 있음을 부정할 수 없다. 그러나 한편으로 1930년대 이후 이들 문학자들의 활동을 살펴보면 협력이나 저항 같은 이항대립으로는 설명할 수 없는 시대적 변화와 문학 주체들의 사고의 변화를 감지할 수 있다.

앞서 설명했듯이 조선은 1920년대를 지나면서 근대교육의 확산과 출판 산업의 발달로 근대 대중독자층이 형성되어 있었고, 아울러 직접 일본어로 글을 써 일본 문단에 적극 진출해간 장혁주나 김사량 같은 작가들이 활약하게 되었다. 이들은 일본문단에 적극적으로 뛰어들어서 일본어로 문학 활동을 해나가며, 끊임없이 자신들이 현재 행하고 있는 일본어 글쓰기에 대해 자문하고 있다. 위의 인용에서 살펴본 장혁주와 김사량의 조선을 널리 알리고자 한다는 동기부여를 통해 일본어 글쓰기의 의미를 찾아볼 수 있는데, 주의할 점은 김사량이 이러한 동기를 가지고 있으면서 한편으로는 일본어 글쓰기에 대해 회의(懷疑)하고 있었다는 사실이다.

　　본질적인 의미에서 생각해보면 역시 조선문학은 조선의 작가가 조선어로 쓰는 것에서 비로소 성립되어야함은 명백하다. (…중략…) 조선의 사회나 환경에서 동기나 감정이 촉발되어 이로써 파악한 내용

을 형상화하는 경우, 이를 조선어가 아니라 내지어로 쓰려고 할 때는
작품은 아무래도 일본적인 감정이나 감각에 화(禍)를 입게 된다. 감각
이나 감정, 내용은 말과 결합되어 가슴 속에 떠오른다. 극단적으로 말
하면 우리들은 조선인의 감각이나 감정으로 기쁨을 알고 슬픔을 느
낄 뿐만 아니라, 그 표현은 그 자체와 불가리적(不可離的)으로 결합되
어 있는 조선의 말을 통하지 않으면 확실히 표현되지 않는다.[8]

조선인의 감정을 일본어를 통해 형상화하면 일본적인 감각에 '화(禍)'
를 입게 되어 제대로 표현할 수 없다는 논리인데, 이와 같이 김사량에
게 있어서 언어는 단지 표현수단에 지나지 않는 것이 아니었다. 표현하
고자 하는 내용으로부터 언어가 결코 별개일 수 없음이 "표현은 그 자
체와 불가리적(不可離的)으로 결합되어 있"다는 말 속에 잘 나타나 있다.
그렇다면 일본어로 문학 활동을 한다는 것은 김사량에게 어떠한 의미
를 지니는 것이었을까?

나는 좋든 싫든 일본문학의 전통과 아무런 혈통적인 연관도 없이
내지어(內地語) 문학을 시작했다고 생각한다. 그것은 역시 나와 혈통
이 다르고 서로 문학전통이 상이한 것도 있으나, 또한 내가 일본문학
에 매달려서 적극적으로 배우려고 하지 않았던 탓이다. 하지만 애써
그렇게 했다고 하더라도 아마도 나는 그러한 이유로 문학 그 외에서
일본적인 것, 진정으로 일본문학 특유의 것을, 내 자신의 피와 살로
섭취하는 것은 불가능했을 것이다. (…중략…) 역시 나는 조선인의 문
학을 하고 있는 것이라고 생각한다. 우리들의 오성(悟性)과 감성(感性)
속에 흐르고 있는 조선문학의 전통적인 정신을 이어서, 현재 나는 모
든 뛰어난 외래문학의 요소를 비판적으로 수용해서 살려내려는 의욕
을 갖고 있다.[9]

---

8) 金史良, 「朝鮮文化通信」, 『現地報告』(文藝春秋社刊) 1940.9. 인용은 『金史良全集Ⅳ』
(河出書房新社, 1973, p.27)에 의거했음.

김사량은 자신이 일본어('내지어')로 글을 쓴다고 해서 그것이 일본적
인 것을 표현해 일본문학의 전통을 따르는 것이 아니라는 사실을 밝힌
다음, 오히려 조선인의 감성으로 조선문학의 전통을 잇는 "조선인의 문
학을 하고 있는 것"이라고 강조하고 있다. 공히 일본어라는 언어를 매
개로 문학 활동을 하고 있지만 일본인의 일본문학과 조선인의 일본어
문학은 '차이'를 나타낼 수밖에 없다는 사실을 간명하게 잘 보여주고
있는 글이라고 할 수 있다. 일본어로 일본문단에서 작품을 발표한 김사
량의 문학이 다른 일본인에 의한 일본문학과 어떠한 '차이'를 만들어내
고 있었는지, 당시 김사량이 주로 글을 실은 잡지『문예수도』를 시야에
넣어 살펴보도록 하겠다.

3. 잡지『문예수도』와 편집자 야스타카 도쿠조

식민지 조선의 문학자로서 일본 문단에 처음 널리 알려지게 된 사람
은 바로 장혁주(張赫宙, 1905~1997)이다. 1932년 4월에『아귀도(餓鬼道)』
를『개조』에 투고해 입선, 조선 출신자에 의한 본격적인 일본어작품으
로 주목받게 된다. 잡지『개조(改造)』는 1919년 4월에 창간하여 태평양전
쟁 말기에 잠시 휴간한 후 1955년 2월에 종간된 종합잡지로, 당시 상업
자본의 중심에 있었던 개조사(改造社)의 출판전략 하에 조선을 비롯한
식민지 문학자들의 글을 의식적으로 기획하고 있었다.[10] 김사량(金史良,

---

9) 金史良,「內地語の文學」,『讀賣新聞』, 1941.2.14, 석간 3면. 인용은 김재용 · 곽형덕
   편역,『김사량, 작품과 연구 1』(역락, 2008, p.263)에 의거했음.

10) 高榮蘭,「出版帝國の「戰爭」――一九三〇年前後の改造社と山本實彦『滿 · 鮮』から-」(『文
    學』, 2010.3, 4)참조. 잡지『改造』는 1920년대의 쇼와(昭和)문학 출발기에 출판미디어
    와 문학자들과의 관련성, 정부의 언론 통제 상황 등을 살펴볼 수 있는 자료로서의
    가치가 큰 잡지라 할 수 있다.

1914~50?)은 앞서 일본문단에 데뷔해 활동하고 있던 장혁주의 소개로 잡지『문예수도』에 글을 싣게 되면서 일본 문단에 알려지게 된다.

『문예수도』는 1933년 1월에 창간하여 1944년 12월에 종간(전후 1946년에 복간하여 1970년까지 간행)된 월간지로, 문예동인지의 성격을 띠고 있다. 신진작가를 규합해서 신흥문학의 거점으로 자리 잡고자 한 잡지『문학 쿼터리(文學クオタリイ)』(1932년2월 창간)를 발전적으로 계승한 잡지라고 할 수 있다. 소설가이며 일관되게 이 잡지의 편집을 맡았던 야스타카 도쿠조(保高德藏, 1889~1971)의 연보를 참고해가며 잡지 『문예수도』를 개략해 보겠다.11)

야스타카 도쿠조는 1889년 오사카에서 태어났다. 아버지 도쿠마쓰(德松)가 일확천금을 꿈꾸며 1906년에 한국으로 건너와 경성에서 석탄 수입상을 경영하게 되는데, 이듬해에 도쿠조도 도한(渡韓)해 아버지의 일을 도우면서 당시 한국의 실상에 접하게 된다. 도쿠조의 부인 미사코(みさ子)가 『문예수도』의 역사를 장편소설로 써놓은 글을 통해 당시 그가 무엇을 느꼈는지 살펴보자.

> 당시 조선에서는 일본의 식민지 정책이 착착 진행되고 있었고, 조선 민중은 총독정치의 압정 하에서, 그리고 사업을 시작한 일본인들의 멸시 하에서 가혹하고 부당한 취급을 받고 있었다. 그러한 현실을 17세의 그가 예민한 감수성으로 어떻게 받아들였을지 쉽게 상상할 수 있다. 그것이 그의 문학의 원점이 됨과 동시에 조선과 조선 민족에 대한 끝없는 친애의 정으로 되어갔다.
> "조선은 내 마음의 고향이다."

---

11) 保高德藏, 『保高德藏選集 第1卷』(新潮社, 1972.5)에 수록된 「保高德藏年譜」(pp.352-9)를 참고하기로 한다. 이 연보는 구리쓰보 요시키(栗坪良樹)가 작성하고, 야스타카 도쿠조의 부인 야스타카 미사코(保高みさ子)가 교열(校閱)했음이 명시되어 있다.

그는 이렇게 자주 말했다.

후년에 『문예수도』를 간행하면서 장혁주, 김사량 등 많은 조선의 사
람들과 친교를 깊이 나눈 것은 조선 민족의 고뇌, 그 나라의 처해있
는 상태가 그의 내면의 깊은 부분에 직접 연결되어 있었기 때문이
다.12)

일종의 회고담이고 그것도 소설로 픽션화한 이런 종류의 글은 액면
그대로의 사실로 받아들이기 어려운 점이 있기는 하지만, 이후 장혁주,
김사량을 비롯한 식민지 조선의 문학자들과 친교를 맺어가며 이들의
글을 일본 문단에 적극 소개한 사실을 생각하면, 야스타카 도쿠조가 젊
은 시절에 체험한 조선에 대한 생각이 남달랐음을 짐작케 한다.

야스타카 도쿠조는 조선에 머무르는 동안 도쿄에 있는 우노 고지(宇
野浩二)와 연락을 주고받으며 문학에 대한 꿈을 키워가다가 1910년에
귀국, 도쿄 와세다대학(早稻田大學) 문학부에 입학해 동인잡지 활동을 했
다. 졸업 후 요미우리신문사(讀賣新聞社), 박문관(博文館) 등의 기자를 역
임하면서 소설을 써가던 중, 1932년에 계간지(季刊誌) 『문학쿼터리』를
창간하게 된다. 그는 당시 기성문단 위주의 저널리즘이 신인들에게 발
표 무대를 좀처럼 열어주지 않는 현실에 문제점을 느끼고 신흥문학을
대표하는 작가들에게 "순수문학을 위한 가장 좋은 발표기관"을 제공하
기 위하여 『문학쿼터리』를 발간하게 되었다고 잡지 창간의 이유를 밝
히고 있다.13)

이와 같이 신진작가를 규합하고 신흥문학의 거점을 목표로 발간된 『문
학쿼터리』는 그러나 제2집을 끝으로 월간 동인지 『문예수도』로 이행해간

---

12) 保高みね子, 『花實の森－小說「文藝首都」－』, 中央公論社, 1978.11, pp.20-21.
13) 『文藝首都』 종간기념호, 1970.1, p.103.

다. 『문학쿼터리』 제2집 후기에 "우리는 다음 7월부터 『문학쿼터리 월보
(文學クオタリ月報)』라 칭할만한 잡지를 간행"하려 한다고 적고 있는데, 여
기서 말하는 『문학쿼터리 월보』가 바로 『문예수도』로 당초에는 『문학쿼
터리』와 병행해서 간행해갈 생각이었던 것으로 보인다. 그러나 실제로는
『문학쿼터리』는 폐간되고 『문예수도』로 이행해간 셈이 된 것이다.

1930년대 초반은 상업 저널리즘의 급속한 성장과 문예 대중화의 분
위기가 고양되는 가운데 순수문학의 위기가 화두가 되던 시기였다. 게
다가 기성문단 위주의 저널리즘에 발표무대가 더욱 협소해진 신진 작
가들에게 발표무대를 제공하려고 한 『문학쿼터리』와 이를 계승한 『문
예수도』의 창간은 일본문학사에 특기할만한 점이라고 할 수 있다. 구리
쓰보 요시키(栗坪良樹)가 "동지(同誌)의 역사는 스스로 출판저널리즘의 권
외에 있는 문학자의 격투의 역사가 되었다"고 말하고 있는 대로이다.[14)
고노 도시로(紅野敏郎)도 "문예잡지로서의 위력은 그렇게 강렬하지 않지
만 결코 일개 동인잡지가 아니다. 문단의 각 영역을 살펴 동향을 견실
히 파악하고 있는 것은 틀림없다"고 말하고 있듯이,[15) 『문학쿼터리』에
서 『문예수도』로 이어지는 양 잡지는 일본 문단에 새로운 분위기를 불
러일으키면서 대중화시대에 상업저널리즘에 석권되지 않도록 동인지의
형태를 유지하며 간행되고 있었던 것이다.[16)

이상과 같은 취지와 내용으로 간행된 두 잡지는 '식민지 문학'에 있
어서도 중요한 의미를 지닌다. 소위 중앙 문단에 발표무대를 제공받기
어려운 신인들을 주로 배출시키려 한 발간 취지야말로 일본문단에 데뷔

---

14) 『日本近代文學大事典 第5卷 新聞・雜誌』, 講談社, 1977.11, p.381.
15) 紅野敏郎, 「逍遙・文學誌(89)-『文藝首都』-」, 『國文學』, 1998.11, p.162.
16) 야스타가 도쿠조는 『문예수도』가 순문학 동인지이기에 몇 번의 경제적 위기를
    거치면서 여러 신인을 세상에 알리고 실력을 육성시키는 장이 되어 왔다고 말
    하고 있다. 保高德藏, 「『文藝首都』と妻との三十年」, 『新潮』, 1963.7.

하려는 조선 문학자들이 당면하고 있는 문제이기도 했기 때문이다. 『문예수도』에는 조선뿐만 아니라 대만이나 만주 등의 식민지로부터도 투고를 받고 있었다. 식민지 조선의 문학자들이 『문예수도』와 어떻게 관련을 맺으며 작품을 발표해갔는지 살펴보자.

4. 식민지 조선의 문학자와 잡지 『문예수도』

식민지 조선의 문학자로서 일찍이 일본 문단에 데뷔해 문학자로서의 입장을 공고히 한 장혁주가 야스타카 도쿠조를 알게 된 것은 1932년 5월의 일이었다. 이때 두 사람이 서로 알게 되면서 동년 6월호 『문학쿼터리』(제2집)에 장혁주의 소설이 실리게 되고, 이를 계기로 김사량을 비롯한 여러 문학자들의 글이 뒤를 이어 실리게 된다[표 1] 참조]. 장혁주는 야스타카 도쿠조를 만나기 전에 이미 일본의 대표적인 종합잡지 『개조』에 입선한 상태였기 때문에 야스타카의 시선을 끌기에 충분했을 것이다.

> 내가 장혁주를 만난 것은 1932년 5월의 일이다. 그 조금 전에 그는 제5회 『개조』 당선자로서 4월호의 『개조』에 그의 최초의 작품 『아귀도』가 게재되었다. 그것은 일본의 자본주의적 착취가 조선의 농민을 압박하고, 농민은 점차 궁핍의 밑바닥으로 떨어져 자신들이 경작한 쌀이 산처럼 쌓여 있어도 소작료로 빼앗겨 먹을 수 없고, 들로 산으로 풀을 뜯어 식량 부족을 보충하고 있었다. 이는 일본인이 전쟁 말기부터 종전 후까지 겪었던 식량난을 흡사 평소 겪고 있는 상황으로 그리고 있는 작품으로, 절실한 애국적 정열이 독자의 마음에 강하게 와 닿는 작품이었다.[17]

---

17) 保高德藏, 「怖るべき文壇」, 『作家と文壇』, 講談社, 1962.4, pp.164-165.

야스타카 도쿠조는 장혁주의 『아귀도』를 읽고 젊은 시절 자신이 조선에서 느꼈던 점을 공감하며, 이러한 내용을 일본어로 써내는 장혁주에 대해 놀란다. 그리고 장혁주가 『개조』 현상금을 받으러 개조사 사장 야마모토 사네히코(山本實彦)를 만나러간 것이 계기가 되어 야스타카와 만나게 되었다. 야스타카는 장혁주에 대한 인상을 "조선민족적인 풍모"라고 적고 있다.18) 곧 둘은 사이가 좋아졌고 장혁주는 야스타카의 집에 3개월간 체류한다. 그리고 장혁주는 『문학쿼터리』에 이어 『문예수도』에 계속해서 일본어로 글을 발표해가게 된 것이다.

김사량은 장혁주의 소개로 『문예수도』에 글을 싣게 된다. 야스타카의 연보에 의하면, 1939년 5월에 "장혁주 소개장을 들고 도쿄대학 학생 김사량 오다"라는 기록이 있다.19) 김사량은 평양에서 출생하여 기독교 집안의 유복한 가정에서 자랐는데, 1931년 평양고등보통학교 재학 중에 교련 일본인장교 배척 동맹휴교에 참가했다는 이유로 퇴학처분을 당한다. 이 때문에 북경유학을 단념하고 1933년 일본으로 건너가게 된다. 그는 1936년 도쿄제대 문학부 독문과에 진학하여 학생동인잡지 활동을 했으며, <조선예술좌>에 관여하면서 1938년에는 장혁주 각색 『춘향전』 공연에 협력, 장혁주와 친해진다. 이때를 계기로 김사량은 장혁주를 통해 야스타카를 알게 된 것으로 보인다. 김사량의 조선에서의 활동과 일본으로 건너온 사정을 들은 야스타카는 감격해하며, "금세 연령을 넘고 국적을 넘어 흉금을 털어놓는 사이가 되었다"고 말하고 있다.20)

김사량은 1939년 6월과 9월에 『문예수도』에 평론과 수필 한 편씩을 게재하고, 10월에 『빛 속으로』를 발표하여 아쿠타가와상 후보에 오른

---

18) 保高德藏, 前揭書, p.165.
19) 保高德藏, 『保高德藏選集 第1卷』, 新潮社, 1972.5, pp.352-359.
20) 保高みき子, 前揭書, p.186.

다. 야스타카 도쿠조는 이때의 감격을 『문예수도』를 회고하는 여러 글에서 소개하며 평가하고 있다. 1941년 12월 8일 일본이 진주만을 습격하며 영미에 선전포고를 하던 날 김사량은 재학 중에 <조선예술좌>에 관여했다는 죄명으로 가마쿠라(鎌倉) 경찰서에 구속되는데, 야스타카는 시마키 겐사쿠(島木健作)와 함께 김사량의 감형을 위해 애쓴다. 1942년 이들의 노력으로 수개월간의 구금에서 풀려난 김사량은 조선으로 귀국하게 된다. 김사량은 『문예수도』뿐만 아니라 『문예춘추』(文藝春秋)나 『문예』(文藝) 등에도 작품을 발표하며 폭넓은 활동을 했는데, 김사량이 야스타카와 친교를 맺으면서 『문예수도』에 발표해간 작품들에 대해서는 [표 1]을 참조해주기 바란다.

야스타카 도쿠조는 장혁주와 김사량을 통해 조선 민중의 민족적 고뇌를 알게 되었다고 진술하고 있다.[21] 아버지를 따라 건너간 조선에서 체험했던 것들을 조선의 문학자와 친교를 맺고 문학 활동을 전개해가면서 추체험(追體驗)할 수 있었던 것이다. 이후 아오키 히로시(靑木洪), 이석훈(李石薰), 김광순(金光淳, 후의 김달수)의 작품이 『문예수도』에 실리게 된다.

한 가지 흥미로운 점은 야스타카 도쿠조를 통해 김사량과 타이완의 작가 롱잉쭝(龍瑛宗)이 문학적 교류를 하고 있었다는 사실이다. 롱잉쭝은 1937년 4월호의 『개조』에 『파파야 마을(パパイヤのある街)』로 입선하여 일본 문단에 데뷔, 김사량보다 이른 1937년 8월호의 『문예수도』에 『도쿄 까마귀(東京の鴉)』를 발표한 후, 몇 차례에 걸쳐 『문예수도』에 작품을 싣는다. 두 사람은 자신들의 작품을 매개로 타이완과 일본에서 각각 서신을 주고받으며 교류하고 있었다. 1940년 7월호의 『문예수도』에 롱잉

21) 保高德藏, 「民族的苦惱の文學」, 『作家と文壇』, 講談社, 1962.4, pp.203-212.

쫑이 발표한 『초저녁달(宵月)』은 김사량의 『빛 속으로』를 의식하며 쓴 소설이라고 평해지고 있는데, 이에 대해 김사량은 룽잉쭝에게 보낸 편지 속에서 "역시 귀형이 있는 곳도, 제가 있는 곳도 현실적으로는 똑같은 것만 같아서 전율하였습니다"고 감상을 전해 공히 식민지인으로서 느끼는 바를 나누기도 했다.[22]

이상에서 살펴본 바와 같이 잡지 『문예수도』는 일본과 조선의 문학자들이 교류하며 문학을 통해 제국과 식민지의 경계를 넘나드는 공간이었으며, 아울러 조선의 문학자들이 교류하는 장이기도 했다. 그리고 조선과 같은 식민지 지역과의 교류도 이루어지고 있었던 것을 알 수 있다. 이는 특히 신흥문학의 거점으로 자리 잡고자 했던 『문예수도』와 편집인 야스타카 도쿠조의 노력이 있었기 때문에 조선을 비롯한 식민지 문학자들의 활동의 폭이 넓어졌을 것으로 사료된다. 그러나 이러한 식민지 문학자들의 폭 넓은 활동만큼 그들의 작품이 반드시 제대로 평가를 받았던 것은 아니었다. 다음에서 이를 살펴보도록 하겠다.

5. 제국과 식민지의 '차이' 혹은 '경계'

아쿠타가와상 후보에 올랐다가 결국은 선외(選外)에 그치고 만 김사량의 『빛 속으로』에 대해 가와바타 야스나리(川端康成)는 다음과 같은 심사평을 전하고 있다.

---

22) 下村作次郎, 『文學で讀む臺灣 支配者・言語・作家たち』, 田畑書店, 1994.1, p.212. 김사량이 룽잉쭝에게 보낸 서간의 전문(全文)이 황호덕, 「제국 일본과 번역(없는) 정치」(『전쟁하는 신민, 식민지의 국민문화』, 2010, 소명, pp.165-166)에 소개되어 있다.

　　나는 「빛 속으로」를 선외(選外)로 하는 것이 뭔가 유감스러웠다.
그러나 그것도 작가가 <u>조선인이기 때문에 추천하고 싶은 인정이 매
우 강하게 작용하고 있는 부분도 있고</u>, 또 「밀렵자」에 비해 재능과
재미가 부족한 면도 있기 때문에 결국 사무카와(寒川) 씨 한 사람에게
상을 주는 것에 찬성했다. (…중략…) <u>민족 감정의 큰 문제를 다루고
있는 이 작가의 성장은 매우 기대된다.</u> 문장도 좋다. 그러나 주제가
앞지르고 인물이 주문대로 움직여 얼마간 불만이었다.[23]

　　"작가가 조선인이기 때문에 추천하고 싶은 인정이 매우 강하게 작용
하고" 있었다고 하는 말에서 시의(時宜)적으로 조선인에 의한 일본어창
작이 주목받고 있음을 짐작할 수 있다. 가와바타 외에도 본 작품이 조
선의 문제를 적절히 표현해주고 있다는 평이 다른 심사위원들에게도
공통으로 보인다. 당시는 '내선일체(內鮮一體)'라는 슬로건 하에 '내선문
학'이라는 말이 유행하고 있었다. 최재서의 '내선문학의 교류'라는 문구
가 일본어로 라디오방송 전파를 타고 전국에 중계되고 있던 시기였
다.[24] 김사량에 대한 심사평에서 '조선인'임을 강조하여 내지 문학자와
함께 언급하고 있는 것은 바로 이러한 시대상을 반영하고 있는 것이라
할 수 있다.

　　일본인들이 조선의 문학을 평가할 때의 주안점은 '새로움'이었다. 조
선인에 의한 문학작품이 일본 내에서 주목을 받고 있는 상황에 대해 소
설가 아베 도모지(阿部知二)는 '새로움'을 느낀다고 하면서, 이러한 '새로
움'은 "조선의 작가들이 가지고 있는 예술에 대한 대단한 열정"때문이라

---

23) 『芥川賞全集』 2권, 『文藝春秋』, 1982, p.397. 밑줄 인용자.
24) 崔載瑞, 「內鮮文學の交流」, 1939.6.12. 최재서의 이 글은 경성방송국의 전파를 타고 전
　　국으로 중계되었다. 崔載瑞 『ラヂオ講演・講座』 제12집(조선방송협회 편, 1939.7.25)
　　을 수록하고 있는 大村益夫・布袋敏博편, 『近代朝鮮文學日本語作品集 1939〜1945 評
　　論・隨筆編 1』, (綠蔭書房, 2002.3)을 참조

고 평하고 있는 것도 그 한 예일 것이다(『요미우리신문(讀賣新聞)』1940.7.10).
그리고 이러한 '새로움'은 바로 식민지 조선의 현실을 그리고 있다는
제재적 측면의 특이성이 강조되면서, 조선의 문학은 1930년대 이후 제
국의 지방문학으로서의 자리매김을 받게 된다.

　그러나 반면 내용면에서는 『빛 속으로』의 평에서도 보이듯이 "민족
감정의 큰 문제"를 다루고 있다는 모호한 지적만 있을 뿐 구체적으로
는 언급되지 않고 있는 사실도 간과할 수 없다. '조선'이라는 화두가 무
성히 일고 있던 소위 '조선 붐' 시류를 타고 있을 뿐, 개별 작품의 내용
적인 측면에서는 고려되지 않고 형해화(形骸化)되고 있던 당시 일본의
식민지 문학에 대한 관심의 단면을 보여주고 있다고 하겠다.25)

　김사량은 자신의 작품 『빛 속으로』가 아쿠타가와상 후보에 올랐다는
이야기를 야스타카 도쿠조로부터 듣고 있던 차에 잡지 『문예춘추』에
소식이 실린 것을 접하고 수여식이 행해지는 도쿄로 가기 위해 평양에

---

25) 장혁주, 김사량을 위시한 조선인 문학자들의 문학 활동이 화제가 되면서 당시 일본
　의 주요 매체는 여러 차례 조선특집을 편성해, 가히 '조선 붐'이라고 일컬어질 정
　도로 조선인에 의한 일본어문학 작품이 주목을 받게 된다. 『문학안내(文學案內)』의
　「조선현대작가특집」(1937.2), 『오사카마이니치신문(大阪每日新聞)』의 「조선여류작가
　특집」(1936.4~6), 『문예(文藝)』의 「조선문학특집」(1940.7) 등이 바로 그러한 예이다.
　그리고 이러한 현상은 문학에 한정되지 않고 조선의 문화를 다양한 장르로 꾸민
　조선 특집 『모던일본(モダン日本)』「조선판」(1939.11, 1940.8)을 통해 '조선 붐'은 더
　욱 확대되어 간다. 뿐만 아니라, 일본 내에서 조선문학에 대한 소개는 잡지나 신문
　뿐만 아니라 앤솔로지를 통해서도 행해지고 있었다. 신건 편역, 『조선소설대표작집』
　(敎材社, 1940), 장혁주 대표 편저, 『조선문학선집』(전3권, 赤塚書房, 1940) 등이 그 예
　이다. 이러한 시류를 반영하여 조선에서도 『조선국민문학집』(東都書籍, 1943), 『반도
　작가단편집』(조선도서출판주식회사, 1944), 『신반도문학선집』(전2권, 人文社, 1944) 등
　이 간행되었다. 그러나 이와 같이 조선문학에 대해 관심이 급증하고 있는 현상은
　시국과 연동되어 있음을 부정할 수 없다. '조선인'이기 때문에 김사량의 문학에
　관심을 갖지만 결국은 선외로 평하면서 그의 문학이 문단의 외연으로 밀려나는
　현상이 이를 단적으로 잘 말해주고 있다. 이러한 문제점과 관련해서 권나영, 「제
　국, 민족 그리고 소수자 작가」(『전쟁하는 신민, 식민지의 국민문화』, 2010, 소명,
　pp.224-255)의 논고가 있다.

서 기차를 타는데, 이때 느꼈던 감상을 서간 형식으로 써서 『문예수도』에 발표하였다. 자신의 어머니에게 보내는 편지 형식이기 때문에 당시 김사량의 개인적인 심경이 서술되어 있으리라는 것은 쉽게 짐작이 되는데, 실제로 편지를 써서 우편으로 보내는 대신에 잡지에 실을 원고로 작성하여 그것도 말미에 "이 내지어로 된 편지를 번역해서 어머니가 읽을 수 있도록 해주세요"라고 덧붙이고 있는 것으로 봐서 이 글은 어머니 개인에게 보내는 편지라기보다 일본인 독자를 상정하고 쓴 글임을 추측할 수 있다.

김사량은 무엇을 말하기 위해서 이렇게 완곡한 형식을 빌어 글을 쓰고 있는 것일까? 이 서간 형식의 짧은 글 속에 김사량은 자신의 문학과 일본문학과의 차이, 그리고 자신이 추구하는 문학에 대해 화두를 던지고 있다. 이하 주요 부분을 읽어보자.

> 제 소설의 광고 표제 아래에 사토 하루오(佐藤春夫)라는 작가의 비평 "사소설(私小說) 속에 민족의 비통한 운명을 마음껏 짜 넣은 작품"이라는 듯한 글귀가 들어있는 것입니다. (…중략…) 사랑하는 어머니. 저는 생각했습니다. 정말로 나는 사토 하루오씨가 말한 것과 같은 것을 쓴 것인가 하고요. 왠지 자신이 일개 소설가가 아니라 뭔가 커다란 북적거림 속에서 스프링이 붙은 듯 밖으로 튕겨 나온 것 같은 가슴 답답함을 느꼈습니다. 적어도 그 순간에는 그런 걱정이 들었습니다. 본래 자신의 작품이지만 「빛 속으로」에는 아무래도 석연치 않은 것이 있었습니다. 거짓(噓)이다, 아직 자신은 거짓을 이야기하고 있는 거라고 작품을 쓰고 있을 때조차도 자문했습니다. (…중략…) 저는 현해탄을 건너는 삼등 선실에서 마침내 열이 났고 시모노세키(下關)에서 기차를 타고 가는 중에는 거의 쓰러질 지경이었습니다. 그렇지만 저는 '그렇다, 이제부터는 더욱 참된 것(ほんとうのこと)을 써야지' 하고 자신에게 몇 번이고 말했습니다.[26]

사토 하루오가 비평했다는 내용의 실제는 "사소설 속에 민족의 비통한 운명을 마음껏 짜 넣어 사소설을 일종의 사회소설로 끌어올린 공적과 치졸하지만 멋있는 필치도 상당히 좋아 떨어뜨리기 어려움을 느꼈다"[27]고 되어 있다. 일본근대문학의 전통에서 흔히 볼 수 있는 사소설(私小說)은 신변잡기적인 내용에 허구를 그다지 덧붙이지 않고 주로 일인칭 화법으로 서술해가는 형태를 일컫는데, 사토 하루오가 『빛 속으로』를 '사소설'의 일종으로 치부한 이유는 아마도 주인공 '나'를 일본에서 생활하던 때의 김사량의 실제 생활에 대응시킨 까닭일 것이다.

그러나 여기에서 김사량이 말하고 있는 '거짓'과 '참된 것'의 의미가 소설의 '허구'와 '실제'로 치환되는 말이 아님은 명백하다. 그렇다고 한다면 김사량이 말하는 소설의 '거짓'과 '참된 것'은 무엇을 의미하는 것일까. 『빛 속으로』가 단행본으로 출판되었을 때 그는 발문(跋文)에 "멈출 수 없는 기분에 쫓기듯 쓴 것"이라고 적고 있는데,[28] 위의 인용에서 보자면 "뭔가 커다란 북적거림 속에서 스프링이 붙은 듯 밖으로 튕겨 나온 것 같은 가슴 답답함"과 일맥상통하고 있다.

즉, 『빛 속으로』가 '내선문학'의 슬로건 하에서 식민지인의 일본어문학에 대한 흥미가 고조되고 있는 가운데 시대적 풍조를 타고 써낸 작품이라는 김사량 자신의 비평이 암시되어 있다고 할 수 있다. 이것을 그는 소설의 '거짓'으로 은유하고 있는 것이다.

일본문학의 전통에 입각해서 김사량의 작품을 '사소설'적이라고 말하고 있는 점이나, 조선의 민족적인 감정을 그리고 있다고 해서 '사소설'을 바로 '사회소설'로 대치시키고 있는 것은 단순한 도식에서 나온

---

26) 金史良, 「母への手紙」, 『文藝首都』, 1940.4. 밑줄 인용자.
27) 『芥川賞全集』 2권, 『文藝春秋』, 1982, p.397.
28) 金史良, 「小說集跋文 光の中に」, 『金史良全集Ⅳ』, 河出書房新社, 1973, p.67.

비평이라 하지 않을 수 없는데, 작자 김사량의 자기비평의 주안은 이와
는 다른 곳에 있었던 것이다.

요컨대 일제가 조장하는 시대풍조의 허울 속에서 연동해 썼을 뿐 '참
된 것'을 써낸 것이 아니라는 자각이고, 이제부터는 뭔가에 떠밀려서
쫓기듯 쓰는 것이 아니라 주체적인 의식을 가지고 진정으로 써야 할
것을 쓰겠다는 각오로 해석될 수 있다. 이는 물론 김사량의 자기비판적
인 술회일 뿐, 실제 소설이 시대 비판적인 시각이 결여되어 있는가는
별도의 문제이다. 오히려 일제하에서의 지식인이 처한 문제 상황이 효
과적으로 잘 드러나 있는 측면이 있다. 중요한 점은 김사량이 일본인의
관점과는 다른 시각에서 자신의 작품을 보고 있다는 사실이다.

그리고 이러한 '차이'는 '외지'문학으로서의 엑키조틱한 '조선'을 찾
아내려는 일본 제국의 욕망과는 다른 개념을 현출시키고 있다. 그것은
바로 '경계'에 대한 사유일 것이다. "멈출 수 없는 기분에 쫓기듯 쓴
것"이라고는 하나 김사량의 서사구조는 단순하지 않다. '내선문단'이라
는 미명 하에 조선인의 일본어문학을 권장하지만 그 실질에 있어서는
배제시켜가는 일본문단의 외연에서, 제국의 언어로 경계를 지으려는 욕
망 자체에 의문을 제기하고 있다.

『빛 속으로』에서 '미나미 센세'와 '남 선생'으로 불려지는 '나'와 일
본인과 조선인 사이에서 태어난 야마다 하루오의 설정은, 일견 제국 일
본과 식민지 조선의 통합 이데올로기를 체현해보이고 있는 듯 생각되
만 실은 그 자체로 이미 경계적인 것이라 할 수 있다. 좀처럼 하루오와
의 갈등을 해소하지 못하다 결국 소설의 말미에 하루오에게 '남 선생'이
라고 불려지는 '나'의 내러티브에 대해서, 자신의 정체성을 확인함으로
써 일제의 황국신민화 정책에 대한 '혼종적 저항'을 그리고 있다고 보는
의견이나,[29] 식민지 본국에 동일화하려는 노력이 어긋나는 것을 보이는

식민지인이 가지는 양가적인 혼란으로 파악하는 논점30) 등은『빛 속으로』를 탈식민의 텍스트로 읽어내는 유효한 논거를 제시하고 있다.

이 글에서 환기시키고 싶은 것은 '나'와 하루오의 서사구조가 이끌어 내고 있는 '경계'에 대한 감각이다. 즉, '미나미' 혹은 '남'으로 경계를 지으려는 욕망의 문제가 아니라, 이미 경계적인 토포스에 있는 '나'의 실존의 문제로서의 개념인 것이다. '나'는 하루오로부터 '남 선생'으로 불려지고 비로소 구제받은 듯한 안도감을 느끼지만, 그러나 이는 어디까지나 하루오로부터 호명된 이름일 뿐 소설 속 어디에도 '나' 자신이 스스로 '남 선생'을 자처하는 부분은 없다. 물론 그렇다고 해서 '미나미 센세'로 불려지기를 원하는 것도 아니다. '나'는 그냥 경계에 있을 뿐이다. '나'의 안도감은 하루오와의 갈등이 해소되는 측면에서 오는 것이라고 할 수 있으며, 갈등이 해소된 이후에도 '나'는 어느 쪽으로도 스스로를 규정짓고 있지 않는 것을 볼 수 있다. 즉, 끊임없이 경계 지으려는 하루오와 이에 대해 보이는 '나'의 무언의 반응은 대조를 이루며 '경계' 자체에 대한 물음을 던지고 있는 것이다.

일본의 미디어에 일본어로 글을 발표한다는 것 자체가 김사량을 비롯한 식민지 조선의 문학자들에게는 이미 경계적인 문제였을 것이다. 제국과 식민지의 문학을 경계지우기보다는 이미 경계에 있는 공동 권역의 문제로서 바라볼 필요성이 있다. 즉, '일본어문학'은 일본어라는 언어를 매개하여 동일한 자장 안에 놓여있는 문학행태인 것이다.

김사량 등의 조선 문학자가 행해간 일본어문학은 제국과 식민지의 어느 한쪽의 틀 속에서 생각하기보다는 경계에 대한 유연성을 가지고 생각해볼 필요가 있다. 왜냐하면 이들이 행한 일본어문학은 일본어라는

29) 최현식, 「혼혈 / 혼종과 주체의 문제」,『민족문학사연구』, 2003.12, pp.139-164.
30) 윤대석,『식민지 국민문학론』, 역락, 2006.3, pp.22-27.

개별 민족국가의 언어로는 설명될 수 없는 의미내용을 표현해내고 있기 때문이다. 일본어로 식민지 조선의 문제를 표현해내려고 한 이들 문학은 제국과 식민지라고 하는 이항대립적인 구도 속에서는 해결할 수 없는 과제를 남기고 있다. '남 선생'으로도 '미나미 센세'로도 자처하지 않는 '나'의 내러티브는 '경계'라고 하는 개념이 어디에 속해있는가의 문제로 환원되지 않는 인식의 문제임을 일깨우고 있는 것이다. 일본 문단에 적극적으로 진출해 일본어로 작품을 발표했던 식민지 조선의 문학자들, 그리고 그중에서도 특히 김사량의 『빛 속으로』는 이러한 '경계'에 대한 사유를 이끌어내고 있다고 할 수 있다.

개별 민족국가의 언어로부터 상대화된 '경계'의 공간, 잡지 『문예수도』는 1930년대 후반 제국의 거대한 상업 잡지의 아성 속에서 식민지 조선의 문학자들에게 제한적이나마 제국과 식민지의 '경계'를 되묻고 회의(懷疑)하는 담론공간을 제공했다고 볼 수 있다.

6. 맺음말

이상에서 잡지 『문예수도』를 중심으로 활동한 김사량과 그 주변을 고찰함으로써 제국과 식민지의 '경계' 문제에 대해 생각해보았다. 1930년대 문학 대중화시대에 김사량은 '일본어'로 글을 읽고 쓰는 것에 대해 적극적인 의미부여를 해감으로서 일본문학과의 '차이'로서의 문학을 보여줬다고 할 수 있다. 사토 하루오나 가와바타 야스나리로 대표되는 일본문단의 김사량 평과 엇갈리면서, 이를 견제하고 비평적 거리를 유지하려는 김사량 자신의 회의와 자성 속에, 『빛 속으로』가 제국의 문단에 던지고 있는 의미가 새롭게 조명될 필요가 있음을 살펴보았다.

김사량의 이와 같은 문학 활동이 가능하도록 해준 장이 바로 잡지『문예수도』이다.『문예수도』는 일본어가 매개된 제국과 식민지의 공동의 교섭공간이었으며, 또한 '차이'를 드러내 보이는 담론공간이기도 했다. 그리고 조선 외에도 대만이나 만주로부터도 투고를 받아 게재함으로써 '식민지문학'과 관련한 자료로서의 가치가 크다.

제국과 식민지, 그리고 식민지간의 네트워크를 제국의 미디어를 통해서 살펴보는 자체가 사실 여러 문제점을 수반할 수 있다. 식민지 문학 주체들의 자발적인 활동이라기보다는, 제국의 미디어 속에서 편제되고 연동되는 '관제'(官制)의 성격을 벗어나기 어렵기 때문이다. 그러나 이들의 문학은 비록 '일본어'를 매개로 하고 있지만 당연히 일본인에 의한 일본어와는 '차이'를 보이고 있음을 김사량의 경우를 통해서 확인할 수 있었다.

조선인의 일본어문학은 조선문학과 일본문학 어느 쪽에도 수렴되지 않는 근대 국민국가의 '경계'를 넘어서는 개념임을 인식할 때 비로소 그들이 개진했던 문학이 개별 국민문학과 다른 '차이'를 만들어내고 있음을 읽어낼 수 있을 것이다.

[표 1] 식민지기 『문예수도』에 투고된 작가 및 작품 일람

	발표년월	작 자	작 품	장 르	비 고
1	1932.6	장혁주	迫田農場	창작	『文學クオタリイ』제2집
2	1933.1	장혁주	僕の文學	에세이	『文藝首都』창간호
3	1933.2	장혁주	特殊の立場	에세이	
4	1933.5	장혁주	兄の足を截る男	창작	
5	1933.9	장혁주	奮ひ立つ者	창작	
6	1933.9	장혁주	優秀より巨大へ	문예시평	
7	1933.10	장혁주	飜譯の問題・其の他	문예시평	
8	1933.12	장혁주	秋日抄(作家の一日)	에세이	
9	1934.1	장혁주	女房	창작	
10	1934.10	장혁주	素朴と非素朴	평론	
11	1935.5	장혁주	あらそひ	창작	
12	1935.8	장혁주	ある感覺	에세이	
13	1936.3	장혁주	狂女點描	창작	
14	1936.11	장혁주	或る時期の女性	창작	
15	1936.11	장혁주 외	明治・大正の文學運動座談會	좌담회	
16	1936.12	장혁주	北條民雄氏のこと	에세이	
17	1937.1	장혁주	本鄕附近の散步	新春隨信	
18	1937.2	장혁주	お正月	에세이	
19	1937.11	장혁주	滿洲移民に就いて	에세이	
20	1938.3	장혁주	春香傳について	수필	
21	1938.6	靑木洪	東京の片隅で	창작	(洪鍾羽)
22	1939.2	장혁주	ブック・レヴュー	평론	
23	1939.6	김사량	朝鮮文學風月錄	평론	
24	1939.9	김사량	エナメル靴の捕虜	수필	
25	1939.10	김사량	光の中に	창작	아쿠타가와상 후보
26	1939.11	이석훈	交通事故	수필	
27	1940.2	김사량	土城廊	창작	미발견
28	1940.3,4	김사량	母への手紙	수필	3, 4월 합병호
29	1940.6	김사량	箕子林	창작	
30	1940.8	김사량	玄海密航	수필	金時昌(본명)『密航』(『朝光』1939.6)을 일본어로 번역.
31	1940.10,11	김사량	平壤より	평론	10, 11월 합병호
32	1941.3	김사량	ミンドレミの花	보고	<火田地帶を行く>시리즈 ①
33	1941.4	김사량	部落民と薪の城	보고	<火田地帶を行く>시리즈 ②
34	1941.5	김사량	村の酌婦たち	보고	<火田地帶を行く>시리즈 ③
35	1941.7	김사량	山の神々	수필	
36	1942.3	金光淳	塵	창작	(金達壽)
37	1942.3	장혁주	その頃の思ひ出	평론	

▶ 근대 일본문단과 식민지의 지식인 연대

1. 들어가는 말

민족국가의 정체성이 담보되지 않는 일제강점기에 식민지 조선의 문학자가 글을 쓴다는 것은 여러 면에서 제약이 따랐을 것이다. 특히 1930년대 이후에 증가하는 조선 문학자의 일본어 글쓰기는, 식민 종주국의 언어인 '일본어＝고쿠고'로 사상(事象)을 표현해가는 것이니만큼 결코 일본어라는 관성으로부터 자유로울 수 없는 식민지 조선 문학의 내면을 담아내고 있다. 그러나 제국이라는 경계 안에서 식민권력의 논리를 내면화하여 작품화했다고 비판받는 텍스트라 하더라도, 각각의 내면화 방식과 그 표현에 있어 서로 다른 양태로 현현됨은 분명하다. 이들을 지배와 수탈, 저항과 협력이라는 이항대립의 도식으로 제국과 식민지를 바라보는 종래의 시각이 지양되어야 함은 최근의 연구경향에 있어서 공통으로 제기되고 있는 인식이다.

한 예를 들면, 제국 일본의 판도 안에서 형성된 식민지 조선의 근대성을 언급할 때, "의식적이든 무의식적이든 벗어날 수 없는 의식"을 가

리켜 김윤식은 '현해탄 콤플렉스'라 칭하고 있다.[1] '현해탄 콤플렉스'는
한국 지식인의 서구 편향과 일본을 통한 근대의 유입이 임화의 '이식문
화론'으로 나타나게 되었다는 전제하에 임화의 이식사관의 한계를 지
적한 것인데,[2] 식민지 근대성의 부박한 면모에 대한 비판은 피할 수 없
겠지만 이들 문학의 차이나 미결정성은 결코 폐기될 수 없는 것이다.

이에 이 글은 제국과 식민지에 경계를 짓기보다는 상호관련성을 가
진 네트워크의 형성과정으로 파악하고, 일본과의 관련 속에서 근대적
'지(知)'를 모색해간 식민지 문학자의 활동을 살펴보려고 한다. 특히 식
민지의 문학자가 제국의 문단으로 적극 진출해가는 1930년대에 식민지
조선과 대만의 문학자가 어떠한 표현을 가지고 제국의 문단으로 치고
나갔는지를 살펴보고자 한다. 이들 문학자 가운데 조선의 김사량과 대
만의 룽잉쭝이 행한 일본어문학은 '경계'에 대한 사유를 통해 제국과
식민지라는 틀을 넘어서는 가능성을 이끌어내고 있다고 할 수 있다. 역
사적으로 격화일로를 걷고 있던 일제 파시즘 속에서 이들이 어떻게 시
대를 포착해내고 표현을 획득해 갔는지에 대해 생각해보겠다.

2. 근대 일본의 조선문학 '붐'

한국인이 일본어로 쓴 문학작품은 구한말 유학생 등에 의해 시작되었다.
이광수가 일본에 유학 가서 명치학원의 교지 『백금학보(白金學報)』(19호,
1909.12)에 실은 『사랑인가(愛か)』[3]가 한국인에 의한 최초의 일본어소설

---

1) 김윤식, 『한·일 근대문학의 관련양상 신론』, 서울대학교출판부, 2001.7, p.329.
2) 이명원, 「김윤식 비평에 나타난 '현해탄 콤플렉스' 비판」, 『전농어문연구』, 1999.2,
   pp.247-274.
3) 잡지에 게재 당시 '韓國留學生 李寶鏡'이라는 이름으로 실렸다.

로 알려져 있다. 이광수에 앞서 이인직이 『도신문(都新聞)』(1902.1.28~29)에 발표한 『과부의 꿈(寡婦の夢)』이 있기는 하지만, 작자명에 '한인 이인직고 여수보(韓人 李人稙稿 麗水補)'로 표기되어 있는 정황으로 봐서 일본인이 상당 부분 수정한 것으로 판단되기 때문에, 한국인에 의한 최초의 일본어소설은 『사랑인가』로 보는 것이 타당하다고 사료된다.4) 한국 근대소설의 효시로 보는 이인직의 『혈의누』(1906)와 『무정』(1917) 이후 한국 근대 문학사를 개척한 소설가로 평가받는 이광수의 이후의 활동을 생각하면, 이들이 초기에 일본어로 소설습작을 했다는 사실은 일국 문학의 경계 안에서 근대문학의 기원을 소환시키고자 하는 욕망을 상대화시키고 있다.

일본 문단에 일본어로 작품을 발표하여 주목을 끌기 시작한 것은 1920년대 이후로, 정연규가 바로 그 대표적인 주자라고 할 수 있다. 정연규는 국문소설 『혼(魂)』(1921)이 발행금지처분을 받으면서 1922년에 조선총독부로부터 추방처분을 받아 일본에 건너가게 된다. 일본에서 그는 『방황하는 하늘가(さすらいの空)』(宣傳社, 1923.2), 『생의 번민(生の悶へ)』(宣傳社, 1923.6)을 발표해 일본 프롤레타리아문학 작가들에게 주목을 받게 되고, 이어 한양까지 침입한 외적과의 결전을 앞둔 의병장을 고뇌를 그린 『혈전의 전야(血戰の前夜)』를 발표하게 된다. 이 소설은 복자(伏字)처리가 많이 된 상태로 프롤레타리아 문예지인 『예술전선 신흥문학 29인집(芸術戰線 新興文學二十九人集)』(自然社, 1923.6)에 수록되기도 하여, 일본문단에 식민지 조선인의 문학을 알린 일본어 작품으로 평가받고 있다. 이후 『광자의 생(光子の生)』(『解放』 1923.8), 『오사와자작의 유서(大澤子爵の遺書)』

4) 이인직은 일본어 소설 『과부의 꿈』을 발표하기 이전에 『도신문』에 「입사설(入社說)」(1901.11.29)이라는 소견(所見)과 수필 「몽중방어(夢中放語)」(1901.12.18)를 발표하고 있다.

(『新人』 1923.9), 『그(彼)』(『週刊朝日』 1925.11.15)를 끝으로, 정연규는 문학가로서보다는 평론가, 사상가로서의 길을 걷게 된다.[5]

1930년대로 접어들면서 일본은 중국과의 전쟁을 시작으로 본격적인 전시체제에 돌입했다. 러시아혁명의 성공과 '다이쇼(大正) 데모크라시'의 영향으로 1920년대 후반에 활발히 일었던 일본의 프롤레타리아문학운동은, 고바야시 다키지(小林多喜二)의 고문사와 이어지는 프로 문학자들의 전향(轉向) 선언으로 거의 궤멸 상태에 이른다. 이러한 상황과 맞물리면서 일본 문단에서는 상업저널리즘의 급격한 신장과 기성세대 문인들의 활발한 문학 활동, 각종 문화단체가 조직되는 등 이른바 '문예부흥'의 시기가 도래한다. 혁명의 문학이 패퇴하고 일본 군국주의 파시즘이 대두되는 사상적 공백에 의해 만들어진 '부흥'이었다고 할 수 있을 것이다.

이러한 일본문단의 상황 속에서 가위 '붐'이라 일컬어질 정도로 조선인에 의한 일본어 작품이 일본문단의 주목을 받게 된다. 1939년에 김사량의 『빛 속으로(光の中に)』(『文藝首都』)가 아쿠타가와상(芥川賞) 후보에 오르면서 조선인에 의한 문학이 화제가 된 것이다. 김사량보다 앞서 일본 문단에서 적극적으로 문학 활동을 벌이고 있던 사람은 장혁주였다. 장혁주는 1930년 이후 본격적인 작가생활을 시작해 90편이 넘는 작품을 발표한 작가로, 그 내용에 있어서도 다양함을 보여주고 있다. 이 시기

---

5) 김태옥, 「정연규의 삶과 문학―1920년대 중반부터 1930년대 중반까지―」, 『일본어문학』, 2008.3. 김태옥은 위 논문에서 1920년대 중반까지 정치적 망명자의 길을 걸으면서 민족주의적인 작품을 썼던 정연규가 1930년대를 기점으로 적극적인 친일협력의 길을 걷게 되는 과정을 상세히 고찰하고 있다. 정연규가 나카니시 이노스케(中西伊之助)나 마에다코 히로이치로(前田河廣一郎) 등 일본 프롤레타리아 작가들과 친교를 맺으면서 『혈전의 전야』를 발표하게 되는 경위에 대해서는 이한창, 「재일동포 문인들과 일본문인들과의 연대적 문학활동―일본문단 진출과 문단 활동을 중심으로―」(『일본어문학』 2005.3)에 상술되어 있다.

의 장혁주는 유진오, 무라야마 도모요시(村山知義), 아키타 우자크(秋田雨雀) 와의 공편으로 『조선문학선집』을 펴내고, 창작으로는 40년에 장편 3편 과 단편 4편을 발표하였으며, 41년에는 장편 5편과 단편 3편을 발표하 는 등 대활약을 하고 있었다. 또한 김사량을 비롯한 조선의 문학자들을 일본 문단에 적극적으로 소개하여 일본 내에 조선문학의 인지도를 높 이는 데 공헌했다.

이와 같이 장혁주, 김사량을 위시한 조선 문학자들의 문학 활동이 화 제가 되면서 당시 일본의 주요 매체는 여러 차례 조선특집을 편성하게 된다. 『문학안내(文學案內)』의 「조선현대작가특집」(1937.2), 『오사카마이니 치신문(大阪每日新聞)』의 「조선여류작가특집」(1936.4~6), 『문예(文藝)』의 「조 선문학특집」(1940.7) 등이 바로 그러한 예이다. 그리고 이러한 현상은 문 학에 한정되지 않고 조선의 문화를 다양한 장르로 꾸민 조선 특집 『모던 일본(モダン日本)』「조선판」(1939.11, 1940.8)을 통해 '조선 붐'으로 더욱 확대 되어 간다.6)

일본 내에서 조선문학에 대한 소개는 잡지나 신문뿐만 아니라 앤솔 로지를 통해서도 행해졌다. 신건 편역 『조선소설대표작집』(敎材社, 1940), 장혁주 대표 편저 『조선문학선집』(전3권, 赤塚書房, 1940) 등이 바로 그 예 이다. 이러한 시류를 반영이라도 하듯 조선에서도 『조선국민문학집』(東 都書籍, 1943), 『반도작가단편집』(조선도서출판주식회사, 1944), 『신반도문학 선집』(전2권, 人文社, 1944) 등이 간행되었다.

이와 같이 조선인에 의한 문학작품이 일본 내에서 주목을 받고 있는 상황에 대해 소설가 아베 도모지(阿部知二)는 "새로움"을 느낀다고 하면

---

6) 『모던일본(モダン日本)』은 대중오락잡지로 대표 겸 편집자가 조선 출신의 마해송 (馬海松, 1905~1966)이었다.

서, 이러한 "새로움"은 "조선의 작가들이 가지고 있는 예술에 대한 대단한 열정"때문이라고 평하고 있다(『요미우리신문(讀賣新聞)』 1940.7.10). 조선인 작가에 의한 일본어 작품에서 아베 도모지가 동시대적으로 간취한 "새로움"은, 1930년대 이후의 조선인의 문학작품에는 이전의 일본인이 쓴 이른바 '조선물(朝鮮もの)'에서는 느낄 수 없었던 "생생함"이 있음을 언급한 것이라는 후대의 평어와 문맥을 같이 하고 있다.[7]

요컨대 일본인에 의해 상상되고 표현되어온 '조선'과 조선인이 직접 표현해내고 있는 '조선'은 다르다는 것이다. 장혁주나 김사량 둘 다 일본어로 일본문단에 글을 쓰기 시작하면서 '조선'을 적극 알리고 싶다는 일본어 글쓰기의 적극적인 동기를 밝힌 바 있는데,[8] 이들이 일본문단에서 행한 일본어문학은 '외지' 문학으로서의 엑키조틱한 '조선'을 찾아내려는 제국의 욕망과는 다른 '조선'을 현출시키려 했다는 점에서 우선 그 의의를 찾아볼 수 있을 것이다.

임화(林和)도 또한 일본문단에서 조선문학이 화제가 되고 있는 상황을 동시대적으로 접했는데, 그러나 아베 도모지와는 다른 관점에서 조선문학 '붐'을 비평하고 있다. 임화는 다음와 같이 언급하고 있다.

> 朝鮮文學이 最近 갑작이, 東京文壇에 注目을 끄을고잇다. 申建이란 분의 飜譯으로된 「朝鮮小說代表選集」張赫宙氏等의 飜譯하는 「朝鮮文學選集」(全三卷一卷旣刊)이 上梓됨을 契機로 待期하엿엇다는 듯이 五月號 東京發行 各文藝雜誌에는 朝鮮文學의 紹介 乃至 評論이 一時에 揭載되엇다. (…중략…) 亦是 東京文壇의 새로운 環境이다. 勿論 그것은 時局이다.[9]

---

7) 나카네 다카유키(中根隆行), 「1930년대에 있어서 일본문학계의 동요와 식민지문학의 장르적 생성」, 『일본문화연구』, 2001.4, p.317.
8) 張赫宙, 「我が抱負」, 『文藝』 1934.4 ; 金史良, 「朝鮮文學風月錄」, 『文藝首都』, 1939.6.

임화는 특히 1930년대 중반 이후 일본에서 조선문학에 대한 관심이 급증한 현상을 포착하고, "東京文壇의 새로운 環境"이라고 평하고 있다. 그렇지만 이러한 현상이 "時局"과 연동하고 있음을 간과하지 않고 있는 점은 시사적이다. 1930년대의 조선문학 '붐'은 당시의 정치사회적 상황과 맞물려 있다는 지적인 것이다.

박춘일(朴春日)은 1937년부터 1945년까지를 근대 일본에서의 최대의 '조선 붐'으로 보고 있다. 일본이 중일전쟁 이후 본격적인 전시체제로 접어들면서 '내지'의 문학상황도 여의치 않은 상태인데, 왜 '조선문학 붐'이 일었고 그것이 '조선 붐'의 주축이 될 수 있었는가 하는 점에 대해 다음과 같이 설명하고 있다.

> 중일전쟁 발발로부터 태평양전쟁에 돌입하기까지 일본의 출판계에서 일었던 이상하리만큼의 '조선 붐'은 그 규모와 내용에 있어 '한일병합' 전후의 그것을 훨씬 상회했다./ 따라서 이 시기의 '조선 붐'은 '정한론(征韓論)'을 시작으로 발생한 이런 종류 출판 붐의 최대급이라 할 수 있는데, 종래와 크게 다른 점은 다음의 두 가지이다./ 그 하나는 군국 일본의 반동 지배층이 '팔굉일우(八紘一宇)', '대동아공영권(大同亞共榮圈)' 실현의 중요 방책으로 '내선일체화', '황국신민화'라는 슬로건 하에 조선의 인적, 물적 자원을 총동원하기 위해 직접 보도, 출판기관을 장악하고 '조선 붐'을 만들어낸 것이고, 두 번째는 이와 같은 선전, 선동 공작에 일본의 저명한 작가나 학자, 문화인, 언론인, 예능인, 스포츠맨을 총동원했을 뿐만 아니라, 조선의 매국노나 글을 팔아 사는 자들을 선두로 하여 대대적으로 활용한 것이다.[10]

---

9) 林和, 「東京文壇과 朝鮮文學」, 『人文評論』, 1940.6, pp.39-40.
10) 朴春日, 『增補 近代日本文學における朝鮮像』, 未來社, 1985.8, p.363.

즉, 이 시기에 일본에서 '조선 붐'이 일게 된 것은 일본 군국주의가 전쟁에 조선을 총동원하기 위한 프로파간다로서 "만들어"지고 "활용" 된 것이라는 설명이다. 박춘일은 덧붙여 '내선일체화', '황국신민화' 등의 슬로건은 그 자체에 일본의 목적이 있는 것이 아니라, 이를 이룩함으로써 조선의 '병참기지화'를 실현하여 '성전(聖戰)' 수행에 조선인을 총동원하는 데에 진의가 있었다고 말하고 있다.[11]

일본은 1930년대 이후 서구적 근대를 비판하고 '동아협동체론'을 내세우면서 일본 '대동아공영권'이라는 틀 속에 조선을 위치시키고 있었다. 따라서 조선문학은 제국의 지방문학으로서 자리매김되고, 이러한 로컬리티를 구현해가도록 종용되고 있었던 것이다. 제국 일본에서 일었던 '조선 붐' 현상은 박춘일의 지적대로 "관제(官製)"의 측면이 있음을 인정하지 않을 수 없다.

그렇다고 한다면 조선인에 의한 일본어 문학작품 '붐'은 제국의 국가권력 속에서 편제된 허상(虛像)에 불과한 것일까? 식민지 조선에서는 총독부 기관지 『매일신보』나 『경성일보』에 대한 검열이 강화되고 1940년을 기해 『조선일보』, 『동아일보』가 폐간된다. 1941년에는 당초의 기획과는 다르게 대부분 일본어로 내용이 편성된 잡지 『국민문학』(11월 창간)이 발행되는 상황 하에서, 일본어로 작품 활동을 해갈 수밖에 없는 상황에 몰린 식민지 조선의 문학자들에게 가능한 선택지는 그리 많지 않았을 것이다.

그러나 '조선 붐'과 같이 국가권력에 의해 시발된 것이라 하더라도 그 표현양태는 다양한 층위로 표출된다. 우선 조선인의 문학을 매개하고 있던 출판 미디어가 국가권력에 의해 장악되었다고는 하나 모두 획

---

11) 朴春日, 위의 책, p.369.

일적인 편집방침을 내세우고 있었던 것은 아니며, 또 일단 언표화되고 나면 그 내용은 당초의 의도와는 관계없이 변형되고 전유(專有)되는 것 또한 문학 텍스트가 가지는 특징일 것이다. 당시 '조선 붐'의 한가운데 에서 조선인의 문학을 의식적으로 게재한 잡지 『문예수도』와 이를 통 해 '조선 붐'의 주역이 된 김사량에 대해 살펴보도록 하겠다.

3. 일본문단에서 연계되는 식민지의 문학

1) 조선 문학자와 일본의 잡지 미디어

식민지 조선의 문학자로서 일본 문단에 조선문학을 널리 알려 '조선 붐'의 기틀을 만든 사람은 장혁주(張赫宙, 1905~1997)이다. 전술했듯이 장혁주가 등장하기 이전에는 프롤레타리아문학 계열의 잡지를 통해 조 선인의 작품이 게재되는 경우가 주였다. 그런데 1930년대 이후가 되면 소위 '일본어세대'가 등장하면서 일본어로 쓴 작품을 가지고 일본의 대 표적인 잡지 미디어에 발표함으로써 제국의 중앙문단에 진출하는 문학 자가 늘어나게 된다. 그 돌파구를 장혁주가 연 것이다.

장혁주는 1932년 4월에 『아귀도(餓鬼道)』를 『개조(改造)』에 투고해 입 선, 조선 출신자에 의한 본격적인 일본어작품으로 주목받게 된다. 잡지 『개조』는 1919년 4월에 창간하여 태평양전쟁 말기에 잠시 휴간한 후 1955년 2월에 종간된 종합잡지로, 당시 상업자본의 중심에 있었던 개 조사(改造社)의 출판전략 하에 조선을 비롯한 식민지 문학자들의 글을 의식적으로 기획하고 있었다.[12] 개조사와 잡지 『개조』의 출판전략의

---

12) 高榮蘭, 「出版帝國の「戰爭」-一九三〇年前後の改造社と山本實彦『滿・鮮』から-」, 『文

여파로 일본의 출판미디어는 더욱 다양화되고 그 규모 또한 확대되었다고 할 수 있다. 이러한 개조사의 상업화 전략이 중심이 되어 대중독자사회를 파생시켰고, 이에 국가권력이 편승하면서 조선문학의 일본문단 진출도 활기를 띤 것이다.

그런데 『개조』와는 다른 성격으로 조선인의 일본어문학을 적극 소개해간 잡지가 있었다. 동인지 『문예수도』가 바로 그러하다. 『문예수도』는 1933년 1월에 창간하여 1944년 12월에 종간(전후 1946년에 복간하여 1970년까지 간행)된 월간지로, 문예동인지의 성격을 띠고 있다. 신진작가를 규합해서 신흥문학의 거점으로 자리 잡고자 한 잡지 『문학쿼터리(文學クオタリイ)』(1932년 2월 창간)를 발전적으로 계승한 잡지라고 할 수 있다. 소설가 야스타카 도쿠조(保高德藏, 1889~1971)가 일관되게 잡지의 편집을 맡았는데, 그가 젊은 시절에 한 조선 체험이 조선문학을 적극 소개하려고 한 이 잡지의 편집방향에 많은 영향을 끼친 것으로 보인다.13)

야스타카 도쿠조는 장혁주의 『아귀도』를 읽고 젊은 시절 자신이 조선에서 느꼈던 점을 공감하며, 장혁주를 "조선민족적인 풍모"라고 적고 있다.14) 장혁주는 『문학쿼터리』에 이어 『문예수도』에도 계속해서 일본어로 글을 발표하게 된다. 김사량(金史良, 1914~50?)은 자신보다 먼저 일본문단에 데뷔해 활동하고 있던 장혁주의 소개로 잡지 『문예수도』에 글을 싣게 되면서 일본문단에 알려진다.

學』, 2010.3-4.) 참조. 잡지 『改造』는 1920년대의 쇼와(昭和)문학 출발기에 출판미디어와 문학자들과의 관련성, 정부의 언론 통제 상황 등을 살펴볼 수 있는 자료로서의 가치가 큰 잡지라 할 수 있다.

13) 잡지 『문예수도』에 관련된 상세한 내용은 졸고, 「1930년대 조선 문학자의 일본어 글쓰기와 잡지 『문예수도』」(『일본문화연구』, 2011.4)를 참조해주기 바란다. 여기에서는 논문의 전개상 필요하다고 판단되는 부분을 발췌, 인용하였다.

14) 保高德藏, 『作家と文壇』, 講談社, 1962, p.165.

야스타카는 장혁주와 김사량을 통해 조선 민중의 민족적 고뇌를 알게 되었다고 진술하고 있다.15) 아버지를 따라 건너간 조선에서 체험했던 것들을 조선의 문학자와 친교를 맺고 문학 활동을 전개해가면서 추체험(追體驗)할 수 있었던 것이다. 이후 아오키 히로시(青木洪), 이석훈(李石薰), 김광순(金光淳, 후의 김달수)의 작품이 『문예수도』에 실리게 되면서, 『문예수도』는 식민지 조선의 문학자에게 일본문단과의 중요한 연결고리가 되었다.

1939년 10월호의 『문예수도』에 김사량의 『빛 속으로』가 실렸을 때 야스타카는 같은 호의 「편집후기」에서 "한국작가가 아니면 느낄 수 없는 뛰어난 점을 이 작품 속에서 잘 표현하고 있다"고 평하였다.16) 그러나 이 작품은 아쿠타가와상 후보에 올랐다가 결국 선외(選外)에 그치고 마는데, 이 경위는 식민지 조선의 문학이 일본문단 속에서 제도화되는 과정의 시비(是非)를 잘 보여주고 있다. 심사를 맡은 가와바타 야스나리의 평이 유명한데, "작가가 조선인이기 때문에 추천하고 싶은 인정이 매우 강하게 작용"했지만, "재능과 재미가 부족한 면도 있기 때문"에 선외로 한다는 것이었다.17) 즉, 조선인에 의한 일본어 창작은 시의(時宜)상 주목을 받고 있었지만, 그 실질에 있어서는 일본문단으로부터 배제되고 있었던 것을 보여주고 있는 것이다. 제도화된 일본문학의 외연에 식민지문학을 위치시키고자 하는 제국 일본의 자기 방어 기제가 작동한 것으로 파악된다.

그렇다고 한다면 장혁주나 김사량 등이 식민 종주국의 언어를 가지

---

15) 保高德藏, 위의 책, pp.201-212.
16) 다카야나기 도시오, 「한국인 작가를 기른 그늘의 문학자 야스타카 도쿠조 保高德藏」(다테노 아키라 편저, 오정환 옮김, 『그때 그 일본인들』, 한길사, 2006), p.282.
17) 『芥川賞全集』 2권, 『文藝春秋』, 1982, p.397.

고 제국의 문단에 적극적으로 진출한 것은 과연 유효했을까? 일제의 식
민지배 논리는 조선을 문명개화해 식민 상태에서 벗어나게 하려는 조
선 지식인의 논리 속에서 정당화되기도 하는 측면이 있다.[18] 즉, 식민
지배의 논리라고 하는 것은 기본적으로 식민주체에 의해 정책적으로
입안되고 이데올로기화되는 개념이지만, 한편으로는 피식민 주체의 내
면에서 구축되고 정당화되어가는 구조에 문제의 심각성이 있는 것이다.
제국의 식민지배 논리 하에 의도된 '조선 붐'의 절정에서 식민지 조선
의 문학자 김사량은 시대적 풍조와 교통(交通)하고 있는 자신의 내면과
마주하게 된다. 그리고 김사량이 느낀 식민지 지식인의 자기상실감은
조선과 같은 처지에 놓여있는 대만 문학자와의 연대로 표출된다. 다음
에서 이를 살펴보겠다.

2) 조선과 대만 문학자의 식민지적 연대

『빛 속으로』가 아쿠타가와상 후보에 오르는 등 일본문단에서 화제가
되고 있는 상황과는 대조적으로, 김사량은 석연치 않은 심경을 이듬해
의 『문예수도』를 통해 털어놓고 있다.

> 뭔가 커다란 북적거림 속에서 스프링이 붙은 듯 밖으로 튕겨 나온
> 것 같은 가슴 답답함을 느꼈습니다. 적어도 그 순간에는 그런 걱정이
> 들었습니다. 본래 자신의 작품이지만 「빛 속으로」에는 아무래도 시원
> 치 않은 것이 있었습니다. 거짓(噓)이다, 아직 자신은 거짓을 이야기

---

18) 앙드레 슈미드 저, 정여울 역, 『제국 그 사이의 한국—1895~1919—』 휴머니스
   트, 2007.8, 73쪽. 앙드레 슈미드는 이와 같이 민족주의자와 식민주의 둘 다를
   뒷받침하는 개념으로 '문명개화'를 파악하고 이를 "문명개화가 지니는 양면성"
   으로 표현하고 있다(p.285).

하고 있는 거라고 작품을 쓰고 있을 때조차도 자신에게 물었습니다.
(…중략…) 저는 현해탄을 건너는 삼등 선실에서 마침내 열이 났고
시모노세키(下關)에서 기차를 타고 가는 중에는 거의 쓰러질 지경이
었습니다. 그렇지만 저는 '그렇다, 이제부터는 더욱 참된 것(ほんとう
のこと)을 써야지' 하고 자신에게 몇 번이고 말했습니다.[19]

위의 인용 외에, 『빛 속으로』가 단행본으로 출간되었을 때 발문(跋文)
에서도 김사량은 "멈출 수 없는 기분에 쫓기듯 쓴 것"이라고 적고 있
다.[20] 즉, '내선문학'이라는 슬로건 하에서 식민지인의 일본어문학에 대
한 흥미가 고조되고 있는 시대적 풍조와 교통하며 써낸 작품이라는 김
사량의 자기비평이 드러나 있는 것이다. 이러한 때에 김사량은 대만의
룽잉쭝(龍瑛宗)에게 서신을 보내 자신의 심경을 고백한다.

김사량과 룽잉쭝이 『문예수도』를 통해 문학적 교류를 하고 있었다는
사실은 매우 흥미롭다. 룽잉쭝은 1937년 4월호의 『개조』에 『파파야 마
을(パパイヤのある街)』로 입선하여 일본 문단에 데뷔, 김사량보다 이른
1937년 8월호의 『문예수도』에 『도쿄 까마귀(東京の鴉)』를 발표한 후, 몇
차례에 걸쳐 『문예수도』에 작품을 싣는다. 1940년 7월호의 『문예수도』
에 룽잉쭝이 발표한 『초저녁달(宵月)』은 김사량의 『빛 속으로』를 의식하
며 쓴 소설이라고 평가될 정도로, 두 사람의 문학적 교류는 서로에게
영향력 있는 것이었다. 김사량은 룽잉쭝에게 보낸 편지 속에서 다음과
같이 이야기하고 있다.

귀형의 『초저녁달(宵月)』을 읽고, 저는 매우 강한 친밀함을 느꼈습

---

19) 金史良, 「母への手紙」, 『文藝首都』, 1940.4.
20) 『金史良全集Ⅳ』, 河出書房新社, 1973, p.67.

니다. 역시 귀형이 있는 곳도, 제가 있는 곳도 현실적으로는 똑같은
것만 같아서 전율하였습니다. 물론 그 작품은 현실폭로적인 것이 아
니라, 매우 있을 법한 일을 쓰려고 하신 작품이었습니다. 그러나 저는
그 속에서 귀형의 흔들리고 있는 손을 본 듯 했습니다. (…중략…) 저
도 언젠가는 그 작품을 개정할 수 있는 때가 오기를 진심으로 기다리
고 있는 중입니다. 좋아하는 작품은 아닙니다. 역시 내지인을 향한 작
품입니다. 저도 잘 알고 있습니다. 그것을 너무도 잘 알고 있는 까닭
에 두려운 것입니다.[21]

김사량의 위의 편지에 대해 룽잉쭝이 어떠한 답신을 보냈는지 자료가
남아있지 않기 때문에 확인할 수 없지만, 일본인을 대상으로 하는 『문
예수도』를 통해 이야기한 앞의 인용과, 같은 식민지의 문학자 룽잉쭝에
게 보내는 개인적인 서간문에서 말하고 있는 위의 인용은 그 어조가 사
뭇 다름을 알 수 있다. 즉, 전자를 통해서는 "가슴 답답함"을 느꼈다고
하면서 "거짓"이 아니라 "참된 것"을 써야겠다는 은유적인 표현에 머물
러 있는 반면, 후자에서는 『빛 속으로』가 "내지인을 향한 작품"이며 그
래서 "두려운" 거라고 자신의 속내를 명확히 드러내고 있는 것이다. 공
히 제국의 언어를 가지고 식민 종주국의 문단에 뛰어든 식민지 문학자
로서 느끼는 혼란과 자기상실감을 토로하면서 김사량과 룽잉쭝은 서로
교류하고 있었던 것이다.

또한 김사량은 위의 서신 속에서 대만 출신의 시인 우셴후황(吳伸煌)
이나 소설가 장원환(張文環)의 문학 활동을 묻고는, 중국의 문학자 루쉰

---

21) 下村作次郞, 『文學で讀む臺灣 支配者・言語・作家たち』, 田畑書店, 1994, p.212. 김
   사량이 룽잉쭝에게 보낸 서간의 전문(全文)이 황호덕, 「제국 일본과 번역(없는)
   정치」(『전쟁하는 신민, 식민지의 국민문화』, 2010, 소명, pp.165-166)에 소개되어
   있다. 본문 인용은 황호덕의 논문에 의했다.

(魯迅)에 대해서도 다음과 같이 언급하고 있다.

> 루쉰은 제가 좋아하는 분입니다. 그는 위대하였습니다. 귀형이야말
> 로 대만의 루쉰으로서 자신을 쌓아 올려 주십시오. 아니 이렇게 말해
> 서는 실례일지도 모르겠습니다. 다만, 루쉰과 같은 범문학적인 일을
> 해 달라는 정도의 의미인 것입니다. 저도 되도록 좋은 작품을 쓰려고
> 합니다. 초조해하지 않으며 건실히 해 나갈 작정입니다.22)

루쉰은 김사량뿐만 아니라 룽잉쭝도 좋아하는 문학자였다. 룽잉쭝의
소설 『파파야 마을』에는 『아큐정전』을 읽고 싶어 하는 지식인 청년이
등장해 다른 작중인물들과는 다른 상징성을 표현해내고 있는데, 상세한
내용은 후술하겠다. 여기서 지적하고 싶은 것은 김사량이 자성(自省)을
통해 근대적인 주체정신을 확립해간 중국의 비판적 지식인 루쉰을 매
개해 룽잉쭝과 연대하고 있었다는 사실이다. 제국의 문단에서 식민지인
이 느끼는 자기 상실감과 여기에서 오는 '두려움'을 식민지 지식인의 비
판적 연대를 통해 극복해가려는 김사량의 의지를 읽어낼 수 있다. 다음
에서 김사량 자신이 "내지인을 향한 작품"이라고 비판한 『빛 속으로』를
구체적으로 살펴, 그가 느낀 '두려움'에 대해 생각해보도록 하겠다.

---

22) 황호덕, 앞의 논문.

4. '경계'의 사유

1) 식민지 지식인의 내면—김사량 『빛 속으로』

『빛 속으로』의 공간은 '내지' 일본의 수도 동경이다. '나'는 S대학협회의 기숙인(寄宿人)으로 시민교육부에서 밤에 두 시간 정도 영어를 가르치면 되었다. 그런데 이곳으로 배우러 오는 사람들은 공장 근로자들이 많아 모두들 피곤해있는 가운데, 아이들만이 기운차게 소리를 지르며 놀고 있다. '나'는 이들로부터 '남 선생(南先生)'이 아닌 '미나미 센세(南先生)'라는 일본식 발음으로 불리고 있다. 이에 대해 '나'는 다음과 같이 생각한다.

> 처음에 나는 그렇게 부르는 것이 몹시 마음에 걸렸다. 그러나 후에 나는 이런 천진난만한 아이들과 놀기 위해서는 오히려 그 편이 나은지도 모른다고 생각하였다. 그러므로 나는 위선을 보일 까닭도 없고 비굴해질 이유도 없다고 몇 번이나 자신을 납득시켰다. 그리고 두말할 것 없이 이 아동부에 조선아이가 있다면 나는 억지로라도 남가라는 성으로 부르도록 요구했을 것이라고 스스로 변명도 하고 있었다.(pp.208-209)23)

23) 김사량은 1931년 말에 도일(渡日)해서 1942년 2월에 평양(당시 평양부)으로 귀향했다가 한국전쟁의 와중에 죽었다. 김사량은 유복한 기독교 집안에서 자랐고 그의 형은 고등문관시험에 합격해 총독부 고관이 되었다. 이와 같은 출신성분과 당시 북한의 정치 암투에 연루되면서, 김사량의 명예는 1987년이 되어야 비로소 회복된다. 1987년에 북한의 문예출판사에서 『김사량 작품집』이 출간된 것이 이를 방증하고 있다(안우식, 『김사량 평전』, 문학과 지성사, 2000, p.12 참조). 본문에서 인용하고 있는 『빛 속으로』의 내용은 문예출판사 1987년판에 의한 것이고, 구두점이나 맞춤법은 적절히 조정하였다. 이후 본문 인용은 인용 페이지만을 명시하기로 한다.

'나'는 자신의 이름이 일본식으로 불리는 것에 대해 주저하는 심리를 가지고 있으면서도 애써 이를 정당화시키려고 자기변명을 늘어놓고 있는 것을 알 수 있다. 그러던 어느 날, '이(李)'라는 조선 젊은이가 찾아와 조선어와 일본어 어느 쪽 언어로 이야기를 해야 좋을지 모르겠다고 '나'를 추궁했고, 이에 "물론 나는 조선사람입니다"라고 떨리는 목소리로 대답한다. "나는 자기가 조선 사람이라는 것을 숨기려고는 하지 않"지만, "자기 자신 속에 비굴한 것을 가지고 있었다"는 생각을 한다.

즉, 식민지 본국에 자신을 동일화시키고자 하는 욕망이 잠재해 있다는 사실이 타자의 시선을 통해 '나'에게 비춰졌을 때, '나'는 자신에게 "비굴"함을 느낀 것이다. 이와 같이 화자 '나'에는, 하루오나 '이'를 보고 있는 '나'가 있고, 그들에게 비춰진 '나'를 또 다른 층위에서 바라보는 '나'가 있다고 할 수 있다. '나'의 서사구조는 복합적인 층위를 구성하면서 자신의 내면을 계속 반추해가는 전개를 보인다.

그런데 평소 '나'를 '미나미 센세'라고 부르면서 한편으로는 조선인이지 않을까 의심하고 있던 야마다 하루오(山田春雄)라는 아이가 이 대화를 듣고, "선생님은 조선 사람이다!"고 외치게 되고, 이후 '나'와 소년과의 긴장관계는 현실화된다. 야마다 하루오의 일가는 조선에서 이주생활을 해왔기 때문에, 하루오도 "외지에 건너간 다른 아이들처럼 심보가 비뚤어진 우월감"을 가지고 있을 거라고 '나'는 생각한다. 조선 이주체험을 가지고 있는 일본인은 식민 모국에 대해서는 열등감을, 피식민자에 대해서는 우월감을 느끼는 이중성을 가지는 경향이 있다. 더욱이 하루오의 아버지는 일본인 아버지와 조선인 어머니 사이에서 태어났는데, 이러한 아버지와 조선인 어머니 사이에서 태어난 하루오는 자신의 정체성에 혼란을 느끼는 "이질적인 아이"로, '나'와 하루오 사이의 심리적 갈등은 고조되어간다.

하루오는 자신의 어머니가 조선인이 아니라고 부정하면서 '나'를 경계한다. 이것을 지켜본 '나'는 "혹시 이 애가 조선 아이가 아닌가"라고 의문을 품는다. 하루오가 '나'에게 가졌던 의문을 '나' 또한 하루오에게 던지고 있는 것이다.

그러던 중에 하루오의 어머니가 남편으로부터 폭행을 당해 병원에 입원하게 되고, 울면서 "나는 조선 사람이 아니에요"라고 외치는 하루오를 '내'가 안아주고 위로하면서 둘 사이의 갈등은 해소국면으로 접어든다. 아버지＝일본에 대한 무조건적인 헌신과 어머니＝조선에 대한 맹목적인 배척 사이에서 조화되지 못하고 있던 하루오의 어머니에 대한 강한 부정은, 오히려 하루오의 어머니에 대한 그리움을 말해주고 있는 것이라고 '나'는 생각한다. 이러한 일련의 과정을 통해 '나'는 다음과 같은 생각에 이른다.

> "나는 조선 사람이다. 조선 사람이다." 하고 외쳐대는 꼬치안주집의 사나이와 너는 도대체 무엇이 다르단 말인가. 그것은 또 자기는 조선 사람이 아니라고 외쳐대는 아마다 하루오의 경우와 본질적으로 아무런 차이도 없지 않은가. (…중략…) 그런데 어째서 조선 사람의 피를 받은 하루오만은 그럴 수 없는가? 나는 그 까닭을 너무도 잘 알고 있다. 그러므로 나는 이 땅에서 조선 사람이란 것을 의식할 때는 언제나 다른 사람들을 경계하지 않으면 안 되었다.(pp.224-225)

자신이 '조선인'이라고 드러내놓고 외치는 것과 '조선인'이 아니라고 강하게 부정하는 것은 본질적으로 차이가 없다고 '나'는 생각한다. 그러나 자신이 '조선인'이라는 것을 의식하면 할수록 사람들과 거리를 두려는 심리가 강해지는 이유에 대해, "이 땅"에서 살고 있기 때문이라고 '나'는 이야기한다. 여기에서 말하는 "이 땅"은 소설의 공간적 배경인 일본의 동경을 가리키는 말일 수도 있고, 또 한편으로는 일본의 식민지 상태에서 살아가고 있는 조선인 내면의 심상지도(mental map)로 유추해서 해석해볼 수도 있을 것이다. 즉, '조선인'임을 부정하는 하루오도, 그리고 '조선인'이라고 자처하지도 않거니와 부인도 하지 않는 '나'도, 결국 "이 땅"에 노출되어 있는 사람들인 것이다. '미나미' 혹은 '남'이라고 경계 지으려는 '욕망'이 아니라, 이미 경계적인 토포스에 있는 '나'의 실존의 문제를 '나'와 하루오의 서사구조가 환기시키고 있다고 할 수 있다.

아버지의 폭력으로 하루오는 어머니에 대한 애정을 확인하게 되고, 이를 계기로 '나'에게 마음을 열기 시작하면서 둘 사이의 갈등관계도 점차 해소되어간다. 다음은 소설의 말미이다.

> "선생님, 난 선생님 이름 알고 있어요."
> "그래?"
> 나는 가볍게 웃어보였다.
> "말해보려무나."
> "남 선생님이시지요?"하고 말하고 나서 그는 겨드랑이에 끼웠던 윗옷을 나의 손에 쥐어주며 기쁜 마음으로 돌계단을 뛰어 내려가는 것이었다.
> 나는 그제야 안도의 숨을 내쉬며 가벼운 걸음으로 그의 뒤를 쫓아 계단을 내려갔다.(p.242)

하루오가 '나'를 '조선인'인지 아닌지로 규정하는 대신에 '이름'을 가지고 인식하는 모습은 주의할 필요가 있다. 자신의 몸속에 흐르는 '조선인'의 피가 '나'에게도 흐르고 있다는 사실을 확인한 데서 오는 "기쁜 마음"이라기보다는, '남 선생'이라고 호명함으로써 자신 안에서 길항하고 있던 정체성 갈등이 '피'의 문제에서 '언어'=인식의 문제로 새롭게 방향 전환되어 나온 것이다. '내'가 느낀 안도감은 이러한 하루오의 전환에서 오는 것이라고 할 수 있다.

작중인물 야마다 하루오의 설정이 '피'의 개념에 의한 것이라면, '나'는 '언어'의 문제로 소환된다. 작자 김사량이 "내지인을 향한 작품"이라고 비평하고 있듯이, 조선인과 일본인 사이에서 태어난 하루오와, '미나미 센세'와 '남 선생'으로 분열되는 '나'의 설정은 당시의 화두였던 '내선결혼(內鮮結婚)'이나 '창씨개명'같은 일제의 통합 이데올로기를 대변하고 있음은 부인될 수 없다. 그러나 병원에 입원해 있는 하루오의 어머니를 찾아가 "내 성은 남가입니다"라고 말하고 있는 '나'와, "하루오는 일본 사람입니다"고 말하는 하루오 어머니의 진술은 서로 대조를 이루며, '피'의 문제가 아닌 '언어'의 문제로써 식민지를 살아가는 조선인의 정체성 문제를 풀려고 하는 '나'의 의지가 표명되어 있음을 알 수 있다.

소설의 전반부에서는 '이'에게 조선인임을 추궁당했을 때 '나'는 "조선사람입니다"고 대답했는데, 하루오와의 관계를 통해 "조선사람"으로서가 아니라 "남가"로서 자신의 정체성을 드러내고 있는 것이다. 즉, 하루오와의 갈등과 해소의 과정을 겪으면서 '나'의 내면에도 변화가 일어난 것으로, '나'는 이에 대해 작중 세계에서 구체적으로 이야기하고 있지는 않지만 매우 상징적인 결말이라 하지 않을 수 없다.

'피'라는 민족담론으로 경계 지으려는 제국과 식민지의 욕망에 의문을 제기하면서, '언어'라는 인식의 기제로 식민지인의 실존 문제를 묻고 있는 작자 김사량의 문제의식이 잘 드러나 있다고 할 수 있다. 『빛속으로』는 "내지인을 향한 작품"이라고 작자 스스로 비판한 문제의 소지를 내포하고 있는 것은 틀림없지만, '나'와 하루오의 서사구조는 당국의 식민 정책을 전도시키는 효과를 가져오고 있는 것이다. 이후 김사량 텍스트에서 '언어'의 문제는 시대를 표현해내는 의미기제로써 작용해간다.

2) 제국과 식민지의 혼종 공간-룽잉쭝 『파파야 마을』

식민지인이 느끼는 자기정체성 문제는 같은 식민지의 처지에 놓여있던 대만의 룽잉쭝에게도 보인다. 룽잉쭝도 김사량과 마찬가지로 일본문단에서 높이 평가받고 있던 만큼 그 혼란은 적지 않았을 것으로 생각된다. 룽잉쭝은 김사량보다 먼저 일본문단에 데뷔했다. 일본어로 글을 써서 일본문단에 인정받은 대만의 문학자는, 1934년 10월호의 『문학평론(文學評論)』에 『신문배달부(新聞配達夫)』를 게재한 양쿠이(楊逵, 1905~1985)부터 시작되었다고 할 수 있다. 『신문배달부』는 1932년에 『대만민보(臺灣民報)』에 발표된 적이 있는데, 이때는 소설의 전반부만 발표되고 후반부는 간행금지 처분을 받았었다. 그 후 양쿠이는 동 작품으로 일본의 『문학평론』에 응모하여 2등으로 당선(1등 없음), 작품의 전문(全文)이 게재되기에 이른 것이다.

『문학평론』(1934.3~1936.8)은 일본 프롤레타리아작가동맹 해체 성명이 나온 것과 시기를 같이 하여 창간되었는데, 프롤레타리아문학운동의 정치주의적 편향을 지양하고 전진적인 문학운동의 재조직이라는 방침을 내세워 좌익계 출판사 나우카 사(ナウカ社)에서 발행한 잡지이다.

장혁주의 『아귀도』가 그랬던 것처럼, 1930년대 전반에 시작된 식민지 문학자의 일본문단 진출은 조선과 대만 공히 프롤레타리아문학 계열의 작품으로 시작된 것을 알 수 있다. 1930년대 중반 이후가 되면 일본문단에서는 전향 선언이 이어지고 국책문학이 성행하면서 프롤레타리아문학은 궤멸 상태에 이르지만, 1920년대 후반부터 1930년대 전반까지는 프롤레타리아문학이 일본문단을 석권하고 있었다고 해도 과언이 아닐 정도였다. 식민지에서는 엄격히 적용되던 검열제도도 동 시기 일본에서는 허용의 폭이 넓었던 만큼, 식민지의 문학자는 일본의 프롤레타리아 문학 계열의 잡지와 연대하며 작품을 발표하는 경향이 많았던 것이다.

양쿠이의 작품을 계기로 대만 작가의 작품이 일본의 잡지 미디어에 계속해서 게재된다. 그 대표작으로 뤼허뤄(呂赫若, 1914~1951)의 『소달구지(牛車)』(『문학평론』 1935.1), 룽잉쭝의 『파파야 마을』(『개조』 1937.4) 등이 있다. 『파파야 마을』은 장혁주의 『아귀도』와 마찬가지로 잡지 『개조』의 현상공모에 응모해 입선한 작품이다. 식민지문학을 포섭해 대중적인 상업성을 의도한 『개조』의 출판 전략과 호응하며, 조선뿐만 아니라 대만의 식민지 문학도 일본문단의 외연을 확장시키고 있었던 것이다.

룽잉쭝의 『파파야 마을』은 천여우산(陳有三)이 읍사무소에 근무하기 위해 "이곳 마을"에 도착하는 장면에서 소설이 시작되고 있다. 구체적인 지명은 소거된 채 "이곳 마을"이라고만 칭하고 있지만, 화자는 <지리안내>라는 책자를 펼쳐놓고 "이곳"의 역사와 지역적 특성을 상세히 서술하고 있다. 즉, "이곳"의 지명은 밝히고 있지 않은 것이 아니라, 오히려 '소거'되었다고 보는 것이 타당할 것이다. 이러한 방법이 가져오는 효과는 무엇일까? 이야기의 무대가 특정한 어느 한 장소를 배경으로 하지 않는 허구(虛構)의 공간이며, 따라서 식민지의 어느 곳으로도 대표될 수 있는 추상성을 지닌다고 볼 수 있다.

주로 천여우산에 초점화된 화자는 주변의 중등학교를 졸업한 인텔리겐차 청년들을 차례차례 묘사해간다. 같은 읍사무소에 근무하는 따이츄후(戴秋湖)는 주변에 있는 대만인에 대해 "일본말도 제대로 못하는 공학교 졸업생 주제에 중등학교 출신들을 부하 직원으로 거느리고 있으니 얼마나 자신이 대단해 보이겠어요"라고 천여우산에게 이야기한다. 즉,

중등학교를 나온 것과 일본어를 구사할 수 있는 능력이 자신을 주변의 다른 본도인(本島人)과 구분 짓는 척도로서 여겨지고 있는 것이다. 천여우산에게 숙소를 소개해준 홍티엔송(洪天送)은 "내지인 풍으로 품이 넓은 유카타를 질질 끌리게 걸치고 앉아 부채를 파닥파닥 부치"는 사람으로, "그의 이 세상에서의 유일한 소망은 몇 년을 참고 기다렸다가 일정한 위치에 오르게 되면 내지인 풍의 집에 살면서 내지인 풍의 생활을 하는 것이었다".

　이와 같이 주변의 본도인으로부터 우월적인 거리에서 '내지인'에 동일화하려는 인물에 천여우산도 예외는 아니었다

　　　인색하고 교양 없고 저속하고 불결한 집단이 바로 그의 동족이 아닌가? 단돈 1원 때문에 입정 사납게 서로 욕하며 싸우고, 서로 으르렁대지 않으면 상대에게 눈을 부라리는 전족 한 할망구들. 평생을 터럭 하나 뽑지 않을 듯 인색하기 짝이 없다가도 혼례나 장례 같은 애경사 때에는 남의 빚까지 내어다가 마구 야단법석을 떨어대고, 또 걸핏하면 남을 속이는 게 다반사고 소송하기 좋아하는 사람들이나 교활한 상인들. 이런 사람들은 중등학교를 졸업한 소위 신지식인이라 일컬어지는 천여우산의 눈에는 향상과 발전이란 모른 채 어두운 삶에 만연되어 있는 비굴한 잡초들처럼 보였다. 천여우산은 자신이 그들과 동렬의 사람으로 취급되는 것이 너무나 싫었다. (…중략…) 그래서 그도 늘 와후쿠(和服)를 입고 일본어를 사용하며 남보다 더 높은 자리에 오르기 위해 무진 애를 썼다. 자신은 동족과는 다른 존재임을 인정받고 싶었고 거기에서 위안을 느끼고자 했다.(p.128)

　천여우산은 중등학교를 졸업한 "신지식인"을 자처하며 자신이 동족과는 다른 존재임을 내세워 주변의 속된 본도인을 경멸하고 그들로부

터 자신을 차별화시켜간다. 그 차별화 방법이라는 것은 바로 '내지인'
의 옷차림을 하고 '일본어'를 사용하는 것이었다. 즉, 주변의 속된 동족
으로부터 우월적인 존재로 인정받기 위해 자신을 '내지인'에 동화시켜
가는 것이었다. 그런데 곧바로 이어지는 서술에서 화자는 이러한 천여
우산의 태도를 냉소적으로 비판하고 있다.

> 그러나 월세 3원짜리의 곳간 같은 토간(土間)에서 대나무로 된 타
> 이완식 침대에 와후쿠를 입고 누워있는 천여우산의 모습을 보노라면
> 정말 우습기 짝이 없는 장면을 보는 것과 같았다. 더구나 그는 그렇
> 게 누워서 거의 실현 불가능한 꿈을 꾸곤 했다. 운이 좋으면 내지인
> 처녀와 연애해서 결혼할 수도 있으리라. 그 때문에 '내대공혼법(內臺
> 共婚法)'이 공포된 것이 아니겠는가? 아니, 결혼하는 것보다는 상대방
> 의 양자가 되는 게 더 낫겠다. 그렇게 되면 내지인으로 호적도 바꿀
> 수 있을 것이고(…하략…)(pp.128-129)[24]

철저히 내면화된 식민근성의 소유자 천여우산에 대한 부정적인 서술
은, 그러나 "정말 우습기 짝이 없는 장면을 보는 것과 같았다"와 같이 조
롱하는 화법으로 이어지면서 회화화(戱畵化)되고 만다. 이들은 본도인을
경멸하며 자신이 그들과는 다르다고 생각하면서 '내지인'의 흉내를 내지
만, 이것은 어디까지나 흉내를 내고 있을 뿐 결국 그들은 식민자가 되지
못하고 조롱되고 마는 것이다. 이렇게 속된 작중인물들이 모두 회화화된
곳에, 파파야 나무가 한결같이 우뚝 솟아 이들을 내려다보고 있는 구도
는, 식민지인들의 속된 인물군상을 풍자하는 효과를 더하고 있다.

---

24) 송승석 편역, 『식민주의, 저항에서 협력으로 −일제말 타이완 일본어 소설선−』,
   역락, 2006. 이후 『파파야 마을』의 본문 인용은 페이지 수만을 명기하겠다. 밑줄
   은 인용자에 의한 것임.

그런데 작중인물 중에 유일하게 속된 인물로 설정되지 않은 사람이 한 명 있다. 바로 "린싱난(林杏南)의 큰아들"이 바로 그러한데, 그는 일을 하면서 면학에 힘쓴 나머지 몸이 약해져 병이 나 있는 상태이다. 그러나 지식을 넓히는 일을 게을리 하지 않는 이상적인 식민지 지식인으로 설정되어 있다. 그는 사회주의 사상서를 읽고 감동하고 루쉰의 『아큐정전』이나 고리끼의 작품을 읽고 싶어하지만, 결국 병사하고 만다. 죽을 때 "린싱난의 큰아들"은 천여우산에게 "지금은 비록 끝없는 어둠과 슬픔뿐이지만 머지않아 아름다운 사회가 도래할 것이다"는 암시적인 메시지를 남긴다. 결국 출세도 연애도 성취하지 못한 천여우산이 고인(故人)의 유언을 떠올리는 장면에서 소설은 끝이 난다.

한 가지 흥미로운 점은 소설의 마지막까지 "린싱난의 큰아들"은 그 이름이 밝혀지지 않는다는 점이다. 린싱난의 다른 자식들의 이름은 모두 명시되지만 이 이상적인 식민지 지식인에게만 고유명이 부여되어 있는 않은 것이다. 왜 화자는 "린싱난의 큰아들"이라고만 부르고 있는 것일까? 한 가지 분명한 점은, 그를 제외한 대부분의 인물은 속된 식민근성의 소유자로 조롱되고 있는데 반해, "린싱난의 큰아들"은 진정한 식민지 지식인으로 묘사되고 있다는 점이다. 이는 이 소설의 공간적 배경을 "이곳"이라고만 하고 있는 것과 같은 문맥에서 이해해볼 수 있을 것이다. 즉, 고유성을 소거해 추상화시킴으로써 개인의 문제를 넘어 식민지 지식인이라는 상징성을 표현하기 위한 장치로 기능하고 있다고 볼 수 있다.

이상에서 살펴본 바와 같이, 이상적인 식민지 지식인은 결국 죽고, 작중 세계에는 희화화된 식민지인들만이 남아있을 뿐이다. 이러한 공허한 작중세계에 제국과 식민지의 경계를 허무는 공간이 펼쳐진다. 이곳은 바로 홍등가이다.

마을에 들어서자마자 보이는 역 앞길은 읍내에서 가장 그럴싸한 곳이다. 그 한쪽에는 붉은 벽돌로 지은 이층 건물이 덩그러니 하나 있는데 이곳이 바로 홍등가이다./ 북부에서 온 듯 보이는 나이 어린 매춘부들이 아주 화려하고 야한 상하이 옷차림으로 지나는 행인들에게 노골적인 추파를 던지거나 누런 이를 드러내며 웃음을 흘리고 있었다. 맞은편에는 잉팅(鶯亭)이라고 하는 조선루(朝鮮樓)가 있었고, 또 내지인 기방(妓院)이 있었다.(pp.140-141)

위의 인용에서 알 수 있듯이, 이곳 홍등가는 대만인뿐만 아니라 조선인, 일본인이 모두 모여 있는 혼종적인 공간이다. 즉, 사회의 최하층으로 침륜하는 군상이 제국과 식민지의 구별 없이 식민지 공간에서 서식하고 있는 것이다. 이곳에서는 '제국'과 '식민지'를 경계 짓는 것 자체가 무의미하다. 김사량의 경우처럼 '언어'의 갈등이 존재하지도 않는다. 단지 육체적인 '욕망'이 난무할 뿐이다. 민족과 언어의 고유성보다 '욕망'이 전제되는 식민지의 공간. 이곳이야말로 제국과 식민지가 혼종되어 있는 공간의 강력한 은유가 아니고 무엇이겠는가.

5. 맺음말

이상에서 식민지 조선의 문학자가 근대 일본문단과 어떻게 관련되고 있었는지, 그리고 같은 식민지 경험을 가지고 동 시기에 일본문단에서 활동하고 있던 대만의 문학자와 어떤 연대를 형성해갔는지를 살펴보았다. 이를 통해 식민지 조선과 대만의 문학이 제국의 문단에 어떠한 문제를 묻고 있는지 생각해보았다.

일본문단에 식민지 조선의 문학자가 본격적으로 진출하는 것은 1930년대 이후로, 그 중심에 장혁주와 김사량이 있었다. 장혁주는 상업적인 출판 전략을 가지고 식민지 문학을 적극 포섭하려 했던 종합잡지『개조』를 통해서, 김사량은 신흥문학의 거점으로 자리 잡고자 한 동인지『문예수도』를 통해서 제국의 문단으로 치고 나간 것이다. 두 사람의 문학이 일본에서 인지도를 얻게 되면서 가히 '붐'이라고 할 수 있을 정도로 조선문학에 대한 관심이 높아졌다. 식민지 문학을 포섭해 제국의 이데올로기를 구현하려 한 시대풍조에 이들의 문학이 가세한 것이다.

문학언어는 어떠한 형태로든 정치사회적 문제로부터 자유로울 수 없다. 하지만 그럼에도 불구하고 문학자는 결코 시대상황으로부터 수동적인 위치에 머물러 있지만은 않는다. 김사량은『빛 속으로』를 통해 제국의 문단에 식민지 조선인이 일본어로 글을 쓴다는 것의 의미를 되묻고 있다. 이러한 그의 문제의식은 대만의 문학자 룽잉쭝과의 식민지적 연대로 이어진다. 김사량 자신은 '내지인을 향한 작품'이라고 비판하고 있지만,『빛 속으로』의 서사구조는 식민지 지식인의 '경계'적 사유를 환기시키고 있다. 그리고 김사량과 식민지 지식인의 내면에 대한 문제의식을 공유하고 있던 룽잉쭝은 소설『파파야 마을』을 통해, '제국'과 '식민지'를 경계 짓는 것 자체가 무의미한 혼종적인 공간을 표현해내고 있는 것이다.

[제3부]

식민지 이후의 일본어문학

▶ 재일조선인 김시종의 밤을 기다리는 노래

▶ 해방과 패전을 가로지르는 김석범의 『1945년 여름』

▶ 재일조선인 김시종의 밤을 기다리는 노래

1. 들어가는 말

해방과 패전을 가로지르며 형성된 재일조선인 사회에서 남북한과 일본 어느 쪽에도 적을 두지 않고 '경계인'으로 불려온 시인 김시종. 그도 반세기에 걸친 재일 사회의 변천에 조응하며 변화해왔다. 김시종은 2004년에 대한민국 국적을 취득했고,[1] 코리아국제학원(KIS, 2008년 오사카에서 개교)의 설립준비위원장을 맡아, "과거의 틀로 규정할 수 없을 정도로 중층화(重層化)"된 재일 다문화 공생사회의 젊은이들을 육성하겠다고 말했다.[2] 그의 말대로 오늘날 재일 사회는 민단과 조총련으로 대별되는 남북한 조직의 차이뿐만 아니라, 올드커머(old comer)와 뉴커머(new

---

1) 김시종은 현재 한국 국적을 취득한 '재일한국인'이지만, 북한에 적을 두는 '재일조선인'도 남한에 적을 두는 '재일한국인'도 같이 재일을 사는 입장에서 구분하지 않고 부른 김시종의 주장을 받아들여, 이 글에서는 김석범과 같이 북한도 남한도 아닌 분단되기 이전의 '조선'을 지향하는 개념까지 포함해 총칭으로서 '재일조선인' 개념을 사용한다.
2) 인터넷 경향신문, 2015년 1월 23일 검색.
   http://news.khan.co.kr/kh_news/khan_art_view.html?artid=200706181754011&code=210000

comer)가 만들어내는 세대적 차이, 그리고 일본에 거주하는 다른 외국인
과의 상호 공생적인 문화의 다양성 등으로 중층성이 확대되고 있다. 남
과 북을 아우르고 한반도와 일본 열도를 매개하는 재일의 실존적 의미
는 김시종이 시 창작을 시작했을 때부터 제기한 문제임과 동시에, 탈식
민의 사유와 통일이라는 민족적 과제를 안고 있는 현재 한국사회에 여
전히 중요성을 더하고 있다. 이 글은 식민과 분단을 넘어 재일(在日)을
사는 김시종의 시 창작의 의미를 그 기점(起點)에서 살펴보려는 것이다.

2. 첫 창작시집 『지평선』

김시종은 1929년 함경도 원산에서 태어나 외가가 있었던 제주도에서
유년시절을 보내고 중학생이 되어서는 어머니가 자란 전라도 광주에서
지냈다. 1937년 중일전쟁 이후 황민화정책이 극에 달하면서 일본어＝
고쿠고(國語) 상용이 강제됨에 따라 '황국소년'으로서의 교육을 받으며
자랐다. 일본어 동요나 창가를 부르고 일본어로 번역된 세계문학전집을
읽으면서 자아를 형성해간 김시종에게 17세 광주사범학교 재학 중에
맞이한 조국의 해방은 당혹스러운 변화를 갖다 주었다. 어느 날 갑자기
조선어로 언어 상황이 바뀌면서 일본어로 형성해온 의식의 질서가 무
너졌기 때문이다. 해방 후, 김시종은 다시 조선어를 배우기 시작했고
사회주의 운동에도 관심을 기울였다. 그러나 곧이어 일어난 제주 4·3
항쟁에 가담했다가 탄압을 피해 1949년 5월에 일본으로 밀항했다. 이
후 오사카의 조선인 거주지 이카이노(猪飼野)에 정착해 현재에 이르기까
지 '재일'의 삶을 살고 있다.

일본에 정착한 김시종은 1950년부터 창작시를 발표해 1955년에 첫

시집 『지평선(地平線)』을 펴냈는데, 그간의 사정을 간단히 살펴보면 다음
과 같다. 1949년 8월에 일본공산당에 입당하고 민족대책본부(약칭, 민대)
의 지도하에 민족학교 재건을 위해 일하는 한편, 1951년 오사카 재일조
선인문화협회에서 발간한 잡지 『조선평론(朝鮮評論)』의 운영에도 참여했
다. 김시종은 『조선평론』 창간호에 「유민애가」를 발표하고 김달수와도
친분을 쌓았다. 그리고 김석범에 이어 4호부터 편집 실무를 맡았다.

시 창작은 1950년 5월 26일자 『신오사카신문』에 「꿈같은 일」을 발표하
면서 활동을 시작했다. 한국전쟁을 기해 민대에서 잡지 창간의 명령이 재
일조선인 조직인 재일조선통일민주전선(약칭 민전)에 하달돼, 1953년 2월에
김시종이 주축이 되어 잡지 『진달래(チンダレ)』를 창간했다. 1955년 5월에
재일본조선인총연합회(약칭, 조총련)가 결성되면서 북한으로의 귀국운동이
활발해지고 조선인은 조선어로 창작을 해야 한다는 문화방침이 나오는
가운데, 김시종은 조총련에 속해있으면서 귀국도 하지 않고 시창작도 일
본어로 계속해 당시 조총련 조직원으로부터 비판의 대상이 된다. 이러한
시기에 나온 첫 창작 시집이 바로 『지평선』(チンダレ發行所, 1955.12)이다.

『지평선』은 김시종이 일본으로 건너가 재일조선인 조직에서 활동하
던 1940년대 후반부터 1950년대 중반까지 쓴 시를 엮은 것이다. 심근
장애로 병원에 입원해 있는 가운데 출간되었는데, 발매 일주일 만에 다
팔릴 정도로 반향이 좋았다.[3] 두 번째 시집 『일본풍토기(日本風土記)』(國
文社, 1957)를 발간한 다음 『일본풍토기Ⅱ』도 기획되었는데, 조총련 조직
과 김시종의 갈등, 잡지 『진달래』의 해산 등을 겪으면서 무산되고 이윽

---

3) 800부 한정판, 정가 250엔(円). 판매대금은 투병비로 충당했다. 홍윤표나 허남기,
   오임준 같은 조선인 문인 외에도 일본인에게도 반향이 좋았다. 이듬해 2월에 오
   사카조선인회관에서 출판기념회가 열렸다. 磯貝治良, 黑古一夫編, 『〈在日〉文學全
   集 5』, 勉誠出版, 2006, p.362.

고 세 번째 시집인 『니이가타(新潟)』(東京新聞出版局, 1970)[4]가 장편시집으로 출간됐다. 1960년대에 조총련 조직과 재일조선인 문인들과의 갈등이 고조되는 상황은 동료문인 김석범에게도 보이는 문제로,[5] 일본어로 글을 쓰는 것의 의미를 되묻는 가운데 재일조선인의 일본어문학에 대한 의미 부여가 새롭게 이루어지는 시기이다. 이후, 『이카이노시집(猪飼野詩集)』(東京新聞出版局, 1978), 『광주시편(光州詩片)』(福武書店, 1983), 『들판의 시(原野の詩1955-1988)』(立風書房, 1991), 『화석의 여름(化石の夏)』(海風社, 1998), 『잃어버린 계절(失くした季節)』(藤原書店, 2010) 등을 출간했다.

3. 『지평선』의 '밤'을 기다리는 노래

시집 『지평선』은 「밤을 바라는 자의 노래(夜を希うもののうた)」와 「가로막힌 사랑 속에서(さえぎられた愛の中で)」의 두 부분으로 구성되어 있는데, 「자서(自序)」에 다음과 같이 적고 있다.

자신만의 아침을
너는 바라서는 안 된다.
맑은 곳이 있으면 구름 진 곳이 있는 법이다.
무너지지 않는 지구의 회전을
너는 믿고 있으면 돼.
해는 네 발밑에서 뜬다.
그리고 큰 호를 그리고

---

4) '니이가타'라는 장음 표기는 한국에서 번역 출판될 때 김시종의 요망에 의한 것이다. 곽형덕 옮김, 『김시종 장편시집 니이가타』, 글누림, 2014, p.199.
5) 김계자, 「환기와 소거, 그리고 일본어문학 : 김석범의 『1945년 여름』」, 『한림일본학』, 2014.12, p.166.

반대쪽 네 발밑으로 저물어간다.

도달할 수 없는 곳에 지평이 있는 것이 아니야.

네가 서 있는 그 지점이 지평이다.

그야말로 지평이다.

멀리 그림자를 늘어뜨리고

기운 석양에는 작별인사를 해야 한다.

<u>완전히 새로운 밤이 기다리고 있다.</u>

≪<u>自分だけの　朝を</u> / おまえは　欲してはならない。/ 照るところ
があれば　くもるところもあるものだ。/ 崩れ去らぬ　地球の廻轉
をこそ / おまえは　信じていればいい。/ 陽は　おまえの　足下か
ら昇つている。/ それが　大きな　弧を描いて / その　うらはらの
おまえの足下から没してゆくのだ。/ 行きつけないところに　地平
があるのではない。/ おまえの立つている　その地点が地平だ。/
まさに　地平だ。/ 遠く　影をのばして/ 傾いた夕日には　サヨナ
ラをいわねばならない。// <u>ま新しい　夜が待つている。</u>≫[6]

　시집의 제명이기도 한 '지평선'은 조국을 떠나 일본에서 살게 된 김
시종에게 갈 수 없는 곳으로서 그 너머에 있는 고향(조국)에 대한 원초
적 그리움을 담고 있는 시어이다. 그러나 한편에서는 "네가 서 있는 그
지점이 지평이다"고 하고 있듯이, 재일디아스포라로 살아가는 김시종의
현실인식과 재일의 실존적 의미를 표현하고 있는 말이기도 하다.

　그런데 위의 「자서」에서 보면, '밤'이 '아침'과 호응관계를 이루며 시
적 화자는 '밤'을 기다리고 있다. 재일조선인 3세로 김시종을 연구하고

---

6) 磯貝治良, 黑古一夫編, 앞의 책, p.78. 이하, 『지평선』본문 인용은 쪽수만 명기함.
밑줄 인용자. 이하 동일.

있는 오세종은 이 시가 '아침'이 아니라 '밤'에 입각하고 있는 것은 '밤'
이나 '어둠(闇)' 속에 잠재해 있는 다른 가치를 찾아내 일본 고유의 '단
카적 서정(短歌的 抒情)'을 부정하려 한 시집 『니이가타』와의 연속성이 보
인다고 하면서 김시종의 장편 지향을 언급했다.[7] 오세종의 논고는 김
시종의 일련의 시작 속에서 『지평선』을 바라봤을 때 매우 흥미로운 관
점을 제시하고 있다. 그런데 이 글에서는 『지평선』이 김시종이 일본어
시작 활동을 통해 세상 속으로 나가려고 한 첫 번째 시집이라는 점에
주목해 그 의미를 분석하고자 한다. 김시종이 시작(詩作)의 기점에서 언
급한 '밤'은 어떤 의미인가?

시적 화자가 기다리고 있는 것은 '아침'과 대조되는 그냥 '밤'이 아
니라, "완전히 새로운 밤"이다. 정확히 말하면, "완전히 새로운 밤"이
시적 화자를 기다리고 있는 것이다. 밤은 빛이 소멸된 상태인데, 그렇
다면 빛이 의미하는 바는 무엇인가? 김시종에게 빛은 곧 '말'이며 의식
이 미치는 영역을 의미한다.

> 말은 사람의 의식을 관장하는 것입니다. 인간의 사유 사고는 말에
> 의해 길러집니다. 실어증에 걸린 사람에게는 사리 판단이 서지 않습
> 니다. 어둠 속의 빛처럼 말이 미치는 범위가 빛의 안쪽입니다. 이것을
> 하이데거는 '말은 존재의 주거'라고 했습니다만, 의식의 존재로서 자
> 리 잡은 최초의 말이 나에게는 '일본어'라고 하는 다른 나라의 말이
> 었습니다. 즉, '일본어'는 내 의식의 저변을 형성하고 있는 나의 사고
> 의 질서인 것입니다. 일본인이 아닌 조선인인 제가 말입니다. 일찍이
> 일본의 멍에로부터 식민지시대의 내가 해방된 지 삼십 수년이 되는데,
> '일본어'는 지금도 내 의식의 관문 자리를 내주려고 하지 않습니다.[8]

---

7) 吳世宗, 「リズムと抒情の詩學―金時鐘『長篇詩集　新潟』の詩的言語を中心に―」, 一橋大
   學大學院言語社會研究科, 2009, p.137.

즉, 의식을 주관하는 말이 미치는 범위가 '빛'이 비추는 곳이기 때문에, 어둠은 말로써 의식할 수 없는 세계를 의미한다. 김시종에게 의식이 작용하는 '말'이라고 하는 것은 곧 '일본어'이기 때문에 일본어로 의식되지 않는 세계가 곧 '어둠'이요, '밤'이 되는 것이다. 그렇지만 "완전히 새로운 밤"이라고 하고 있는 이상, 기존에 일본어로 인식해온 세계역시 부정되고 있음을 알 수 있다. 해방 이후에 맞닥뜨린 언어 곤란에대해 김시종은 다음과 같이 말하고 있다.

> 표현에 종사하고 있는 자로서 말의 문제에서 보면 '종전'은 해방을 가져오고 해방은 모국어인 조선어의 회복을 나에게 가져왔지만, 벽에 손톱을 긁는 마음으로 익힌 조선어조차 일본어에서 분광되는 말일 뿐이었다. 앞서 말한 바와 같이 프리즘이 빛을 나누는 것과 같은 상태로밖에 조선어가 인식되지 않았다. 이 도착(倒錯)된 사고 경로가 내 주체를 관장하고 있다. 이것이 <u>나의 일본어</u>인 것입니다.9)

일제강점기를 거치면서 내면화된 일본어로부터 자신을 끊어내기 위해 숙달된 일본어를 뒤틀어 어눌하게 표현하는 것이 '일본어에 대한 자신의 보복'10)이라고 김시종은 말한다. "도착된 사고"를 통해 만들어지는 또 하나의 '일본어'가 바로 "나의 일본어"로 표현한 김시종의 시세계이다. 일본어에 균열을 파생시켜 인식의 전도를 꾀하려 한다는 의미

---

8) 金時鐘, 「私の出會った人々」, 『「在日」のはざまで』, 1986. 인용은 『＜在日＞文學全集 5』(p.223)에 의함.

9) 金時鐘, 『わが生と詩』, 岩波書店, 2004, p.10.

10) 金時鐘, 『わが生と詩』, 岩波書店, 2004, p.30. 김시종이 일본어 표현을 뒤틀어 일본어 중심의 세계에 저항성을 보이고 있음을 논한 대표적인 논고에 이한정, 「김시종과 일본어, 그리고 '조선어'」(『현대문학의 연구』 45, 2011), 하상일, 「이단의 일본어와 디아스포라의 주체성」(『재일 디아스포라 시문학의 역사적 이해』, 소명출판, 2011) 등이 있다.

에서 "도착된 사고"는 부정적인 의미가 아니라 오히려 적극적인 의지
의 표명으로 보인다. 전술한 "완전히 새로운 밤"도 같은 의미에서 이해
할 수 있다. 앞으로 자신이 써갈 시는 혼미하지만 이전과는 완전히 다
른 세계로 던져질 것임을 기대하고 있다. 일본인의 일본어와 동질화될
수 없는 차이를 표명한 것으로, 재일조선인으로서의 주체적 의미를 보
여주고 있는 것이다. "네가 서 있는 그 지점이 지평이다"고 한 재일의
실존적 의미도 여기서 찾을 수 있다.

　「자서」에서 또 하나 유의해 읽어야 할 표현이 있다. "혼자만의 아침
을/너는 바라서는 안 된다"고 부정 명령으로 시작하고 있는 표현인데,
'너'를 시인 자신이라고 생각하면 고립되고 내성화하는 자신을 타이르
고 감상적인 모습을 떨쳐버리려는 시적 화자의 결연한 의지를 읽어낼
수 있다. '밤'의 어둠이 이미지화하는 내밀성에 침잠해 맞이하는 혼자
만의 아침이 아니라, 집단적이고 연대하는 재일조선인 일본어 시문학을
시사하고 있다. 주체적이되 고립하지 않고, 실천적 연대로서의 '시' 창
작을 지향하는 의지가 잘 표현되어 있다.

　「자서」 외에도 『지평선』에는 '밤'을 노래하는 시가 다수 수록되어 있
다. 그중 「밤이여 어서 오라(夜よ はよ來い)」(1951.8)는 시는 한낮의 태양
과 대비시켜 밤의 어둠을 이야기하고 있다.

　　해바라기가 병이 들었다
　　밤이여 어서 오라
　　불꽃으로 태어난 아이가 열에 시달린다

　　천만인의 바람이
　　그의 목을 비틀었다.

푹 늘어뜨린 목덜미에
태양이 내리쬔다—

밤이여 어서 오라
낮만을 믿었던 자에게
무장한 밤을
알려주자

차가운 밤기운
끝을 알 수 없는 깊은 어둠
해바라기여 해바라기여
태양의 추종을 멈춰라!

정말로
그대가 태양의 사도라면
늘어진 낮을 단념하라!
밤을 받고 내일을 믿으라

새벽의 서광에
그대의 머리를
다시 들어라!
밤이여 어서 오라, 어서 오라
사람이, 말이, 꽃이
땀투성이다……

≪ひまわりが 病氣だ / 夜よ　はよ來い、/ 炎の 申し子が / 熱にうなされたんだ、　// 千万人の　希いが / 彼の首を　曲げちやつた、/ がくんと　たれたうなじに / 太陽が　照りつく─ // 夜よ　はよ來い / 晝だけを 信じてたものに / 武裝の　夜を / しらして　や

るんだ、// ひやつこい　夜氣 / そこ知れぬ　闇のふかさ / ひまわ
りよ、　ひまわりよ、/ 太陽への　追從を止めよ！ // 眞實、/ 君が
太陽の　使徒なら、/ たるんだ書に　見きりをつけろ！ // 夜を信
じ　明日を信じ、// 夜明けの曙光に / 君の　こうべを / もちなお
せ！ / 夜よ　はよ來い　はよ來い / 人が馬が、花が / 汗だく
だ……≫(p.85)

이 시 말미에는 '샌프란시스코 단독강화조약을 앞두고'라는 부기가
있다. 일본이 전후의 피점령 상태에서 주권을 회복하는 계기가 되는 샌
프란시스코조약 성립 움직임을 지켜보면서 노래한 시로, 근린 동아시아
를 비롯해 많은 사람들을 힘들게 한 일본 천황('태양')과 이를 추종하는
일본인('사도')에게 비판하는 장치로 '밤'을 불러들이고 있다. 패전 후의
일본을 그전으로 되돌리려는 광기를 차가운 이성으로 경고하고 있는
시라고 할 수 있다.

이하는 「밤(夜)」이라는 시의 일부분이다.

동포여
등불을 켜자
막을 칠 필요 없이
생각하는 대로
거리낄 것 없이
두려워말고
그리운 고향에
등불을 밝히자

지금이야말로 등불이
필요한 때이다

동이 트기 전에 준비를
어둠 속에서 차질이 생기면 안 된다
등을 켜라
등불을 밝혀라

(…중략…)
오 고향의 등불!
그 등불의 그늘에
내일의 이야기가 숨어 있겠지
그 등불의 그늘에
오늘 방황의 기쁨이 빛나고 있겠지
그러나 마음을 담아 등불을 밝혀라
그 등불 그늘에서 흔들리며
보복의 눈물 짓는
조선의 밤이다!

≪同胞よ / 灯りを つけよう / 垂幕の いらない / 思いの ままの /
はばかる ことなく / おそれる ことなく / いとしい 郷土に / 灯り
を かざろう // 今こそ 灯りが / 必要な ときだ / 夜明け前の 準備
を / 暗がりの中で 手違いをきたしては ならぬ / 灯を 点せ / 灯り
を 照らせ // (…中略…) おお 郷土の 灯! / その 灯りの かげに
こそ / 明日の 語らいは 秘められていよう / その 灯りの かげに
こそ / 今日の まどいの 喜びは 点っていよう / だが 心して灯を点
せ / その灯かげの ゆらめきにこそ / 報復の涙にじむ / 朝鮮の 夜
だ！≫(pp.146-147)

　이 시에서 '밤'은 '조선'을 의미한다. 동포를 호명하고 등불을 켜서
동틀 녘을 준비하자는 선언이다. 시집 『지평선』이 나올 무렵은 패전 이

후의 일본사회의 변동과 더불어 재일조선인에게 가해진 탄압도 심했던 시기이다. "보복의 눈물짓는 조선의 밤"을 등불을 켜 지켜내자는 재일조선인 연대가 잘 그려져 있다.

4. 조국에 바치는 노래와 재일을 사는 의미

『지평선』에 수록된 시 가운데 「품―살아계실 어머님께(ふところ―生きていて下さるであろうお母さまに寄せて)」(『朝鮮評論』1953.5)는 한국전쟁의 휴전 논의가 나오는 가운데 이를 이국땅에서 지켜보며 부른 망향가이다. 제명 앞에 '모국 조선에 바치는 노래'라는 부기가 있다. 이하는 일부를 인용한 것이다.

조국의 어두운 밤을
눈물과 함께 건너온 우리들
눈에 스며드는 듯한 이국의 푸른 빛에
흐느껴 우는 모국의 적토(赤土)를 떠올린다
분연(噴煙)이 피어오른다!
이쪽 저쪽 계곡에
이 나라 저 나라 봉우리에
성낸 분연이 피어오른다! (6연)

그러나 나는 여기에 있다
바다를 사이에 두고 미 제국의 발판인 일본에 있다
제트기가 날고 탄환이 만들어진다.
전쟁범죄자인 일본 땅에 있다.
눈을 부릅뜨고 올려다본 하늘 저쪽에

　모국의 성낸 분노의 불꽃을 뿜어올리고 있다
　나를 잊지 말고 당신을 믿으며
　나는 당신의 숨소리에 섞일 것이다
　각오를 새로이 눈물을 새로이
　내 혈맥을 오로지 당신의 가슴에 바치리— (11연)

≪祖國の 暗い夜を / 涙とともに 渡つて來た わたしたち / 目にし
みるような 異國のみどりに / むせかえる 母國の 赤土をおもう /
噴煙が 昇るぞ！ / かなた こなたの 谷に / かの國 この國の 峰に /
怒りの 噴煙が 昇るぞ！(6연) // だが わたしは ここにいる / 海を
へだてて 米帝の足場の日本にいる / ジェット機が飛び 彈丸が造ら
れる / 戰爭共犯者の 日本の地にいる / まなじりを決し 見上げる空
の彼方 / 母國の怒りは 憤激の炎をふき上げている / わたしをお忘
れない あなたを信じて / わたしは あなたの 息づきにまじわろう
/ 誓いを 新たに 涙を新たに / わたしの血脈を あなたのみ胸へ捧
げよう—(11연)≫(pp.112-114)

　노부모를 남겨두고 일본으로 건너와 살던 김시종에게 동족상잔의 비
극은 뼈아픈 일이었을 것이다. 더욱이 미소(美蘇)가 관여한 가운데 휴전
협정 논의가 나오고 있는 상황을 "전쟁 공범자"인 일본에서 이를 지켜
보고 있을 수밖에 없는 시적 화자의 안타까움을 잘 표현하고 있다.
　시집 『지평선』은 김시종이 시 창작을 시작한 시기의 문제의식을 고
스란히 담고 있기 때문에 시의 내용도 다양하다. 자신의 존재 규명을
노래해 최초로 발표한 시(「夢みたいなこと」, 『新大阪新聞』, 1950.5.26.)와 같
이 시적 화자가 자신의 내면을 응시하고 있는 내용뿐만 아니라, 재일조
선인 부락 '이카이노(猪飼野)'를 "돼지우리 같은 오사카 한 귀퉁이"로 표
현하면서 재일조선인들이 겪는 민족적 비애를 노래한 「유민애가」(『朝鮮

評論』創刊號, 1951.10)와 같이 재일동포 집단 전체를 바라보고 있는 시도 다수 수록되어 있다. 「유민애가」와 같은 시는 사상에 철저하지 못하고 유민의 기억에서 벗어나지 못하는 감상적인 어조로 노래하고 있다고 재일조선인 조직으로부터 동시대적으로 비판을 받기도 했다. 그러나 김시종의 시는 이러한 감상성이 내면 응시와 아울러 의지적인 실천 주체로서 발로하는 힘이 있다.

특히 1970년대 이후에 나오는 『니이가타』나 『광주시편』 같은 시집에는 집합적이고 실천적인 의지 표명이 더욱 잘 표현되어 있다. 김시종의 일련의 시를 보면 식민과 분단이 결코 별개가 아님을 새삼 느낀다. 일본에 동질화될 수 없는 '차이'를 만들어내며 이를 일본사회를 향해 외치고 있는 그의 시에는 탈식민과 분단 조국을 매개해 통일로 이끌고자 하는 재일의 실존적 의미가 담겨 있다고 할 수 있다.

▶ 해방과 패전을 가로지르는
　　김석범의 『1945년 여름』

1. 들어가는 말

　이 글은 일제로부터 해방된 지 25년이 지난 시점에서 '1945년 여름'
을 환기시키며 일본어로 문학 활동을 재개한 재일조선인 김석범의 작
품을 통해, '해방'과 '패전'이라는 관념과 현실의 교차를 넘어 역사적
기억을 어떻게 이야기해갈 것인지를 일본사회를 향해 묻고 있는 작자
김석범의 문제의식을 고찰하고자 한다.

　김석범(金石範, 1925~)은 일본의 오사카(大阪)에서 태어났기 때문에 생
물학적으로는 재일(在日) 2세대이지만, 조국과 민족에 대한 문제의식을
가지고 제주도 4·3항쟁을 창작의 원형으로 견지해오면서 1세대적인
문학 성향을 보이는 재일조선인 작가이다.1) 그동안 김석범 문학은 주

---

1) 일제강점기 이후 일본에 정주해 살고 있는 재일코리언을 지칭하는 용어는 통일
　되어 있지 않은데, 김석범은 남과 북이 분단된 조국을 거부하고 일제시대의 조

로 제주도 4·3항쟁을 둘러싼 저작물을 중심으로 논의되어 왔으나, 이 글은 종래의 김석범 문학 연구에서 간과된 <8·15>의 문제를 조명하고자 한다.

「까마귀의 죽음」과 「간수 박서방」을 발표해(1957.8) 제주도 4·3항쟁을 소설화하면서 작가활동을 시작한 김석범은 단편 「관덕정(觀德亭)」(1962.5)을 발표한 후, '재일본조선문학예술가동맹(문예동)'에 참여하면서 기관지 『문학예술(文學藝術)』의 편집을 담당했다(1964). 그리고 '조선어'로 몇 개의 단편과 장편 『화산도』를 『문학예술』에 연재했는데, 1967년에 건강상의 문제도 있어 연재를 중단하고 조선총련 조직에서 벗어나게 된다. 그리고 7년 만에 다시 일본어로 쓴 작품이 단편 「허몽담(虛夢譚)」(『世界』, 1969.8)이다. 김석범이 「허몽담」 이후 본격적인 일본어 작가로서 활동을 재개하면서 다시 일본어로 글을 쓰는 것에 대해 고민한 사실을 연보를 통해 확인할 수 있다. 그리고 나온 작품이 바로 본고에서 다룰 『1945년 여름(1945年 夏)』(1971~73, 1974년에 단행본으로 간행)이다.[2]

『1945년 여름』에서 화자는 같은 재일 속에서 분열과 갈등을 보이는 해방된 조국의 동시대적 모습과, '해방'과 '패전'을 가로지르지만 한국과 일본 어느 쪽에도 가담하지 않는 <8·15>의 의미를 계속 되묻고 있다. 이러한 문제제기가 작자 김석범이 본격적으로 일본어문학 활동을 재개하려는 시점에서 나왔다는 점은 주목을 요한다. 김석범은 왜 일본어문학 재개의 시점에서 '1945년 여름'을 환기시키고 있는가? 다음에서 이를 살펴보도록 하겠다.

선인 상태로 그대로 남아있기 때문에 '재일조선인'으로 칭하기로 한다. 여기서 말하는 '조선인'은 남북한을 아우르는 범주임을 밝혀둔다.

2) 「金石範年譜」, 『<在日>文學全集』(제3권), 勉成出版, 2006, pp.392-393. 본 연보는 말미에 '著者自筆'이라고 메모가 있는 것으로 봐서 김석범 자신이 작성한 것으로 생각된다. 즉, 『1945년 여름』은 김석범의 자전적 소설로 봐도 무방할 것이다.

2. 왜 『1945년 여름』인가

1) 선행연구와의 차별성

일본의 문학평론가인 다카자와 슈지(高澤秀次)는 최근에 재일 디아스
포라로서의 김석범 문학을 종합적으로 평가하는 논문을 발표했는데,[3]
왜 일본어로 썼는가라는 화두에서 시작해 제주 4·3항쟁을 소설화한
일련의 작품을 포괄적으로 분석하고 있다. 그런데 시종일관 4·3항쟁
의 한국 현대사와 이를 바라보는 재일 디아스포라로서의 작자를 대치
시키고 있는 구조로 김석범 문학을 논하고 있다. '4·3의 작가'라는 딱
지를 김석범 문학에서 해방시키는 일이 시급하다고 정대성도 언급하고
있지만, 석연치 않게 느껴지는 것은 김석범 연구가 주로 4·3항쟁에 집
중되어 논해져 온 현상에 기인하는 때문만은 아니다.

다카자와 슈지의 논리는 재일 디아스포라의 문제를 한국 대 재일조
선인의 문제로 축소시키는 우를 범하고 있다. 이는 김석범을 '4·3의
작가'로 만들어버린 나카무라 후쿠지(中村福治)의 선행연구의 영향이기
도 하다.[4] 이에 재일 디아스포라의 논의에서 은폐되고 있는 '일본'의
문제를 다시금 제기할 필요성이 있다. 김석범의 <8·15> 환기에서 그
답을 찾을 수 있을 것이다.

한국에서의 그동안의 김석범 연구는 전술한 정대성의 논고에도 있듯
이 일일이 열거하기 어려울 정도로 여러 관점에서 논의가 있어왔다. 이
중에서 본 논문이 초점을 맞추고 있는 1970년대 본격적인 일본어문학
출발기를 논하고 있는 것으로, 조수일·박종명의 관련 논고가 있다. 이

---

3) 高澤秀次, 「金石範論—「在日」ディアスポラの「日本語文學」—」, 『文學界』, 2013.9.
4) 中村福治, 『金石範と「火山島」—濟州島4·3事件と在日朝鮮人文學』, 同時代社, 2001.

논고에서는 1975년 9월에 『문예(文藝)』에 발표된 단편 「남겨진 기억」을 분석해, '조선인'이나 '조선어'에 대한 "개인의 억눌린 기억을 공적인 기억으로 확장／해방"시키려는 김석범의 문제의식을 논하고 있다.[5]

김석범이 느끼는 민족의 정체성 문제를 '조선인'이나 '조선어'에 대한 고통의 기억과 이의 해방이라는 차원에서 논하고 있는 조수일·박종명의 논고는 김석범을 비롯한 재일 디아스포라 문학연구의 주된 연구주제이기도 하다. 그런데 1971년부터 단편 연재가 시작돼 1974년에 장편으로 구성되는 『1945년 여름』 이후에 「남겨진 기억」은 나오기 때문에, 「남겨진 기억」의 문제군은 이미 『1945년 여름』에서 시사되었다고 할 수 있다. 그리고 두 작품의 결정적으로 중요한 차이는 『1945년 여름』에는 「남겨진 기억」과는 다르게 <8·15> 소환의 의미기제가 작동하고 있다는 점이다. 따라서 『1945년 여름』을 통해 조선인으로서의 정체성이나 언어 문제의 발단이 어떤 양상으로 나타나게 되었는지, 김석범이 일본어 문학을 다시 쓰기 시작했을 때의 문제의식을 확인할 수 있다.

이상의 측면에서 이 글은 기존의 선행연구와 다른 차별성을 가진다. 이 글은 조국과 민족에 대한 정체성이나 정치적 관심뿐만 아니라, 재일 조선인 문제로부터 은폐되어서는 안 되는 '일본', 그리고 '일본어'의 문제를 제기하고 있는 김석범의 문학에 주목해, 재일조선인 문학의 의미를 그 기점(起點)에서 재조명하고자 하는 것이다.

2)『1945년 여름』의 구성과 문제의 소지

『1945년 여름』은 네 번에 걸쳐 발표한 단편을 모으고, 여기에 가필한

---

5) 조수일·박종명, 「金石範의 『남겨진 기억(遺された記憶)』論」, 『日本語文學』 44, 2010, p.295.

다음 장편으로 간행(筑摩書房, 1974.4)한 작품이다. 네 단편은 각각 「장화 (長靴)」(『世界』, 1971.4), 「고향(故鄕)」(『人間として』, 1971.12), 「방황(彷徨)」(『人間 として』, 1972.9), 그리고 「출발(出發)」(『文藝展望』, 1973.7)이다. 소설의 내용 상으로 보면, 「방황」까지가 해방 이전의 시기를 다루고 있고, 「출발」은 해방 이후의 시기를 배경으로 하고 있다.

　작품의 줄거리를 간단히 소개하면 다음과 같다. 오사카의 조선인 부 락에 살고 있는 김태조는 미군의 공습이 본격화된 1945년 3월, 중국으 로 탈출할 생각을 하며 징병검사를 구실로 식민지 조선으로 도항하면 서 다시 일본으로 돌아오지 않을 결심을 한다. 우선 경성으로 가서 잠 깐 머물다 4월 초 제주도에서 징병검사를 받고 다시 경성으로 가는데, 5월에 발진열에 걸려 한 달 입원한 후, 강원도의 산 속 절에서 요양하 면서 중국으로 탈출하려는 자신의 생각이 낭만적인 공상에 지나지 않 았음을 깨닫는다. 일본의 패망이 몇 개월 이후에 오리라고는 생각할 수 없었던 그는 6월 말경에 쇠약해진 몸으로 가족이 있는 오사카로 돌아 온다. 그리고 김태조는 패전으로부터 한 달 지난 시점에서 변한 일본의 모습과 일본 내에서 사회주의를 표방하는 재일조선인들을 보면서, 새로 운 조국 건설의 의미를 생각해본다.

　이상의 줄거리는 작자 김석범의 당시의 실제 행보와 거의 일치한다. 즉, 『1945년 여름』은 김석범의 자전적 소설이라고 볼 수 있다. 그런데 이 소설의 매우 흥미로운 점은 <8・15>의 기록이 소설에 표현되어 있 지 않다는 사실이다. 네 개의 단편을 묶어 하나의 장편 단행본으로 구 성했기 때문에, 각각의 내용에 8월의 기록이 없다고 하더라도 장편화하 는 과정에서 단편 「방황」과 「출발」 사이에 얼마든지 8월의 기록을 가 필할 수 있었을 것이다. 그런데 장편화 과정에서 오히려 다른 부분은 가필이 이루어지고 있는 데 반해, 정작 8월의 기록은 쓰고 있지 않다.

그러면서 굳이 '1945년 여름'이라는 제명 아래에 전후(前後)의 내용을 배치해 장편으로 구성하고 있는 이유는 무엇인가?

또, 8월로부터 한 달여 시간이 흐른 뒤에 '그날'의 단상이 기억의 형태로 조금씩 이야기되는 형태도 주의를 요한다. <8 · 15>의 내용이 내러티브의 시간 순서에 따라 이야기되는 대신에, 과거 '기억'의 형태로 나중에 추인되는 서술 방식을 취하고 있는 것이다.

'1945년 8월'의 표제를 취하면서도 이날의 기록을 동시간적으로 적고 있지 않는 것은 조국의 해방을 작자인 김석범 스스로 체험하지 못한 데서 오는 이유가 가장 클 것이다. 김석범은 스스로 작성한 연보에서 다음과 같이 적고 있다.

> 일본의 패전이 불과 몇 개월 뒤에 닥쳐오리라고는 생각이 미치지 못했다. 한심하게도 (일본으로 돌아가지 말라는 주위의 – 인용자 주)반대를 뿌리치고 6월 말경에 쇠약해진 몸으로 오사카에 돌아왔다./ 8월, 일본 항복, 조선 독립. 조국의 독립을 환희 속에 맞이하면서도, '8 · 15 해방' 이후 급격히 허무적으로 되어 내면으로 틀어박혔다. 사회주의 지향과의 상극이 심했다.[6]

위의 인용 이후, 1945년 11월의 기록으로 연보의 기록이 이어진다. 즉, 김석범은 1945년 6월에 일본으로 돌아가 해방을 일본에서 맞이했으나, 8월의 기록은 매우 간략하게 "일본 항복, 조선 독립. 조국의 독립을 환희 속에 맞이"했다는 사실을 언급한 데서 멈추고 있는 것이다. 그렇다고 해서 8월 현재 자신이 있던 일본의 패전 당시를 딱히 기술하고 있는 것도 아니다. 즉, 조선의 독립과 일본의 패망을 전후한 4개월간을

---

6) 「金石範年譜」, 앞의 책, p.388.

블랙홀로 만들어버린 것이다. 그런데 <8・15>에 대해 구체적인 언급을 하고 있지 않기 때문에 오히려 그 속으로 모든 것을 흡인해버리는 듯한 이 시기의 무게가 김석범 문학에서 차지하는 의미는 클 수밖에 없다.

관념으로서의 조국의 '해방'과 현실로서의 일본의 '패전'을 가로지르지만 그 어느 쪽에도 가담하지 않는 김석범에게 <8・15>는 어떤 의미를 지니는가? 그러면서 굳이 '1945년 여름' 하에 전후를 배치해 '그날'의 기억을 환기시키고 있는 것은 왜인가? 이는 비단 김석범 개인에 한하는 문제는 아닐 것이다. 한반도 밖에서 경험한 <8・15>가 재일조선인 문학의 원점이며, 이는 관념과 현실 너머의 제 삼의 투시적 공간임을 환기와 소거의 미학이 보여주고 있는 것이다. 다음에서 작품을 구체적으로 살펴보면서 이 점에 대해 생각해보기로 하겠다.

3. 해방과 패전을 가로지르는 폭력

1) 일본에서 조선으로

『1945년 여름』에서 작중인물 김태조는 세 차례의 폭력을 당한다. 첫 번째는 1941년 여름 일본의 오사카에서 받은 폭력으로, 재일조선인의 황민화기관인 협화회(協和會)의 훈련을 빠진 이유로 협화회 사무실 바닥에 내동댕이쳐져 얻어맞은 일이다.

네모진 얼굴로 한층 화를 내며 김태조를 노려보던 협화회 담당의 특별 고등계 경찰 구로키(黑木)는 애초에 제재할 생각만 하고 있었던 게 틀림없다. 그는 책상 앞에서 결석에 대한 변명을 하지 못하고 우두커니 선 채로 있는 김태조의 목덜미를 잡고 갑자기 뺨을 때렸다. 너희들은 이렇게 경찰이 무엇인지 보여주지 않으면 모른단 말이야. 자, 이쪽으로 와. 너희들 근성을 때려서 바로잡아주겠다! <u>구로키가 너희들이라고 복수형으로 욕을 하며 김태조를 혼내고 있는 것은 한 사람에 대한 것이 아니라는 것을 보여줬다.</u> 그리고는 책상 너머로 김태조의 목덜미를 잡은 채 방 한가운데로 끌어내더니 갑자기 크게 업어치기를 해서 소년의 몸을 마룻바닥에 내동댕이쳤다. 김태조의 몸은 저항도 하지 못한 채 공중을 가르며 물건처럼 소리를 내면서 바닥으로 떨어졌다. 금세 새우처럼 구부러진 등이며, 허리, 다리 할 것 없이 몸 위를 구로키가 가죽 구둣발로 찼다. 이것은 몸뿐만 아니라 소년의 혼(魂)에 가해진 진흙발의 발길질이었다. 김태조는 마치 거대한 벽이 무너져 몸 전체를 압도해오는 순간의 새카만 감각 속에서 비명소리도 내지 못하고 몸을 웅크린 채 누워있었다.(pp. 259-260)[7]

김태조가 받은 첫 번째 폭력은 일본에서 일본인에게 받은 것으로, 김태조 개인에 대한 것이라기보다 '너희들', 즉, 조선인이라는 전체성에 가해진 폭력이라고 할 수 있다. 육체와 정신 모두를 짓밟는 일본인의 심한 폭력 앞에 무력한 채로 노출되어 있는 조선인의 모습을 김태조를 통해 보여주고 있다. 김태조는 생각한다. "관동대지진이 일어났을 때 조선인 학살사건이 있었던 이 일본에서 인간답게 살아내기 위해서는 완전히 일본인이 되지 않으면 안 된다"고. 그러나 김태조는 자신의 심중을 토로할 사람이 어디에도 없다는 사실을 깨달았다. 그는 "일본 지배 하의 세상 모두가 다 그렇다"고 생각했다. 그리고 다음과 같이 생각한다.

---

7) 金石範, 『1945年夏』, 『金石範作品集Ⅰ』, 平凡社, 2005. 이후, 『1945년 여름』의 본문 인용은 쪽수만을 표시함. 밑줄은 인용자에 의함.

격앙(激昂)을 침묵의 바깥으로 폭발시킬 수 없어, 자신과의 끝이 없는 중얼거림만이 자신을 관철하는 유일한 길이었다. 그는 이것을 무거운 밤의 시대라고 생각했다. 어두운 밤길 가운데에서 그는 누군가 사람을 찾고 있었다. 뜻이 있는 동지를 만난다면 우는 것이 인사가 될 것이다. 비운의 조국에서 뜻이 있는 동지를 찾아 조선으로 건너가려 하고 있었다. 그리고 나아가 이 어둡고 흉포한 시대 속으로 나아가려 하고 있었다. 일본 지배 하의 조선으로부터도 밖으로 나가고 싶다.(p.270)

위의 인용에서 보듯이, 김태조의 조선행은 "어둡고 흉포한 시대 속으로 나아가려" 하는 행위이다. 나아가 일제 치하의 조선으로부터도 벗어나고 싶은 마음을 드러내고 있다. 그러나 한편에서는 어떠한 생활의 보장도 없는 미지의 땅에서 고생할 필요가 있을까 하는 의구심을 갖는다. 그리고 출발의 날이 다가오자 "벽으로 짓눌리는 듯이" 조국행에 대해 주저되는 생각에 마음이 흔들린다. 김태조는 일본인 앞에서 일본인이 아니기 때문에 느끼는 무력감이나 조선인이기 때문에 느끼는 콤플렉스와 같은 재일조선인의 비참한 생활을 떠올리며 조국행에 대한 마음을 다잡는다.

이윽고 김태조는 우여곡절 끝에 징병검사를 받으러 조선으로 건너가는데, 제주도에서 징병검사를 받을 때 불합격을 받으려한다는 혐의를 받고 턱뼈가 깨지도록 구타를 당한다.

반사적으로 차렷 자세를 취한 김태조의 왼쪽 뺨에 순간 뜨거운 인두를 갖다 댄듯한 통증이 지나갔다. 살을 파고들 것 같은 뺨 때리는 소리가 파열했다. 실컷 얻어맞은 김태조의 몸은 오른쪽으로 크게 흔들려 두세 걸음 쿵쿵 비틀거렸다. 이를 받아 다시 오른쪽 뺨부터 턱이 튕겨 나갈 것 같은 구타가 이어졌다. (…중략…) 그 순간 김태조는

처음으로 전신을 공포가 꿰뚫는 듯이 느꼈다. 그것은 눈앞의 뭔가 거
대한 물체가 자신을 향해 와르르 무너지는 순간의 공포였다. (p.326)

김태조는 조국에 돌아가서도 마찬가지로 일본인에게 폭력을 받은 것
이다. 그런데 이때 받은 폭력은 일본에서 일본인에게 받은 폭력과는 비
교가 안 될 정도로 심한 폭력이었다. 전신을 꿰뚫는 공포를 느낀 김태
조는 분명 자신의 어딘가에 검사관을 자극하는 순종적이지 못한 태도
가 있었음에 틀림없다고 느끼고 자신을 압박해오는 거대한 물체를 막
기 위해 뭔가 해야 한다고 직감한다. 그리고는 "예, 저는 충성스러운 제
국의 신민입니다!" 하고 힘껏 소리를 질렀다.

이후, "충성스러운 제국의 신민"이라고 비명을 질렀던 스스로를 견딜
수 없어하는 김태조의 내면이 몇 차례에 걸쳐 서술된다. 체내에서 뿜어
져 나오는 기세로 제국의 신민이라고 절규했던 굴욕감은 "견디기 어려
운 고통의 기억"으로 되살아왔다. 조국으로 건너간 지 서너 달도 지나
지 않아 고생해서 빠져나온 일본으로 다시 돌아갈까 하는 생각마저 들
었다. 여기에 눈앞의 조선의 현실이 지금껏 일본에서 생각해온 모습과
많이 다른 점도 가세했다. '황국신민의 선서'를 신에 들린 듯 아침저녁
으로 제창하고 있는 모습은 일본보다 조선이 더 심했다. 전시하의 식민
지 조선은 관념 속의 아름다운 모습과는 딴판으로 일본 제국의 침략의
아성이 되어 있었던 것이다.

김태조는 다시는 돌아오지 않겠다고 일본을 탈출해 조선으로 건너왔
는데, 다시 오사카로 돌아가고 싶은 마음이 인다. 오사카는 어머니와
형제가 있는 곳으로, 가족이 있는 곳으로 가고 싶다고 생각한 것이다.
그러면서 김태조는 자신이 돌아가고 싶은 곳은 일본이 아니라고 강조
한다. 즉, 일본에 있을 때 늘 머릿속에서 조국을 떠올리며 폭력을 견뎌

내 조선으로 왔지만, 눈앞에서 현실적으로 맞닥뜨린 조선은 관념 속에서의 그것과 다르다는 것을 깨닫고 조선도 일본도 아닌 '오사카'를 지향하고 있는 것이다.

김태조가 관념 속의 '조국'이 아니라 '오사카'를 자신의 원향(原郷)으로 떠올리고 있는 사실은 중요하다. 자신이 태어나고 자랐으며 가족이 생활하고 있는 오사카를 조선에 와보고 나서 비로소 지향하게 된 것이다. 이는 김태조로 대변되는 재일조선인의 현실적인 내면을 잘 보여주고 있다. 현실과 관념이 교차하는 속에서 일본도 조선도 아닌 제 삼의 공간에 자신의 정체성을 확인하는 재일조선인의 모습을 엿볼 수 있다. 소설 『화산도』에서 작중인물 남승지가 정신적인 안식처로 오사카의 조선인 마을 이카이노(猪飼野)를 떠올리던 모습과 비슷하다. 이로써 김태조는 더 이상 조선에 머무를 이유가 없어졌다.

2) 조선에서 '오사카'로

오사카로 돌아온 김태조의 재일조선인으로서의 새로운 '출발'은 전쟁이 끝나고 1개월 남짓 지난 시점에서 시작된다. 재일조선인들에게 일본의 전후는 패전국의 전후 풍경 속에서도 독립민족의 일원으로 소생할 길을 모색하는 "복잡한 전쟁 종결" 상황이었다. 이런 속에서 김태조는 해방의 기쁨을 다음과 같이 노래한다.

> 패전이라고 하는 엄격한 현실 속에서도 사람들은 오랜만에 팔다리를 쭉 펴고 푹 잘 수 있었다. 그러나 김태조에게 일본의 패전은 자신이 바란 조국 조선의 독립을 의미하는 것이 아닌가. (…중략…) 8월의 작열하는 태양과 함께 어지러울 정도로 빛나며 사람들이 압도된 8·15 해방이었던 것이다. (pp.381-382)

그러나 그토록 바라던 환희에 찬 광복의 기쁨도 잠시뿐, 김태조는 조국의 광복을 입에 담으면 속이 들여다보이는 입 발린 소리마냥 느껴지는 것이었다. 그리고 자신은 이 말의 주인 될 자격이 없다고 느낀다.

> 진정 매우 소중한 기쁨이기 때문에 더욱 견딜 수 없는 자기혐오의 나락으로 떨어졌다. (…중략…) 뭔가를 감추고 있을지도 모르는 서울을 상상하면서도, 결국은 그 표피를 스쳐 지나왔을 뿐이다. 이런 생각을 하는 것만으로도 8월의 태양빛에 녹슨 빛깔을 드러내고 말았다. 조선에서의 방황의 상흔만 없었더라면 얼마나 감격적인 기쁨이 자신 속에서 솟구쳤을까 그는 생각했다.(p.382)

조국의 독립을 마음속에서 반기며 기뻐하면서도, 한편으로는 해방 직전에 조국을 떠나와 버린 자신의 방황을 비판하며 허탈감과 당혹감 속에서 조국의 해방을 그리고 있는 김태조의 모순된 내면이 잘 나타나 있다. 그리고 이러한 방황과 당혹감은 대부분의 조선인이 살기 위해 일본제국의 전시체제에 어떠한 형태로든 가담한 것에서 오는 것이라고 생각한다. 그렇지만 '일본인'으로 살면서도 육체의 심부 속에서 천황을 정점으로 하는 일본인과의 사이에는 균열이 있었음을 조선의 어머니들을 통해 상기한다. '황민화정책'의 와중에서도 일본어도 제대로 못하는 그녀들에게서 대일본제국 애국부인회의 애국심이 싹틀 리는 만무한 것이다. 이런 생각을 하며 김태조는 해방이 자신에게 안겨준 굴절된 마음과 타성적인 심경으로부터 벗어나려고 애쓴다. 이윽고 그는 "나는 이 땅에서 높이 더 높이 하늘로 날아오르고 싶다"고 생각한다. 조국에 정착하지 못하고 다시 일본에서 살게 된 재일조선인의 상황을 부(負)의 이미지가 아니라 긍정적인 의지로 전환시키려는 김태조의 바람을 보여주고 있다.

　그런데 얼마 지나지 않아 김태조는 세 번째의 폭력을 당한다. 폭력이 일어난 곳은 패전 직후의 교토(京都)로, 과거에 협화회에서 친일적인 행동을 서슴지 않던 조선인이 해방이 되자 새로운 조국 운운하는 모습을 보고 비난하다 구타를 당한 것이다.

　　갑자기 맨 앞에 있던 남자의 표정이 살기를 띠며 김태조의 오른쪽 팔을 잡고 비틀어 구부러뜨렸다. 본능적으로 위험을 느낀 김태조는 상반신을 비틀면서 (오라고 해도 – 인용자 주)자신은 가지 않겠다고 버텼다. 여러 사람들 면전을 벗어나면 눈에 띄지 않는 밀실에라도 끌려갈 것 같은 예감이 들었다. 그러나 상대는 세 사람이었다. 팔을 붙들려 몸은 콘크리트 통로에 버틸 수조차 없이 그대로 질질 끌려갔다. (…중략…) 저쪽에서 일고여덟 명이 발소리를 내며 달려왔다. 그리고 새롭게 몇 명이 가세해서 먹잇감을 밟아 넘어뜨리고 발로 찼다. (pp.407-408)

　이렇게 같은 조선 사람에게 집단으로 구타를 당한 김태조는 육체의 고통보다도 솟구치는 강렬한 슬픔과 분노를 참을 수 없었다. 해방 전에는 일본 경찰서 내의 협화회 사무실에서, 그리고 조국에 건너가서 징병 검사를 받을 때는 일본 군인에게 구타당한 자신이 아니던가. 그것이 지금은 조선이 독립되었다고 하는 이때에, 그것도 과거에 분명 일본제국주의를 찬양했음에 틀림없는 조선인에게 죽을 만큼 얻어맞았다고 하는 것은 도대체 어떻게 된 것인가 하고 한탄한다.

　김태조가 해방 후에 같은 조선인에게 받은 폭력은 제국과 식민지, 혹은 일본과 조선이라는 민족적 차이에서 비롯된 폭력이 아니었다. 이는 같은 재일조선인이라 하더라도 세계를 바라보는 가치관의 차이가 불러온 폭력이었다. 해방을 전후해 일본과 조선에서, 그리고 일본인과 조선인 양쪽 모두에게 폭력을 당한 김태조는 "일본 제국의 패전은 나에게

전쟁의 패배보다 가치의 패배 내지는 붕괴"가 더 무서운 것이라고 생
각한다. 그는 또다시 오사카를 떠나 해방된 조국으로 건너가는데, 해방
된 조국을 미화시키며 단꿈을 꿨던 자신을 다시금 깨닫게 된다. 그리고
새로운 생명감을 싹 틔우기 위해 한 발을 내딛는 부분에서 소설은 끝
이 난다.

결국 김태조가 해방된 조국에서 정착하는 모습은 그려지지 않는다.
그렇다고 일본이나 재일조선인 사회에 녹아들어가지도 못한다. 일본과
조선을 교차하면서 해방과 패전을 가로지르지만 어느 쪽에도 가담하지
않는 김태조의 불분명한 귀속은 공백으로 남는다.

4. 〈8·15〉의 기억의 지연, 그리고 새로운 '출발'

1) '조선어', 넘기 어려운 단절

폭력으로 점철된 해방 전후의 기억 속에서 김태조의 〈8·15〉에 대
한 기억은 해방으로부터 한 달 남짓 지난 시점에서 비로소 상기된다.
〈8·15〉에 대한 기억을 이야기하는 시간에 맞춰 서술하지 않고, 한 달
지난 시점에서 과거의 기억으로 추인되는 형식을 취하고 있음은 전술
한 대로이다.

작자 김석범은 8월 15일을 일본에서 맞이했다. 그러나 소설 속에서 김
태조의 8월 15일 그날에 대한 기억은 패전한 일본도 해방을 맞이한 조국
도 아닌, 침묵으로 비워놓는다. 어차피 내레이터는 김태조의 〈8·15〉를
전후한 행적을 현재의 시점에서 기억이라는 형태로 재구성하고 있기 때
문에, 얼마든지 그날에 대한 기억을 서술 진행 시점에 맞춰 이야기해갈

수 있는데도, 굳이 하고 있지 않는 것이다. 현재의 시점에서 기억되는 <8・15> 전후, 그리고 그 속에서 '그날'은 다시 차연(差延)을 만들어내는 서사전략이다.

이는 작중인물 김태조를 통해 대변시키고 있듯이 해방 전에 일제의 전시체제에 어떠한 형태로든 가담했던 자신의 행위를 망각하고 정당화하고 싶은 욕망에서 비롯된 것일 수도 있다.[8] 그러나 내레이터는 망각하고 있지 않다. 장편으로 구성하는 단계에서 오히려 '1945년 여름'이라는 시간 아래에 기억을 재구성하고 있고, 지연 회상(delayed recall)의 형태로 제시하고 있는 것이다. 이는 '망각'과는 다르다. 기억 속에 '간섭(interference)'이 일어나고 있다고 볼 수 있다. 무엇이 김태조의 기억을 간섭하고 지연시키고 있는가?

앞서 살펴본 바와 같이, '그날' 즉, 8월 15일 해방을 전후해 김태조는 일본에서 조선으로 건너갔다가, 다시 조선에서 일본으로 돌아왔다. 이러한 과정에서 김태조는 새로운 언어의 세계를 경험한다. 일본에서 살 때 김태조는 조선어를 주로 사용하는 어머니를 늘 봐왔지만, 그래도 주위는 어디까지나 일본어가 당연한 세상이었다. 그런데 조선으로 건너가니 세상은 달랐다.

> 시모노세키(下關)에서 관부연락선으로 부산에 상륙한 이래, 그는 완전히 조선의 세계에, 그리고 조선어의 세계에 휩싸여 보냈다. 기차 안, 거리, 집, 공원, 노천시장의 시끌벅적한 혼잡함 속에는 모두 조선이 흘러넘치고 있었다. (…중략…) 일본어가 그리고 일본인과 그 한패인 조선인이 무서운 권력과 무력을 배경으로 활보하고 있었지만, 그

---

8) 구재진, 「<해방 전후의 기억과 망각>−탈식민적 상황에서의 서사전략−」, 『한중인문학연구』 17집, 2006, p.67.

건 어딘가 물에 뜬 기름과 같았다. 조선어는 우선 사람들의 가정에, 골목길에, 사람들의 감정 안에 엄연히 살아 있었다. 김태조가 생활하게 된 절 안은 살균장치가 된 것처럼 한 마디의 일본어도 들어갈 틈이 없었다. 이곳에서는 라디오조차도, 물론 조선총독부의 어용방송일 테니 저주할 내용의 조선어이긴 하지만, 그래도 살아있는 조선어가 흘러나오고 있었다. 나뭇가지는 조선어로 바람에 속삭이고, 이름도 없는 작은 새는 조선어로 지저귀며, 개도 고양이도 조선어를 사용한다. 그리고 처녀는 조선어로 사랑의 노래를 부른다.(p.315)

조선으로 건너온 김태조에게 제일 먼저 느껴진 조선의 모습은 '조선어'라는 말을 통해서였다. 일본에 있을 때 관념으로 그리던 조국으로서의 조선은 일본보다 더 심하게 정치적으로 압박받는 피식민 상태였지만, 내용과 관계없이 귓가를 스치는 조선어 발음은 너무나 아름다운 자연의 소리요, 노랫가락으로 들렸던 것이다. 김태조에게 조국으로 돌아왔다는 감각은 조선어에서 시작되고 있었다.

그런데 시간이 지나면서 김태조는 괴로워한다. 천신만고 끝에 조국으로 돌아와 조선어의 아름다운 울림에 감동했지만, 이러한 감동은 오래 가지 못했다. 그는 사람들 속에서 큰 소리로 외치고 싶었지만, 마음처럼 조선어가 나오질 않았던 것이다. 김태조는 노면전차 정류장 쪽으로 달렸다. 전차에 올라탄 그는 다시 조선어에 귀를 기울였다.

(전차 안에서 하는 여학생들의 이야기를 – 인용자 주) 단편적으로 알아들을 수 있었지만, 그의 조선어 실력으로는 말이 빠르기도 하고 더 이상 따라갈 수가 없었다. 그러나 그건 아무래도 좋다. 그에게는 이야기의 내용을 넘어 그 아름다운 억양의 파도가 울리는 회화가 끊이지 않고 계속 흐르고 있는 것이 그대로 멋진 음악이 되어 들려왔다. 서울에서 듣는 조선어는 이렇게도 아름다운 것인가. 그저 눈을 크

게 뜨고 망연히 지켜보고 있었다. 지금까지 들어본 적이 없는 조선어
였다. (…중략…) 금속성이 심한 마찰음이 마음을 죄며 금세 공허한
감정의 소용돌이를 일으키고 지나갔다. 성문은 사라졌다. 그러나 그
소리는 그녀들과 함께 있는 행복감을 밑바닥부터 깨뜨렸다. 자신이
바란 동포들로 가득 찬 서울 한복판 만원 전차 안에서 처음으로 느낀
넘기 어려운 단절을 알리는 소리였다. 그는 자신이 여간하지 않고서
는 그녀들의 세계 속으로 끼어들 수 없다는 것을 깨달았다. 다시 바
람처럼 공허한 기분이 체내를 통과해 갔다.(pp.316-317)

　위와 같이 김태조는 자신의 조선어가 생각처럼 나오지 않는 데다 조
선인의 말을 온전히 알아들을 수 없는 상황에서 자신과 조선인 사이에
"넘기 어려운 단절"을 느끼고 있다. 이는 일본에서 머릿속으로 상상해
온 조국의 모습과 현실의 차이를 언어 문제를 통해 봉착한 것이다. 그
는 자신을 거부하는 곳에 조선의 실체가 있는 것이 아닐까 하는 생각
마저 들었다. 그리고 일본에서 조선으로 간 다음, 일본이 지배하는 조
선으로부터도 탈출하고 싶어 한 지금까지의 자신의 생각이 얼마나 낭
만적인 꿈에 불과했는지를 깨달았다.

　김태조는 징병검사를 받을 때, 조선에서 검사를 받게 된 이유를 일본
어로 이야기했다. 잘 못하는 조선어로 말을 해서 자신의 결점을 드러내
고 싶지 않았던 것이다. 그는 조선어를 모른다는 이유로 비굴한 감정으
로 떨어지고 싶지 않아 일부러 일본어를 사용한 것인데, 이내 자신이
조선인임을 감춘 것이 더욱 싫게 느껴진다.

　그리고 시간이 지나면서 김태조의 조선어에 대한 무조건적인 동경과
관념은 황국신민화 정책에 일본어 이상으로 이용되고 있는 조선어를
보면서 점차 변화해간다. 처음에 서울역에 내렸을 때 여학생들로 가득
찬 전차 안에서 마치 지상의 것으로 여겨지지 않을 정도로 생각되었던

조선어의 반짝임이 더 이상 느껴지지 않았다. 이른바 '고쿠고(國語) 상용'을 내세워 조선어의 숨을 옭죄며 파괴하려고 하는 현실을 맞닥뜨리고, '조선어'라는 것만으로 충분히 아름답다고 생각한 자신의 생각이 낭만적인 몽상에 지나지 않았음을 알게 된 것이다. 그리고 다음과 같이 생각한다.

> 곡물뿐만이 아니라 말이라고 하는 것도 토지에서 만들어지는 것이라고 감개가 솟구치며 생각된 것은 그때였다. 말은 전답을 경작하는 노동과 마찬가지로 대지에서 길러져 나오는 것이라는 생각이 김태조의 마음에 차 올랐다. 마을 여자들 사이에서 흥겹게 오가는 서울말에 상당히 가까운 토착 조선어는 그녀들의 육체에서 도저히 떼어놓을 수 없는 점착력(粘着力)을 가지고 (…하략…)(p.355)

즉, 말이라고 하는 것은 그 말을 사용하고 있는 대지 속에서 길러지는 것이어서 그곳에 살고 있는 사람들과 떼어서 생각할 수 없음을 알게 된 것이다. 이로써 김태조는 자신이 일본에서 생각해온 조선어에 대한 동경이 관념적인 것에 지나지 않았음을 느끼고, 중요한 것은 조선어 혹은 일본어 어느 한쪽을 선택해야 하는 문제가 아니라고 생각한다. 그는 자신이 나고 자란 곳에서 자신을 길러온 말이 곧 자신의 말이라는 사실을 깨닫게 된 것이다. 해방과 패전을 가로지르며 어느 쪽에도 가담하지 않고 지연시키고 있던 그의 해방의 기억은 이 지점에서 새로운 출발로 이어진다.

2) 새로운 '출발'

일본에서 패전을 맞이한 김태조는 조국에서 해방을 맞이하지 못한 아쉬움 속에 일본의 고서점에서 사 모은 조선 역사 관련 서적을 읽으며, "자신의 내면으로 틀어박혀 들어가는 불안한 혼을 조국의 격동하는 현실 속으로 던져야겠다"고 결심하고 다시 조국행을 결정한다.

해방공간의 조선과 미연합국군의 피점령 상태인 일본 모두 혼란한 가운데 겨우 배편을 구해 거의 거지꼴이 되어 조국땅에 상륙한 김태조는 그동안 일본에서 들었던 독립된 조국의 현실이 미화되어 있었음을 새삼 깨닫는다. 그렇지만 역시 <8·15> 이전에는 볼 수 없었던 해방된 자유가 있었다. 지금껏 세 번에 걸쳐 받았던 폭력이 자신의 육체에는 영향을 미쳤지만 자신의 존재를 부정하지는 못했다는 생각이 들었다. 해방된 조국에서 새롭게 재생하는 생명감으로 충일한 채 소설은 끝난다.

소설에서 김태조는 혁명가로서의 새로운 출발을 다짐하지만 구체적인 이야기는 그려지지 않는다. 김석범의 자전적 성격의 소설이라고는 하나 소설의 결말을 통해 유추해볼 수 있는 작자의 기록은 남아있지 않다.

그러나 확실한 것은 이 소설을 쓸 때 김석범이 일본에서 다시 일본어로 글을 쓰기 시작했다는 사실이다. 1957년에 일본어 소설로 일본 문단에 이름을 알린 그가 1960년대에 '조선어'[9]로 작품을 발표해가다가 다시 1969년부터 일본어 글쓰기를 의식하면서 내놓은 작품이 바로 『1945년 여름』인 것이다.

---

9) 김석범에게 '일본어'에 대항하는 언어는 '조선어'였는데, 단 여기서 말하는 '조선어'는 조선민주주의인민공화국의 말이라는 개념이 아니다. 분단 이전의 하나였던 조국의 말이라는 의미에서 그는 '조선어'를 쓰고 있다(「年譜·解說」, 磯貝治良 外編, 『<在日>文學全集 第3卷 金石範』, 勉誠出版, 2006年6月).

작중에서 해방을 전후해 일본과 조선 양쪽에서 세 번의 폭력을 당하며 어느 쪽에도 가담하지 않던 <8·15>의 기억은 언어 문제를 둘러싸고 지연되며 추인되고 있었는데, 일본과 조선을 왕복하며 관념과 현실이 교차하는 가운데 자신의 '말'을 찾아가는 모습이 그려져 있다. 중요한 것은 조선어로 글을 쓸 것인지, 아니면 일본어로 글을 쓸 것인지의 문제가 어느 한쪽을 선택할 수 있는 성질의 것이 아니라는 점이다. 일본에서 나고 자란 자신에게 '조선어'는 동경의 대상이었지만 관념적이고 낭만적인 몽상에 불과하며, 넘을 수 없는 단절이 존재한다. 반면에 현실에 뿌리를 내리고 자신을 함양해온 언어는 '일본어'이기 때문에 일본어로 글을 쓰는 것은 어떻게 보면 당연한 귀결일지도 모른다. 그러나 김석범에게는 쉬운 문제가 아니었다.

자신을 옭죄는 일본어로 글을 써 자신을 해방시켜갈 수밖에 없는 존재가 바로 재일조선인이며, 이들에 의한 문학이 재일조선인 문학이라는 '언어의 주박(呪縛)'[10] 개념은 김석범 문학에서 주지의 사실인데, 그가 본격적으로 일본어 창작을 재개하면서 고민했던 문제들이 김태조의 내면을 통해 잘 드러나 있다.

근년에 김석범은 '국가어-국어'의 틀이 개별적(민족적) 형식이 아닌 언어의 내재적인 것을 통해 초월된다고 하면서, 이 초월이 바로 보편성에 이르게 한다고 말했다. 이러한 초월의 문학이 바로 재일조선인의 일본어문학이며, 일본어의 주박을 풀어내는 자신의 작가적 자유의 근거이기도 하다고 덧붙였다.[11]

물론 이는 비단 어떤 언어로 글을 쓸 것인가의 문제에만 수렴되는 것은 아니다. 해방과 패전을 가로지르지만 조선과 일본 어느 쪽에도 가

10) 金石範, 『ことばの呪縛—「在日朝鮮人文學」と日本語—』, 筑摩書房, 1972.
11) 김석범, 「왜 일본語문학이냐」, 『창작과 비평』, 2007년 겨울.

담하지 않는 <8・15>의 기억을 일본어로 쓴다는 것은 재일조선인 문학만이 담아낼 수 있는 새로운 영역인 것이다. 『1945년 여름』은 김석범 개인의 체험에 바탕을 둔 자전적 성격의 소설이지만, 폭력과 언어의 문제를 통해 소환하고 있는 <8・15>의 기억은 공적인 기억으로서의 재일조선인 일본어문학의 의미를 그 기점에서 되묻고 있는 것이다.

5. 맺음말

이상에서 김석범의 『1945년 여름』 속에 그려진 폭력으로 점철되어버린 <8・15> 전후의 기억과 이를 지연시키는 언어의 문제를 통해, 재일조선인의 일본어문학이 가지는 의미를 살펴보았다. 작중에서 김태조가 일본과 조선 양쪽에서 일본인과 조선인 양쪽에게 폭력을 받는 내용은 매우 상징적이다. 즉, 전쟁과 식민지 지배에 대한 일제의 책임이 전혀 매듭지어지지 않은 채 맞이한 <8・15>의 기억이 계속 이어지고 있으며, 이에 대한 책임은 일본 정부뿐만 아니라 한국 정부에도 있다고 할 수 있다.

일제강점기에 조선인에게 가해진 '폭력'을 재일조선인이 기억하고 고발하고 있는 『1945년 여름』은 탈식민 사회에서 망각되고 있는 기억을 다시 환기시키고 있다. 고령의 김석범이 죽고 나면 이후의 재일조선인의 일본어문학은 또 새로운 세대 속에서 기억될 것이다. 그러나 재일(在日) 1세대로서의 문학적 특징을 갖는 김석범이 일본어문학 재개의 시점에서 제기한 문제들은 여전히 해소되지 못한 현재의 문제로 남아 있다. 김석범 문학을 통해 폭력의 기억과 내면의 저항으로서의 재일조선인 문학의 현재적 의미를 생각해볼 필요가 있다.

참고문헌

● 도한 일본인의 일상과 식민지 '조선'의 생성

국사편찬위원회, 『한국사 42 대한제국』, 탐구당, 2003.

권숙인, 「식민지 조선의 일본인-피식민 조선인과의 만남과 식민의식의 형성-」, 『사회와 역사』 제80집, 2008.

권태억, 「1904~1910년 일제의 한국 침략 구상과 '시정개선'」, 『한국사론』, 1994.

기무라 겐지(木村健二), 『재조일본인의 사회사(在朝日本人の社會史)』, 미래사, 1989.

김영민, 「근대적 문학제도의 탄생과 근대문학 지형도의 변화(1)-잡보(雜報) 및 소설(小說)란의 정착과정-」, 『사이間SAI』 제5호, 2008.

김진두, 『1910년대 매일신보의 성격에 관한 연구-사설 내용분석을 중심으로-』중앙대학교 박사학위논문, 1995.

다카사키 소지(高崎宗司), 『식민지 조선의 일본인(植民地朝鮮の日本人)』, 이와나미서점, 2008.

미우라 노부타카, 가스야 게스케 저, 고영진 역, 『언어제국주의란 무엇인가』, 돌베개, 2005 ; 박헌호, 『식민지 근대성과 소설의 양식』, 소명출판, 2004.

앙드레 슈미드 저, 정여울 역, 『제국 그 사이의 한국-1895~1919-』휴머니스트, 2007.

여박동, 『일제의 조선어업지배와 이주어촌 형성』, 보고사, 2002.

정백수, 『콜로니얼리즘의 초극-은폐와 구축이 폴리틱스-』, 草風館, 2007.

최덕교, 『한국잡지백년 1』, 현암사, 2004.

『통감부통계연보』, 1909.

함동주, 「러일전쟁 이후 일본의 한국식민론과 식민주의적 문명론」, 『동양사학연구』 제94집, 2006.

• 재조일본인 잡지 『조선시론』과 동시대 조선문학의 번역

『조선시론』, 1926.6~1927.10.

『개벽』, 1926.5.

『조선문단』, 1925.6

김봉희, 「일제시대의 출판문화-종합잡지를 중심으로-」, 『한국문화연구』, 2008.6.

노기식·한석정 저, 『만주-동아시아 융합의 공간』, 소명, 2008.

다카사키 소지(高崎宗司), 「한국인의 목소리를 대변한 잡지 『조선시론』의 발행인 오야
　　　　마 도키오」, 『그때 그 일본인들』, 한길사, 2006.

박상준, 『한국 근대문학의 형성과 신경향파』, 소명, 2000.

박상현, 「번역으로 발견된 '조선(인)'」, 『일본문화학보』 제46집, 2010.8.

윤상인, 「번역과 제국과 기억-김소운의 『조선시집』에 대한 전후 일본의 평가에 대해」,
　　　　『일본비평』 2호, 2010년 상반기호.

정병호, 「1910년 전후 한반도 <일본어 문학>과 조선 문예물의 번역」, 『일본근대학연
　　　　구』, 2011.11.

천정환, 『근대의 책읽기』, 푸른역사, 2008.

최덕교 편저, 『한국잡지백년 1』, 2004.5.

최혜주, 「한말 일제하 재조일본인의 조선고서 간행사업」, 『대동문화연구』 제66집, 2009.6.

• 1920년대 식민지 조선의 일본어문학장

『朝鮮公論』 영인본, 어문학사, 2007.

『朝鮮及滿洲』 영인본, 어문학사, 2005.

『警務彙報』 261号, 1928.1.

김계자, 「도한 일본인의 일상과 식민지 '조선'의 생성」, 『아시아문화연구』 19집, 2010.9.

＿＿＿, 「번역되는 조선-재조일본인 잡지 『조선시론』에 번역 소개된 조선의 문학」, 『아
　　　　시아문화연구』 28, 2012.12.

박광현, 「조선문인협회와 '내지인 반도작가'」, 『현대소설연구』, 2010.4.

＿＿＿, 「조선 거주 일본인의 일본어문학의 형성과 (비)동시대성-『韓半島』와 『朝鮮之

實業』의 문예란을 중심으로」, 『일본학연구』 31집, 2010.9.

_____, 「'내선융화'의 문화번역과 조선색, 그리고 식민문단―1920년대 식민문단의 세 가지 국면을 중심으로」, 『아시아문화연구』 30집, 2013.6.

송미정, 「『朝鮮公論』 소재 문학적 텍스트에 관한 연구―재조 일본인 및 조선인 작가의 일본어 소설을 중심으로」, 국민대학교 박사학위논문, 2009.

윤소영, 「해제」, 『朝鮮公論』 1, 영인본, 어문학사, 2007.

임성모, 「월간 『조선과 만주(朝鮮及滿洲)』解題」, 『朝鮮』 1, 영인본, 어문학사, 2005.

정병호, 「20세기 초기 일본의 제국주의와 한국 내 <일본어문학>의 형성 연구―잡지 『조선』(朝鮮, 1908-11)의 「문예」란을 중심으로」, 『일본어문학』 37집, 2008.6.

_____, 「20세기 초기 일본의 제국주의와 한국 내 <일본어문학>의 형성 연구―잡지 『朝鮮』의 「문예」란을 중심으로」, 『일본어문학』, 2008.6.

_____, 「1910년 전후 한반도 <일본어문학>과 조선 문예물의 번역」, 『일본근대학연구』 34권, 2011.

_____, 「근대 초기 한국 내 일본어문학의 형성과 문예란의 제국주의―『조선』(1908-11)・『조선(만한)지실업』(1905-14)의 문예란과 그 역할을 중심으로」, 『외국학연구』 14집, 2010.6

조은애, 「1920년대 초반 『조선공론』 문예란의 재편과 식민의 "조선문단" 구상」, 『일본사상』, 2010.12.

● 일제의 '북선(北鮮)' 기행

홍선영 외, 『완역 모던일본 조선판1940』, 어문학사, 2009.

賀田直治, 「朝鮮の將來―北鮮の開拓最も有望―」, 『朝鮮及滿洲』, 1927.4.

「北朝鮮の開發へ―咸鏡線の全通, 石炭の北鮮―」, 『朝鮮及滿洲』, 1928.7.

「北鮮鐵道及び北境開拓線」, 『朝鮮及滿洲』, 1928.10.

多加木三太郎, 「朝鮮の奧から」(一～五), 『朝鮮及滿洲』, 1923.4, 5, 6, 8, 9.

栂野晃完, 「國境紀行」, 『朝鮮及滿洲』, 1925.8, 9, 11, 1926.2, 7, 9. 篠崎潮二, 「東京より北滿へ旅する」, 『朝鮮及滿洲』, 1925.9-10.

東邦生, 「北朝鮮を見て」, 『朝鮮及滿洲』, 1928.8.

鈴木島吉(朝鮮銀行總裁), 「昭和新時代と北鮮の開發」, 『朝鮮公論』, 1927.4.

小川運平, 「咸鏡道の鐵道港灣を奈何」, 『朝鮮及滿洲』, 1913.2.

大內武次(城大法文學部敎授), 「北鮮に旅して」, 『朝鮮及滿洲』, 1929.6.

岡本常次郎, 「北鮮の開拓と吉會鐵道の必要」, 『朝鮮公論』, 1915.2.

小原新三(朝鮮總督府農商工部長官), 「新開の氣躍々たる北鮮の將來と吉會鐵道－奧地に埋もる無盡の宝庫と淸津港の世界的価値－」, 『朝鮮公論』, 1918.7.

井上孝哉(東洋拓植會社事業部長), 「北鮮移民特別保護に就て」, 『朝鮮及滿洲』, 1913.10.

石森久弥, 「北鮮築港問題の歸趨」, 『朝鮮公論』, 1928.10.

石森久弥, 「北鮮を見て」, 『朝鮮公論』, 1929.7.

岩波櫛二, 「退役中佐の娘投身す」, 『朝鮮及滿洲』, 1917.12.

● 일본 프롤레타리아문학잡지 『전진(進め)』과 조선인의 문학

김계자·이민희 역, 『일본 프로문학지의 식민지 조선인 자료 선집』, 도서출판 문, 2012.

김태옥, 「정연규의 삶과 문학－1920년대 중반부터 1930년대 중반까지－」, 『일본어문학』, 2008.3.

_____, 「일제하 재일 문학인 김희명(金熙明)의 반제국주의 문학운동 연구－그의 시와 문학평론을 중심으로」, 『日本語文學』 제37집, 2007.

박경수, 「일제하 재일 문학인 김두용의 반제국주의 문학운동 연구－제3전선사에서 코프(KOPF)의 해체까지－」, 『우리文學硏究』 제25집, 2008.

박정선, 「식민지 매체와 프로문학의 매체 전략」, 『어문론총』 제53호, 한국문학언어학회, 2010.12.

서은주, 「일본문학의 언표화와 식민지 문학의 내면」, 『제도로서의 한국 근대문학과 탈식민성』, 소명출판, 2008.

이한창, 「해방 전 재일조선인 사회주의자들의 문학활동－1920년대 일본 프로문학 잡지에 발표된 작품을 중심으로－」, 『일어일문학연구』, 2004.5.

최덕교 편저, 『한국잡지백년 2』, 현암사, 2005.

한석정·노기식 저, 『만주 동아시아 융합의 공간』, 소명, 2008.

任展慧, 『日本における朝鮮人の文學の歷史―1945年まで―』, 法政大學出版局, 1994.

田中眞人, 「解說」, 『進め 解說總目次索引』, 不二出版, 1990.2.

● 장혁주의 「춘향전」을 통해 본 제국과 식민지의 변주

張赫宙, 「春香傳」, 『新潮』, 1938.3.
張赫宙, 「春香傳について」, 『文芸首都』, 1938.3.
張赫宙, 「春香傳の劇化」, 『テアトロパンフレット』 7輯, 1938.3.
張赫宙, 「朝鮮の知識人に訴ふ」, 『文藝』, 1939.2.

강상순, 「고전소설의 근대적 재인식과 정전화 과정 : 1920-30년대를 중심으로」, 『민족
　　　문화연구』 55호, 2011.12.
고영란, 「제국 일본의 출판시장 재편과 미디어 이벤트-‘장혁주(張赫宙)’를 통해 본
　　　1930년 전후 개조사(改造社)의 전략-」, 『사이間SAI』 6호, 2009.
문경연, 「1930년대 말 <신협(新協)>의 『춘향전』 공연 관련 좌담회 연구」, 『우리어문
　　　연구』 36집, 2010.1.
민병욱, 「장혁주의 일어체 희곡 <춘향전> 연구」, 『한국문학논총』 48집, 2008.4.
박석태, 「조선미술전람회를 통해 본 ‘향토성’ 개념 연구」, 『인천학연구』, 2004.9.
백현미, 「민족적 전통과 동양적 전통-1930년대 후반 경성과 동경에서의 <춘향전>
　　　공연을 중심으로」, 『현대문학이론연구』 23, 2004.
서동주, 「1938년 일본어연극 <춘향전>의 조선 ‘귀환’과 제국일본의 조선 붐」, 『東아
　　　시아古代學』 30집, 2013.4.
시라카와 유타카 지음, 『장혁주 연구-일어가 더 편했던 조선작가 그리고 그의 문학-』,
　　　동국대학교출판부, 2010.
신승모, 「도쿄 이주(1936년) 후의 장혁주 문학에 나타난 정체성의 모색」, 『한국문학연
　　　구』 30, 2006.
신아영, 「유치진의 「춘향전」 연구」, 『京畿大學校論文集』 47집, 2003.
유치진, 「춘향전」, 『東朗 柳致眞 全集 1』, 서울예대출판부, 1988.
양근애, 「1930년대 전통의 재발견과 연극 <춘향전>」, 『공연문화연구』 16, 2008.

猪俣津南雄, 「日本的なものの社會的基礎」, 『中央公論』, 1937.5.
龜井勝一郎, 「日本的なものの將來」, 『新潮』, 1937.3.
河上徹太郎, 「日本的なものについて」, 『俳句研究』, 1936.11.
九鬼周造, 「日本的な性格について」, 『思想』, 1937.2.
村山知義, 「演出者の言葉」, 『テアトロ・パンフレット』 7輯, テアトロ社, 1938.3.

三木清,「日本的性格とファッシズム」,『中央公論』, 1936.8.

「朝鮮古譚 春香傳批判座談會」,『テアトロ』, 1938.12.

長谷川如是閑,『日本的性格』, 岩波書店, 1938.12.

● 잡지 『문예수도(文藝首都)』와 김사량의 문학

『文藝首都』,『文學クオタリイ』,『文藝』.

『金史良全集Ⅳ』, 河出書房新社, 1973.

김윤식,『20세기 한국작가론』, 서울대학교출판부, 2004.

김재용·곽형덕 편역,『김사량, 작품과 연구 1』, 역락, 2008.

와타나베 나오키·황호덕 외,『전쟁하는 신민, 식민지의 국민문화』, 소명, 2010.

윤대석,『식민지 국민문학론』, 역락, 2006.

천정환,『근대의 책읽기』, 푸른역사, 2008.

최현식,「혼혈 / 혼종과 주체의 문제」,『민족문학사연구』, 2003.

南富鎭,『文學の植民地主義』, 世界思想史, 2006.

下村作次郎,『文學で讀む臺灣 支配者·言語·作家たち』, 田畑書店, 1994.

『芥川賞全集』2권, 文藝春秋社, 1982.

保高德藏,『保高德藏選集 第1卷』, 新潮社., 1972.

_____,『作家と文壇』, 講談社, 1962.

保高みさ子,『花實の森－小說「文藝首都」－』, 中央公論社, 1978.

大村益夫·布袋敏博編,『近代朝鮮文學日本語作品集 1939～1945 評論·隨筆編1』, 綠蔭書房,
　　　　2002.

イ·ヨンスク,『「國語」という思想』岩波書店, 2001.

『日本近代文學大事典 第5卷 新聞·雜誌』, 講談社., 1977.

● 근대 일본문단과 식민지의 지식인 연대

金史良,「母への手紙」,『文藝首都』, 1940.4.

金史良,「朝鮮文學風月錄」,『文藝首都』, 1939.6.

김계자, 「1930년대 조선 문학자의 일본어 글쓰기와 잡지『문예수도』」, 『일본문화연구』, 2011.4.

김윤식, 『한・일 근대문학의 관련양상 신론』, 서울대학교출판부, 2001.

김태옥, 「정연규의 삶과 문학-1920년대 중반부터 1930년대 중반까지-」, 『일본어문학』, 2008.3.

나카네 다카유키(中根隆行), 「1930년대에 있어서 일본문학계의 동요와 식민지문학의 장르적 생성」, 『일본문화연구』, 2001.4.

다테노 아키라 편저, 오정환 옮김, 『그때 그 일본인들』, 한길사, 2006.

송승석 편역, 『식민주의, 저항에서 협력으로-일제말 타이완 일본어 소설선-』, 역락, 2006.

안우식, 『김사량 평전』, 문학과 지성사, 2000.

앙드레 슈미드 저, 정여울 역, 『제국 그 사이의 한국-1895~1919-』, 휴머니스트, 2007.

이명원, 「김윤식 비평에 나타난 '현해탄 콤플렉스' 비판」, 『전농어문연구』, 1999.2.

황호덕, 「제국 일본과 번역(없는) 정치」, 『전쟁하는 신민, 식민지의 국민문화』, 소명, 2010.

高榮蘭, 「出版帝國の「戰爭」――一九三〇年前後の改造社と山本實彦『滿・鮮』から―」, 『文學』, 2010.3-4.

朴春日, 『增補 近代日本文學における朝鮮像』, 未來社, 1985.8.

下村作次郎, 『文學で讀む臺灣支配者・言語・作家たち』, 田畑書店, 1994.

『芥川賞全集』2권, 『文藝春秋』 1982. 『金史良全集Ⅳ』, 河出書房新社, 1973.

保高德藏, 『作家と文壇』, 講談社, 1962.

林和, 「東京文壇과 朝鮮文學」, 『人文評論』, 1940.6.

張赫宙, 「我が抱負」, 『文藝』, 1934.4.

• 재일조선인 김시종의 밤을 기다리는 노래

金時鐘, 『わが生と詩』, 岩波書店, 2004.

김시종 지음, 곽형덕 옮김, 『김시종 장편시집 니이가타』, 글누림, 2014.

이한정, 「김시종과 일본어, 그리고 '조선어'」, 『현대문학의 연구』 45, 2011.

하상일, 「이단의 일본어와 디아스포라의 주체성」, 『재일 디아스포라 시문학의 역사적
　　　이해』, 소명출판, 2011.

吳世宗, 「リズムと抒情の詩學─金時鐘『長篇詩集　新潟』の詩的言語を中心に─」, 一橋大
　　　學大學院言語社會研究科, 2009.
磯貝治良, 黑古一夫編, 『＜在日＞文學全集 5』, 勉誠出版, 2006.

● 해방과 패전을 가로지르는 김석범의 『1945년 여름』

金石範, 『ことばの呪縛─「在日朝鮮人文學」と日本語─』, 筑摩書房, 1972.
金石範, 『1945年夏』, 『金石範作品集Ⅰ』, 平凡社, 2005.
金石範, 「金石範年譜」, 『＜在日＞文學全集』(제3권), 勉成出版, 2006.
김석범, 「왜 일본語문학이냐」, 『창작과 비평』, 2007년 겨울.
구재진, 「＜해방 전후의 기억과 망각＞─탈식민적 상황에서의 서사전략─」, 『한중인문
　　　학연구』 17집, 2006.
정대성, 「김석범(金石範) 문학을 읽는 여러 가지 시각─그 역사적인 단계와 사회적 배
　　　경─」, 『日本學報』 66, 2006.2.
조수일·박종명, 「金石範의 『남겨진 기억(遺された記憶)』論」, 『日本語文學』 44, 2010.

高澤秀次, 「金石範論─「在日」ディアスポラの「日本語文學」─」, 『文學界』, 2013.9.
中村福治, 『金石範と「火山島」─濟州島4·3事件と在日朝鮮人文』, 同時代社, 2001.

저자 | 김계자

고려대학교 일본연구센터 HK연구교수
고려대학교 일어일문학과를 졸업하고 동 대학원에서 석사학위를 받은 뒤, 일본 도쿄대학
인문사회계연구과에 입학해 일본문학으로 석, 박사학위를 받았다. 2009년 귀국한 이후,
일본근현대문학과 식민지 일본어문학을 병행해 한일문학의 관련 양상을 연구하고 있다.

주요 논저
「小說の生成と「近代」の表象－橫光利一『上海』論－」(『일본문화연구』 2009.4), 『일본 프로문
학지의 식민지 조선인 자료 선집』(문, 2012), 「『동트기 전(夜明け前)』을 둘러싼 장편소설
공방, 그리고 '일본'」(『일본학연구』 2013.5), 「번역에서 창작으로－구로이와 루이코의 『무
참』」(『일본학보』, 2013.5) 외

일본학총서 30
식민지 일본어문학·문화 시리즈 32

근대 일본문단과 식민지 조선

인 쇄 2015년 5월 20일
발 행 2015년 5월 28일
지은이 김계자
펴낸이 이대현
편 집 오정대
디자인 이홍주
펴낸곳 도서출판 역락
      서울시 서초구 동광로 46길 6-6 문창빌딩 2층
      전화 02-3409-2058(영업부), 3409-2060(편집부)
      팩시밀리 02-3409-2059
      이메일 youkrack@hanmail.net
      역락블로그 http://blog.naver.com/youkrack3888
      등록 1999년 4월 19일 제303-2002-000014호

ISBN 979-11-5686-189-8 93830
정 가 16,000원

* 파본은 구입처에서 교환해 드립니다.
* 이 도서의 국립중앙도서관 출판시도서목록(CIP)은 서지정보유통지원시스템 홈페이지(http://seoji.nl.go.kr)
  와 국가자료공동목록시스템(http://www.nl.go.kr/kolisnet)에서 이용하실 수 있습니다.
  (CIP제어번호: CIP2015013406)